Es gibt viele gute Bücher, die unbedingt gelesen werden müssen. Es gibt aber nur wenige gute Bücher, die auch unbedingt geschrieben werden mussten.

Dies ist eins davon.

Jochen Lembke

„Der Job ist so mies,

doch ich brauch den Kies"

„Ich fahr Taxi Tag und Nacht",
die Freiburger Taxi-Trilogie

Band Eins

Roman

© Copyright 2003

Jochen Lembke

Herstellung und Verlag: Books on Demand GmbH,
Norderstedt

ISBN: 9783837094114

Mai, 2009, Vorwort, zu diesem Buch:

Ich fahr Taxi... seit 1985.

Das vorliegende Buch entstand 2002/2003 zum grössten Teil aufgrund meiner Aufzeichnungen, die ich beim Taxifahren in Freiburg 2001-2002 gesammelt hatte und noch ein paar Erinnerungen an frühere Zeiten dazu.

Damals hatte ich noch keinen Schimmer was ich damit machen soll, dass aus mir einmal „Europas taxifahrender Schriftsteller" mit einem eingebauten Anspruch auf Weltruhm werden würde, wusste ich damals wirklich noch nicht, hatte auch noch nicht einmal direkt vor überhaupt ein Buch daraus zu machen.

Das kleine Bändchen, recht billig im Eigenverlag in Freiburg herausgebracht, fand jedoch recht guten Absatz und erreichte schnell die Auflage von 700 Stück, sicher auch hilfreich dabei war die „vergnügliche Lektüre", mit der ich dem damaligen Aussenminister und Ex-Taxifahrer Joschka Fischer 2004 „eine grosse Freude" in seinem Berliner Amt machen konnte. Sicher aber auch die anderen drei Taxi-Bücher, die ich in den drei Jahren darauf nachschob.

Ich verabschiedete mich nun jedoch aus Deutschland 2007 und kümmerte mich nicht mehr um das Buch. Nun erfolgt der Start bundesweit, bei BoD.

Das Buch ist damals noch ein wenig umgeschrieben worden, der Vorteil des Eigenverlags, nun aber unverändert seit 2004, ich habe auch jetzt es lediglich ein wenig zeitloser gemacht, sonst aber es belassen wie es war.

Jochen Lembke, „Europas taxifahrender Schriftsteller"

Webseiten:
http://jochenlembke.spaces.live.com/ (Englisch)
http://jochenlembkeD.spaces.live.com/ (Deutsch)

Warum heißt es: „Wer nichts wird, wird Wirt"?

Weil sich „wer nichts wird, wird Taxifahrer" zu schwer ausspricht?

Hören Sie mal – ist Taxifahren nicht der Bringer? Da ruft einer an, bestellt ein Taxi und will in ein Strip-Lokal. Und weil es ein großzügiger Mensch ist, nimmt er den Fahrer gleich mit und bezahlt ihm die Getränke. Man sitzt also da, schlürft seinen Schampus, man muss ja nicht richtig arbeiten, nur fahren, schaut sich die Stripvorführungen an – und bevor man auch nur einmal zwinkert, sitzt einem schon eine Dame auf dem Schoß!

Oder man hat jemanden in einer Oben-ohne-Bar abzuholen – boah, blanke Busen blitzen! Da wartet man doch dort gerne ein paar Minütchen, während draußen die Uhr läuft. Oder 'n Besoffener kommt aus dem Bordell getorkelt und lässt seinen Geldbeutel mit 'nem Tausender drin im Taxi liegen. Und am nächsten Tag kann er sich garantiert an nichts mehr erinnern, wird schwören alles im Puff gelassen zu haben! Überhaupt: Freier Eintritt in Bars und Bordelle, per Du mit Nutten und Zuhältern – so lässt sich's doch leben!

Die Sheriffs von der Radarfalle winken einem freundlich zu, wenn man vorbeifährt, die Bilder werden einem dann als nette Erinnerung zugeschickt, mit der gemessenen Geschwindigkeit als kleinen Gag dabei, aber zahlen müssen – ich bitt Sie! Ja, damit man aber auch nicht so unangenehm erschrickt, wenn einen so unvermittelt der rote Blitz trifft, wird vorher noch telefonisch die Taxizentrale verständigt, wo ganz genau gerade gemessen wird, und die gibt's dann an die Fahrer weiter. Anregende Gespräche mit Kollegen in der Sonne, freundliche Passanten grüßen nett und stecken einem die neusten Tageszeitungen zu, den „Stern", den „Spiegel", den „Playboy" – und immer ist noch ein kleiner Schein dabei. Und überhaupt Trinkgeld! 'N Hunni am Tag, kein Problem. Und die Touristen erst, das sind die Großzügigsten! Da wird nicht lang gefackelt, nicht erst lang mit dem Stadtplan in der Hand um Auskunft gebeten, nein, eingestiegen und: „Zeigen Sie mir doch mal eben die Stadt!" Und unter zweihundert Euer läuft da gar nichts. Und dann die Auswärtsfahrten! Da geht's nach Frankfurt, nach München, nach Hamburg! Da verdient man locker mal 'nen Tausender am Tag.

Freiheit und Abenteuer! Man fährt immer das neuste Daimlermodell, hat interessante Gespräche mit prominenten Fahrgästen. Man ist sein eigener Herr, kann anfangen, aufhören und Pause machen, wann man will – wo gibt es denn das noch? Steht man mal 'ne Weile am Stand in der Fußgängerzone, um sich etwas auszuruhen, so kann man sich bequem in den Sitz fläzen, die

Beine auf die geöffnete Tür hochgelegt – und ein endloser Strom der schönsten Frauen aus der ganzen Welt defiliert an einem vorbei! Man kann sich gar nicht satt sehen! Und steigt dann eine ein, so kann man doch mal eben die Fahrt in ein nettes Café der Wahl abzweigen, nichts ist leichter als das. Bewundernd wird sie einem an den Lippen hängen, wenn man von seinen Fahrten und Erlebnissen erzählt, man ist ja kein langweiliger Bürohengst. Ein Arzt, ein Rechtsanwalt, was ist das schon? Jede Frau wird sich für einen Taxifahrer entscheiden, sein Sozialprestige ist vergleichbar mit berühmten Schauspielern, Nobelpreisträgern und reichen Rockstars.

Worauf warten Sie noch, fahren Sie Taxi!

Kapitel Eins

Paul tut es. Er ist zweiunddreissig und hat gleich mit zwanzig den Schein gemacht, nachdem ihn mal in Thessaloniki ein griechischer Taxifahrer abgelinkt hatte. Der sollte ihn zum Flughafen fahren und feilschte, weil er der einzige am Bahnhof war, mit ihm eine überhöhte Pauschale aus, mit der schlauen Begründung, es käme jetzt keiner mehr und er würde so den Flieger verpassen. Doch kaum eingestiegen, kam schon der nächste angefahren. Und *sein* Taxifahrer, dieser hellenische Hurensohn, diese Verspottung Platos und Sokrates', machte dann noch zwei Touren zwischenrein, mit ihm vorne drin, bevor er ihn dann endlich mal am Airport rausließ.

Seither fährt er immer mal wieder, wenn er nicht gerade irgendwo durch die Welt zigeunert. Diesen Sommer ist es wieder soweit, Paul braucht Geld, kommt eben von einem längeren Südamerikatrip zurück. Er hat schon einige Jobs gehabt nach dem Abi, aber Taxi fährt er, weil es so schön flexibel ist. Man braucht ja nur anzurufen und den Schlüssel abholen – irgendein Auto steht ja immer auf dem Hof herum.

Der erste Tag wieder auf dem Bock und da ist er wieder, dieser Geruch von Freiheit und Abenteuer – und von Diesel und Abgasen. Dave is on the road again!

Heute ist Sonntag, ein guter Tag zum Wiedereinfinden.

Er fährt zum Stand „Humboldt" und macht gleich ein paar Fahrten. Nachtschwärmer, die von den Ausschweifungen der Saturday Night noch übrig sind, nach Alkohol, Zigaretten und Ausdünstungen schwitziger Leiber riechen. Wenn sie alleine sind, dann sind sie übrig geblieben, müde und frustriert. Wenn sie aber zu zweit sind… Gegen zehn Uhr setzt sich ein junges Pärchen hinten rein. Kaum hat sie das Fahrtziel genannt, geht dort schon das Geknutsche los. Sie ziert sich indes, er solle sich „aber benehmen, ja" und „nur reden, haben wir ausgemacht!" Doch, es scheint den jungen Mann nicht besonders zu interessieren, er verwandelt sich in einen vielarmigen, saugnapfbewehrten Oktopus. Sie beschließt den Taxifahrer mit einzubeziehen, aber auch das nützt nicht viel. Paul richtet den Spiegel, nun rahmt er hübsch das Pärchen hinten ein. Er sieht, dass sie sich einen netten kleinen Stachel unter die Unterlippe hat piercen lassen, spricht sie darauf an. Dies müsste ihr doch eigentlich die ganzen lästigen Kerle vom Leib halten. Sie will antworten, hat jedoch gerade die Lippen nicht frei.

„Da hat man schon so einen Abstandhalter, aber es nützt nichts", sagt sie dann, als sie grad mal einen Augenblick Luft holen kann. Bei dem hätte sie sich schon die Zunge komplett zum Kaktus piercen lassen müssen.

Paul sieht ihnen nach, als sie aussteigen. „Aber nur reden." *Das werden schon so tiefsinnige Gespräche werden*, denkt er sich.

So langsam wird es dann ruhiger.

„Klinik (vorne)", Kaffee, Kopfweh. Zeit, den Sitz nach hinten zu klappen und ein wenig vor sich hin zu dösen. Pieps, ein Auftrag.

Er rappelt sich auf. Medizin-Pforte, eine Frau mit weißem Schwesternkittel. Sie seufzt hörbar. Also will sie, dass er sie fragt, ob die Nacht anstrengend war. „Das kann man wohl sagen, meine Tochter hat versucht sich umzubringen." Sie ist demzufolge keine Krankenschwester, sondern die Mutter einer Patientin. Den Kittel hatte sie nur von der Station geliehen bekommen, weil ihr die Tochter Kohle vom Magenauspumpen draufgekotzt hat. Diese hätte Borderline und schon mehrmals versucht sich umzubringen, rief aber dann anscheinend jedes Mal vorher bei der Mutter an – auch eine Art, jemanden auf Trab zu halten.

Zwei, drei Omis in Herdern zum Kaffeeklatsch, dann mal ordentlich Fenster auf, zum Durchlüften.

Nun eine aufgetakelte Endfünfzigerin, geschminkt wie eine alte Tapete, die man zu oft überstrichen hat, von der deshalb schon die Farbe abbröckelt.

„Es zieht!", sagt die alte Tapete gleich. Er hält an und kurbelt grimmig alle Fenster sorgfältig vakuumsicher.

„Ich mach Ihnen jetzt Umstände."

„Ich bin's gewöhnt, ich fahr ja sowieso nur alte Leute."

Er meint sie eigentlich gar nicht, aber sie bezieht das natürlich auf sich und ist beleidigt.

Dann bekommt er Hunger und beschließt etwas zum Sich-zwischen-die-Kiemen-zu-stecken aufzutreiben, die nächste Möglichkeit ist die Tanke in der Nähe. Dort findet sich eine Schlange dreimal um die Zapfsäulen rum. Er fährt weiter zum Bahnhof, zum nächstem kulinarischen „Fünf-Minuten-Highlight", holt dort einen Döner und eine Cola light. Und kalkuliert: „Klinik vorne", also Stand Uniklinik (da gibt es vorne und hinten) stehen zwei, das reicht also grad sich anzustellen und gemütlich den Döner zu dröhnen. Die zwei sind gute Bekannte von ihm, sie sitzen entspannt vor den Autos im Gras.

„Schöner Döner!", neckt ihn der eine. Er setzt sich dazu. Kaum dass er sitzt, schwups, eine Frau kommt: „So, wen darf ich stören?" Der Erste fährt weg. Schwups, zwei Funkaufträge hintereinander. Der Döner muss sich also mit dem Gedanken anfreunden, dass „neben der Schaltung" eigentlich doch ein ganz guter Platz für einen jungen, aufstrebenden Döner ist, die Cola light ist ja in der Hand ganz gut aufgehoben. Auftrag, Gaststätte Cassis, Ferdi-Weißstraße, mit dem Döner in der Hand in die Wirtschaft.

Halt! denkt er sich. *Ein letztes bisschen Rest Menschtum will ich mir noch bewahren,* kehrt um und legt den angebissenen Döner in den Kofferraum – auf den frei gewordenen Platz neben der Automatikschaltung kommt jetzt die Cola light. Beim Fahren muss sie allerdings wieder in die Hand, sonst kippt sie um. Nun steigt eine ganze Familie ein, Opa, Mutter und Tochter Frühreif! Opa ist von der Sorte Althippie, besoffen, aber lustig, und nimmt ächzend, aber gut drauf, Platz.

„Wir wollen auf den Schauinsland!"

Good vibrations!

„Aber erst morgen, jetzt geht's in die Drais!" (Die ist grad ums Eck.) Nach heftigen Diskussionen mit seiner antiautoritär erzogenen Tochter lässt er sie in der Stürtzel aussteigen, sie fahren weiter in die Drais, mit der Cola light in der Hand. Freak-Opi hat zwei künstliche Hüftgelenke und braucht Zeit zum Aussteigen.

Nun kann er endlich doch den mittlerweile vollständig durchkalteten Döner fertig hinunterwürgen. Aber es ist wie verhext – jetzt steht er eine geschlagene Stunde völlig alleine am Stand, bevor sich einer erbarmt einzusteigen.

Das Sonntagnachmittagprogramm nimmt seinen Lauf. Omis, Leute zur Bahn, zur Klinik. Das Geschäft dünnt sich aus.

Am „Humboldt" geht er ins kulinarische Highlight nebenan. Vorne steht Hassan, dieser marokkanische Taxispitzbube. „Was, hascht du schon so viel verdient, dass du kannscht gähn in

Makkedonnalds?" „Du hast Recht, eigentlich sollte ich jetzt erst mal den Abfall nach was Essbarem durchwühlen", antwortet Paul, heute allerdings nur halb im Scherz. Aber der andere hört gar nicht mehr zu, er sieht einen Landsmann um die Ecke biegen und ist schon fröhlich am Schreien: „Scheißausländer!" Und es entwickelt sich ein lebhaftes Gespräch auf Arabisch.

Paul steht jetzt geschlagene zwei Stunden am „Humboldt" ab, dann kommt ein Fahrgast, ein junger Schnösel, der einen auf smart und erfolgreich macht (Du, ich fahr hier nicht Stinketaxi und so, ich mach in Software!).

Da kann Paul nur sagen: „Besuch mich doch mal im Internet, unter ‚www.dukannstmichmal.lma.'.‘‘

Worauf kommt es beim Taxifahren an? Auf dasselbe wie im Leben, richtig fett reich werden, ohne sich abzurackern! Leider ist es beim Taxifahren genau umgekehrt, man rackert sich richtig fett ab, ohne reich zu werden. Taxifahren ist immer Stress! Nachts stressen die Besoffenen, tagsüber der Verkehr und vor allem das Tagespublikum. Es gibt kaum einen, der's nicht eilig hätte, viele bestellen sich gerade deshalb ein Taxi, *weil* sie es eilig haben. Wie soll man da selber ruhig bleiben? Viele sind nervös, bringen kaum verständliche Sätze heraus oder zittern beim Zahlen (sogar, wenn's nicht viel kostet, sonst könnte man es ja noch verstehen).

Anke hat während dem Studium angefangen Taxi zu fahren, immer am Wochenende, es hat ihr besser gefallen als irgendwo zu kellnern oder in einer Boutique auszuhelfen. Sie ist achtundzwanzig und das Studium machte ihr am Anfang großen Spaß. Doch die Semester kamen und gingen, ein Ende war nicht in Sicht und der Job ist dann immer mehr in den Vordergrund gerückt. Bis sie dann das Studium an den Nagel gehängt hat und jetzt nur noch Taxi fährt. Nachts. Da erlebt man am meisten, und die Straßen sind frei. Anke hatte nie Probleme nachts zu fahren. Da fühlt sie sich frei und ungebunden. Sie liebt diese Blicke, den großen Auftritt, mit dem Taxigeldbeutel und dem Mercedesschlüssel in der Hand in die Kneipe zu gehen: „Hat jemand ein Taxi bestellt?" Und alle schauen, kuck mal, 'ne Frau! Und dass sie sich beweisen kann, als Frau, die mit den unmöglichsten Situationen fertig werden kann. Zum Beispiel, wie sie mal am Seenachtsfest einen stockbesoffenen jungen Typen heimgefahren hat. Der konnte gar nicht mehr richtig laufen und da hat sie ihn sich einfach geschnappt, seinen Arm über die Schulter gelegt und ihn die Treppen hinaufgehievt. Weil er kein Geld dabeihatte und weil er alleine auch gar nicht mehr die Treppen hochgekommen wäre. Richtig stark ist sie sich vorgekommen, als dann die Mutter aufgemacht hat.

„Hier bringe ich Ihnen Ihren Sohn!"

Sie hat auch nie größere Probleme mit irgendjemandem, denn sie weiß sich sehr wohl durchzusetzen. Wenn ihr jemand dumm kommt, kann sie ganz schön ausflippen. Klar, sie wird schon mal öfters angemacht, sie weiß, dass sie gut aussieht, aber sie kann sehr gut damit umgehen, umschwärmt zu sein. Das genießt sie schon ein wenig. Zwar verkehrt sie nicht unbedingt in Szenekneipen, in denen man sich, wenn man sich bekannt vorkommt, anspricht (egal welchen Geschlechts): „Sag mal, haben wir zwei (drei, vier) es nicht schon mal gemacht?" Aber sie ist durchaus kein Kind von Traurigkeit.

Auch das blöde Gerede von den Kollegen macht ihr nichts aus, von wegen Kombi fahren und so, da könnte sie sich ja in ruhigen Zeiten ganz gut mal ein kleines Zubrot verdienen. Lass sie doch spotten. Zwar ist sie nicht drauf angewiesen, aber Anke ist keineswegs prüde und sie weiß schon mit ihren Pfunden zu wuchern.

„Wenn ich nichts werd, werd ich halt Hur'", pflegt sie locker zu sagen.

Sie hat die Sache eigentlich ganz gut im Griff. Wenn sie da an diesen einen Typen denkt, den sie mal besoffen in einer Nacktbar aufgegabelt hatte! Er lallte eine Adresse und erging sich schon während der Fahrt dorthin in Andeutungen. Als sie dann irgendwann in den Rückspiegel schaute, sah sie aus seiner Unterhose ein kleines, halbschlaffes Pimmelchen ragen, das er gerade ziemlich lieblos und augenscheinlich nur mit mäßigem Erfolg, aber dafür mit umso heftigeren Ruckern traktierte. Dabei gab er noch ein Ächzen von sich, als täte ihm etwas weh. Sie fuhr ihn dann auch gleich an: „Ey, Alter, du kannst hier wohl nicht mehr ganz Fact von Fiktion unterscheiden! Fact ist: Du sitzt hier in meiner Droschke und nicht im Puff – das ist Fiktion. Und Fact ist auch: Du packst hier deinen kleinen Pieselmann gleich wieder ein und schaffst deinen Hintern hier raus!!!" Bei den letzten Worten war sie ordentlich laut geworden und es schien Wirkung zu zeigen. Gehorsam packte er das schrumplige, kleine Primelchen wieder ein und verschwand in der Nacht. „Oder willst du hier deine Show abziehen, wenn gleich noch zwanzig Kollegen drum herum stehen, vielleicht stehst du ja da drauf!", schrie sie ihm noch hinterher. Sie spielte dabei auf die Möglichkeit an, über Funk Hilfe zu rufen. Da kann sie sich schon darauf verlassen, dass da sofort einige Kollegen zu Hilfe kommen!

Oder jener andere Typ, einer dieser aufgeblasenen Phallokraten, die sich zwischen den einzelnen Schauplätzen ihres wüsten Wirkens hin- und herchauffieren lassen.

„Ich kann ja mit Schwanz bezahlen!", tönte er, weil er nicht genügend Geld dabei hatte, wahrscheinlich schon alles versoffen und verhurt, und war schon dabei diesen auch gleich umgehend auszupacken.

„Ich hoffe nur, du hast es passend. Ich kann nämlich nicht rausgeben", gab sie damals schlagfertig zurück und stutzte dem Hähnchen damit prompt gleich ein wenig die Flügelein.

Ja, sie kommt schon zurecht, aber so richtig wohl fühlen tut sie sich eigentlich selten. Es gibt dann schon mal Tage, an denen sie ins Grübeln kommt, warum sie das alles mitmacht.

Da ist dieses Gefühl, sein eigener Herr zu sein. Aber auch das Wissen darum, dass doch nur alles Illusion ist. Der Traum von der einen Fahrt, von der alle träumen – und doch kommt man jeden Tag mit einem verblüffend konstanten Hungerlohn nach Hause.

Ja, dabei zu sein, mitten im Leben, mitten im Gewühl – das ist das, was einen süchtig macht! Und doch nimmt die Frau hinter dem Steuer nicht am Leben teil.

Sie ist die Chauffeuse des Lebens.

Was ist die wichtigste Funktion eines Taxifahrers?

Fahrgäste zu befördern?

Falsch. Die wichtigste Funktion eines Taxifahrers ist bisher noch gar nicht so richtig wissenschaftlich erforscht und quantifiziert und deshalb auch nicht jedermann geläufig. Aber dennoch unzweifelhaft: die Qualität der Stadtluft spürbar zu verbessern! Indem er seine Alveolen in Abgasen badet, trägt er entscheidend zur Verbesserung der Atemluft für andere bei. Gäbe es nicht die vielleicht hundertfünfzig Taxifahrer, die jeden Tag, zu jeder Stunde, an neuralgischen, besonders abgasbeladenen Punkten irgendwo in der Stadt postiert wären – die Freiburger würden sich ganz schön wundern. So tut also die Lunge eines Taxifahrers einen unschätzbaren Dienst an der Menschheit. Sie filtert die Luft und Freiburg kann wieder atmen.

Die Hunde bellen, aber die stinkende Karawane des Berufsverkehrs zieht weiter. Rainer steht eine Blasenfüllung lang am Stand „Zähringen Ende" und atmet Abgase ein. Das macht ihm nicht sehr viel, denn er ist genauso leidensfähig wie unfähig, sein Schicksal in die eigene Hand zu nehmen. Weil der Stand so menschenverachtend angelegt worden ist, dass unmittelbar links daneben sich die Autos vor der Ampel stauen, ist hier auch meistens frei, wenn keine Termine anliegen. Deshalb steht er eben da. Weil er ein Mensch ist – und weil er sich selbst verachtet.

„Positiv sollst du den Tag beginnen, enden wird er sowieso beschissen", ist einer seiner Leitsprüche.

Rainer ist siebenundzwanzig und hat noch immer Pubertätspickel. Seine zu lang geratene, schlaksige Figur passt kaum hinter das Steuer seines 190ers. Es gibt nur noch wenige 190er als Taxi, weil sie einfach zu klein sind, aber er muss ausgerechnet noch einen fahren.

Alles nervt ihn. Sein Auto nervt ihn, sein Job nervt ihn, sein Leben nervt ihn. Besonders die Ampeln nerven ihn, die Freiburger Vorrangschaltung für die Straßenbahn. Im Winter, bei geschlossenen Scheiben, schreit er sich bei langen Rotphasen heiser oder rollt ungeduldig vor der Ampel hin und her, die Schaltung strapazierend. Im Sommer steigt er dann manchmal solange einfach aus und stellt sich vors Auto hin.

Nach dem Abi, das er wegen Schwäche in den naturwissenschaftlichen Fächern nur mit Hängen und Würgen bestanden hatte (wobei ihn sicher seine Eins in Deutsch rettete), hatte er sich dann recht erfolglos in verschiedenen Jobs versucht, bis er dann beim Taxifahren hängen geblieben war. Hier ist immer genügend Zeit vor sich hin zu träumen und seine Heftromane zu lesen. Mit Lassiter legt er die knackigsten Cowgirls flach. Mit dem Landser schießt und sprengt er sich den Weg durch den Stau. Und mit Perry Rhodan durchwandert er die Weiten des Weltalls, von der Wirklichkeit wohltuend weit weg.

Taxifahrer sind ja oft an Unfällen beteiligt, weil sie auch sehr viel in der Stadt unterwegs sind. Ihm passiert immer alles, was nur irgendwie passieren kann. Ob er grad mal kurz rechts ranfährt, um in den Stadtplan zu schauen, mit dem Reifen dabei in ein Entwässerungsrohr kommt und abgeschleppt werden muss – oder ob er beim Rückwärtsfahren irgendwo hängen bleibt, die anderen fahren in makellos blinkenden Karossen herum, blechernen Denkmälern der Perfektion und Kompetenz – sein 190er ist verbeult und verschrammt, weil sein Chef schon längst alles nur noch flicken und zuspachteln lässt. Einmal baute er einen Unfall – der süßen ausgestiegene Fahrgast sah dabei zu, fehlte gerade noch, dass er applaudierte! In der Klinik sollte er einmal eine Patientin abholen und fuhr beim Rückwärtsfahren einen Alupfosten um. Als er vorwärts wieder rausfahren wollte, verhakte sich dieser wie ein

Widerhaken unter der Stoßstange und riss sie ab. Er warf die Stoßstange auf den Rücksitz, für den Kofferraum war sie zu groß (Man sollte eigentlich mal eine Norm durchsetzen, dass eine Stoßstange nie größer als der Kofferraum sein darf!) und lud die Frau vorne ein, die zur Vorstellung bei der Ärztekammer musste, bei der dreißig Ärzte anwesend sein würden. Er sagte dazu, dass dies auch nur normale Menschen wären, von denen um siebzehn Uhr schon einige halb ein Nickerchen machen würden. Und dass er jetzt lieber an ihrer Stelle wäre, anstatt seinem Chef zu beichten, dass er „wieder mal 'nen Pfosten umgefahren hat". Er hatte es auch mal auf der Zentrale als Funker probiert, war aber von den Kollegen so niedergemacht worden, dass er es schnell wieder sein ließ. Und kloppt jetzt wieder seine Zwölf-Stunden-Schichten. Bekloppt genug den ganzen Tag im Bock zu hocken, während die anderen zwischenrein einkaufen, Kaffee trinken und spazieren gehen.

Willi „Ochott" kommt aus Münster und hat dort Zivildienst in einem Altenheim absolviert, in der „Klapse", wie er dazu sagt. Die Begegnungen mit den zumeist altersverwirrten Insassen der Pflegestation, (aber vor allem mit dem altersverwirrten Pflegepersonal) haben ihn so nachhaltig geprägt, dass er heute noch nicht davon loskommt. Insbesondere eine Bewohnerin dort tat es ihm an. Sie hatte so eine ständige Angewohnheit, immer die gleichen Worte aneinander zu reihen – eine Art sprachlichen Tick. Mit ihrem breiten westfälischen Slang hörte sich das dann immer an wie: „O Chott!" (O Gott), „sajich" (sag ich), „nee!". Das brabbelte sie dann immer stundenlang vor sich her – auch eine Art Mantren zu murmeln.

In Freiburg und Umgebung hat er dann zum Journalisten volontiert und aus Abenteuerlust beschlossen, am Wochenende mit dem Taxi noch etwas dazuzuverdienen. Verdienen tut er zwar so gut wie nichts, dafür gibt's aber genug Abenteuer. Eines davon hat er gerade vor sich – das, oder jargonmäßig *der* „Datcom"! Ein kleiner schwarzer Kasten, so groß und geformt wie eine Taxiuhr, mit einem grüngelben Minibildschirm, dem „Display".

Das Datcom ist der Bordcomputer aller an den Datenfunk angeschlossenen Fahrzeuge. So, wie eine SMS aufs Handy, fluten alle Informationen über Funkimpuls aufs Display, durch die sich der Fahrer mittels einer Armada von Knöpfen hindurchblättern kann – muss. Bekommt er nun einen Auftrag über Funk, hat er diesen mit einem Knopfdruck zu bestätigen und verfügt nun über sämtliche relevante Daten auf dem Bildschirm. Name und Adresse des Kunden, Uhrzeit des Auftragseingangs und sogar eine Wegbeschreibung, ab Innenstadt. Auch Zusatzinformationen wie Termin, Rechnung mit Rechnungsnummer, freiwillig, Nichtraucher, auswärts, hochkommen, Füße küssen und so weiter sind mit dabei. Der kleine Zauberkasten sorgt für himmlische Ruhe im Fahrzeug. Kein Geschrei mehr am Funk über Fehlfahrten, Benachteiligungen, Reklamationen, persönliche Lebenskrisen. Rückfragen in dem Stil: „Wie war noch mal die Hausnummer, wie war noch mal der Name, wie war noch mal der Sinn des Lebens?" Geschwätzigkeiten aller Art. Für Funkverkehr mit der Zentrale gibt es einen extra Kanal, fürs Quasseln mit den Kollegen einen weiteren. Auch gibt die „Black-Box" Informationen über Belegung der Standplätze, dort anliegende Termine und sogar über die Zahl der dort rausgegangenen Aufträge. Anhand derer man sich ein Bild machen kann, ob dort zurzeit „was geht" bzw. *wie mies die Geschäftslage doch wirklich ist.* Des Weiteren läuft die An- und Abmeldung über Datcom, das Einbuchen auf Standplätze oder Fahrziele und „frei im Raum". Anfunken von Kollegen, Briefkasten abfragen und so weiter. Ja, es ist sogar möglich sich damit an einem Standplatz bis zu vier Minuten zum Pinkeln abzumelden, ohne dass ein in dieser Zeit eingehender Auftrag flöten geht. Also der Himmel auf Erden, wenn man sich damit auskennt, aber die Hölle, bis man erst mal drin ist. „O Chott", sagt sich deshalb auch gerade Willi, jetzt würde er auch lieber Mantren murmeln, als weiter vergebens versuchen hier durchzusteigen. Gerade hat er eben mal vier Stunden Funksperre bekommen, weil er einen Auftrag nicht bedient hatte. Im Glauben, diesen korrekt an die Zentrale zurückgegeben zu haben, da ihm gerade einer gewunken hatte. Irgendwie kam er jedoch mit den Tasten durcheinander, der Auftrag blieb bei ihm, wurde also nicht weitervergeben, und der Kunde hatte dadurch seinen Zug verpasst. Das gab zwei Stunden Sperre und, weil er dagegen protestiert hatte, noch mal zwei.

„Slightly irritated", das ist auch so ein Tick von ihm, ständig Anglizismen und angelsächsische Verballhornungen von sich zu geben (sicher eine Folge der psychischen Schädigungen aus der „Klapse"), steht er nun am Bahnhof. Liest in der Funk- und Betriebsordnung und lauert auf Einsteiger – wie eine Gottesanbeterin auf Beute.

Paul fährt zum „Humboldt". Da sieht er seinen Freund Sami stehen, den arabischen Groucho Marx! Sami ist Palästinenser, hat hier bisher Zahnmedizin studiert und ist nebenher Taxi gefahren. Doch weil ihn die Frauen nie in Ruhe lassen und er sich deshalb nicht aufs Lernen konzentrieren konnte, hat er das Studium gesteckt. Nur sein Spitzname, „Schmerzloser Bohrer", erinnert noch an diese Zeit. Sie treffen sich ziemlich oft am „Humboldt".

„Und wie läuft's?"

„So eine Kacke-du!" Er spricht das immer wie „Kakadu" in einem Wort aus. Meistens macht er dann immer noch eine kleine Show drum herum, wenn er gut drauf ist und er ist meistens gut drauf. Dann wird ein: „So-ei-ne-Ka-cke-du-mmm-mh" daraus, wobei jede einzelne Silbe stakkatoartig betont wird, der ganze Satzbogen sich steigert, bis beim „mmm" der explosive Höhepunkt erreicht ist und der Satz dann mit dem „mh" satt und zufrieden ausklingen kann. Das Ganze, was er da immer von sich gibt, würde sich hervorragend als Mantra für einen Hochspringer eignen, der pro Silbe von „so-ei-ne-Ka-cke-du" je einen Anlaufschritt macht, also sechs genau, beim „mmm" alle Kraft in den Absprung legt und mit dem „mh" weich auf der Matte landet (es sei denn, er reißt die Latte und fliegt auf sie drauf). Dazu hampelt er dann immer noch ein bisschen affig herum, wenn er Platz hat.

„Was ist eine Kacke-du?"

„Alles, Taxifahren, Wetter... Deutschland."

Paul fällt da was ein: „Apropos – du, neulich, da fahr ich grad, da kommt mich auf einmal das ganz große menschliche Rühren an. Shit! Denk ich, weit und breit kein Klo!"

„Daher der Name von dem Film „Taxi zum Klo" – der Autor muss auch mal Taxi gefahre habe." Sami spricht nicht nur fast perfekt Deutsch, sondern kennt sich auch bestens aus.

„Du sagst es. Drüben in der Nähe steht eine Schule, die war noch offen, am späten Nachmittag. Ich also rein und bin fast fertig, da kommt jemand in die Nähe und ruft: *Ist da jemand?* War das der Hausmeister, der, bevor er die Schule abschließt, noch mal einen Rundgang macht! Er hatte zwar Verständnis..."

„Aber um ein Haar wär das ziemlich beschisse für dich ausgegange!", Sami lacht.

„Du sagst es. Tja – das ewig gleiche Problem: Wo kann ich pinkeln?" Paul redet sich in Fahrt, dies ist ein Thema mit großem Leidensdruck, er ist schon in so manch entwürdigende Situation gekommen! „Wären wir bei der Stadt angestellt und würden wie Menschen behandelt, so würde es an jedem Stand ein Klohäuschen geben. So aber wird man weiterhin das gewohnte Bild sich in Büsche und Hecken erleichternder Taxifahrer genießen können."

„So eine Kacke-du!"

„Vor kurzem du, morgens im Halbdunkel, suche ich mir'n geeignetes Plätzchen, an einem größeren Parkplatzgelände, da schreit da einer plötzlich: ‚Du Sau, hier spielen auch Kinder!'" Sami lacht, lebhaft erzählt Paul weiter: „Also hör mal, wenn da Kinder spielen, tun sie mir Leid. Nicht wegen dem bisschen Pipi, da stört ja jeder kleine Hundehaufen mehr, sondern wegen all den Autos drum herum."

„Ja, die Deutsche mit ihre Hunde... und ihre Autos, haha!"

„Der Gestörte jedoch fängt auf einmal an zu rennen und ist tatsächlich schon dabei, eine Kette einzuhaken, die sich an der Ausfahrt des Parkplatzes befindet und befestigt ein Vorhängeschloss daran, ein Vorhängeschloss! Er kreischt außer sich: ‚So, jetzt', jetzt mit drei Ausrufezeichen, ‚sieh mal, wie du hier wieder rauskommst!' Ich schau mich um – he, ich bin tatsächlich mit dem Auto auf dem Parkplatz eingesperrt!" Sami biegt sich. „Vorsorglich schreib ich mir seine Autonummer auf, bevor er davonrasen kann. Dann seh ich jedoch am anderen Ende noch 'ne Kette, die nicht abgeschlossen ist, hak' sie aus, und gieb Gas."

„Hihihi! Ich sag dir, deswegen gibt's wahrscheinlich auch so wenig Taxi fahrende Fraue, die könne sich nich so einfach irgendwo hinstelle!" Und er tischt auf, was ihm jetzt so seinerseits zu dem Thema einfällt. „Behalten Sie den Rest, gehen Sie pinkeln!", sagte mal ein älterer Herr beim Zahlen gönnerhaft zu ihm. Sami hatte ihn nämlich schon gleich damit begrüßt, dass, wenn er nicht schon auf der Straße gewartet hätte, er noch mal eben schnell bei ihm auf die Toilette gegangen wäre. Der Herr war jedoch gleich ganz freundlich und verständnisvoll und wäre sogar noch mal mit ihm rauf in die Wohnung gegangen. Aber da waren sie schon am Fahren. Munter steigt er nun auf das Thema ein und erzählt ihm auf der ganzen Fahrt einen Urinwitz nach dem anderen.

„Hasch du mal volle Blase und kriegschd laufend Urinwitze erzählt!" Oder ein anderes Mal war die nächste öffentliche Herrentoilette wegen „Renovierung" (wahrscheinlich hat sich grad mal wieder einer drin den „Goldenen" gesetzt) verschlossen. Er rang mit sich und seinem Schließmuskel. Der Schließmuskel hatte die besseren Argumente, er ging auf die Frauentoilette, ins Abteil. Gerade wollte er wieder schleunigst raus, da kamen zwei zur Tür rein, die waren da aber richtig! Er blieb also drin, fing an zu schwitzen, hatte Zeit genug zum Lesen der reichlich vorhandenen

Graffiti und zum Feststellen, dass es hier auch nicht sauberer als im Männerklo ist. Die eine wartete anscheinend ungeduldig am Spiegel und forderte die andere zur beschleunigten Entleerung auf: „Los schiff schon, schiff schneller!" Auch der Umgangston, so stellte Sami fest, unterscheidet sich nicht wesentlich von dem der gegenüberliegenden Seite. Der Stand leert sich so nach und nach etwas, die anderen Firmen vor ihnen kriegen Funk und Paul und Sami müssen ihre Autos Richtung Standanfang vorziehen. Dann heißt's jedoch wieder: warten!

„So eine Gag-he-du!" (Das ist die „light version" seines Lieblingsspruches, er spricht es „gäg-he-du" aus, von Englisch: „gag".)

„Du sagst es, die anderen kommen und gehen und wir stehen hier immer noch. Dass die die Fusion auch nicht gebacken kriegen." Und Paul ist bei seinem Lieblingsthema. Ihm, als überzeugten Genossenschaftler, geht der Freiburger Wildwuchs ziemlich auf den Keks. Wie will man denn wirtschaftlich fahren, wenn man sich gegenseitig das Wasser abgräbt?

„Wie will man denn in der Öffentlichkeit um Verständnis für unsere Probleme werben? Wie will man denn die hohen Taxitarife in Freiburg rechtfertigen, wenn man als Lachnummer dasteht, als betriebswirtschaftliche Nullen!" Er redet sich in Eifer. „Für jemanden aus der Wirtschaft, der sich mit Kalkulation und Kosten auskennt, der in seinem Betrieb so einiges schon hat leisten müssen, sind wir doch nichts anderes als eine Ansammlung verkrachter Existenzen, unser Job eine Nische für verschrobene, sture Schrate und geistige Bodenbrüter…"

„Na na, übertreib mal nicht, so eine Gag-he-du!" Sami betätigt sich als Bremser, eine ungewohnte Rolle für ihn.

„Ok, ok, ich bin ja schon ruhig. Klar, kritisieren ist immer leicht." Aber er bleibt beim Thema und nervt Sami wieder mit seinem „Rütlischwur".

Es war einmal eine Versammlung Freier und Gleicher. Hoch oben auf dem Berge trafen sie einander, die Hände zum feierlichen Schwure sich zu reichen!

„Nie wieder wollen wir traurig und alleine unseres Weges ziehen, nie wieder uns auseinander bringen lassen – und nie wieder, vor allem, wollen wir auch nur ein einziges Fränkli außer Landes lassen!" Doch wie das so eben mit Schwüren und Gemeinschaften ist, es gibt immer ein paar Quertreiber. Und so wie die Eidgenossen erst über die Jahrhunderte zusammengewachsen sind und Europa erst über die Jahrhunderte zusammenwachsen wird, werden auch die

Freiburger Taxizentralen erst über die Jahrhunderte zusammenwachsen. Aber dieser Prozess der Vereinigung wird auf jeden Fall viel mehr Mühen, viel mehr Schweiß und vor allem viel mehr Tote fordern als der der beiden anderen zusammen!

Und dann erst, erst dann, kann man mit Taxifahren hier vielleicht mal was verdienen. Solange sind mindestens vier Zentralen rund um die Uhr besetzt, müssen Kunden länger aufs Taxi warten als nötig, ist der Umsatz pro Kilometer bescheiden und stehen ständig Autos auf dem Hof, vor sich hin rostend – weil man sich nicht auf die Stilllegung von Konzessionen einigen kann. Ein Bild des Jammers eben, aber immerhin nicht mehr eins des nackten Grauens, wie noch vor ein paar Jahren, vor der Gründung von Taxi Freiburg GmbH.

Leider jedoch, muss man sagen, herrschen ja aber auch innerhalb der GmbH „Freiburger Verhältnisse" – Genossen sollen sie sein, Geier sind sie. Auf Biegen und Brechen versuchen einzelne Firmen einen eigenen Kundenstamm zu halten, bzw. sogar noch Kunden dazu zu gewinnen. Da wird dann schon mal eben von Littenweiler nach Landwasser gejettet, während sich die Kollegen dort die Reifen platt stehen.

Nun gut – klar, man muss sich einfach nur mal vorstellen, jeder Taxler wäre reich und berühmt. Niemand würde mehr Rockstar oder Profifußballer werden wollen, wenn man lediglich eine Ortskundeprüfung ablegen muss und zwei Jahre Fahrpraxis nachzuweisen braucht, um auf einmal Kultstatus und Geld wie Heu zu haben. Unser gesamtes Sozialgefüge würde ja ins Wanken kommen! Und damit also alles seine Ordnung hat, ist es eben so eingerichtet, dass man als angestellter Taxifahrer, oder gar als Aushilfe, nur ein Nasenwasser verdient. Natürlich spiegeln auch die Verhältnisse innerhalb der Taxifahrerschaft die Verhältnisse in der Gesellschaft wieder.

Auch hier gibt es eine Einkommenspyramide, gibt es Unterschiede zwischen Arm und Reich.

Ein gut eingeführter Unternehmer beispielsweise, der an lukrative Aufträge herankommt, steuerliche Vorteile in Anspruch zu nehmen weiß, letztendlich auch sein Taxi als Privatpkw nutzen kann, steht in jedem Fall viel besser da als ein Aushilfsfahrer. Generell jedoch gilt: Wenn man in Freiburg mal auf zwanzig Euro Umsatz pro Stunde kommt, so ist das schon spitze. Und wenn man sich überlegt, wie viel davon noch abgeht, was man in einem normalen Beschäftigungsverhältnis an Sozialleistungen bekommt, so sind das Peanuts, aber diesmal im ehrlichen Sinne des Wortes. Krankengeld, Urlaubsgeld, Arbeitslosenversicherung gibt es, wenn auch wirklich nicht üppig. Jedoch: Bezahlte Feiertage, Weihnachtsgeld, Abfindungen, Sozialpläne, Frührente, Pipapo, überhaupt Rente, die mal übers Sozialhilfeniveau hinausgehen wird, sind im öffentlichen Dienst oder in einer großen Firma doch Standard. Und davon gibt's als Taxifahrer – nichts! Rien, nada, niente. Oder so gut wie nichts auf jeden Fall. Also braucht man sich über die vielen Stellenangebote in diesem Bereich nicht zu wundern. Taxifahren ist nicht viel mehr als ein gut bezahltes Hobby.

Dennoch: Auch der Kunde profitierte davon, wenn es im Freiburger Taxigewerbe aufwärts ginge! Und es *ist* doch so: Nur die Großzentrale garantiert Weiterentwicklungen wie zum Beispiel die GPS – satellitengestützte Auftragsvergabe. Da Falschmeldungen hierbei nun nicht mehr möglich wären, bräuchte der Fahrer keinen Standplatz mehr anzufahren, sondern bekommt den nächsten Auftrag da, wo er gerade frei geworden ist. Das spart enorm Kilometer und Kosten – dies kann an den Kunden weitergegeben werden. Die Zukunft des Taxigewerbes gehört der Großzentrale – und der Kunde hat es in der Hand, ob er noch lange darauf warten muss oder den Prozess der Fusion durch seinen Anruf beschleunigt.

Sami kriegt einen Funkauftrag und Paul einen Einsteiger. Für fünf süße Euerchen ums Eck.

Die Krankenschwester!

Ist sie hübsch, arbeitet sie nur zwei Jahre in ihrem Beruf, denn bis dahin hat sie schon ihr Berufsziel erreicht.

Was ist das – Menschen zu helfen?

Nein, sich einen Arzt zu angeln.

Ist sie klug, arbeitet sie nur zwei Jahre in Deutschland, danach in der Schweiz. Ist sie weder das eine noch das andere, kann sie immer noch Taxifahrer drangsalieren. Dieser ist für sie ja ohnehin nichts weiter als eine vergleichsweise angejahrte, geldgierige und ungeduldige Version eines Transportzivis. Jemand, der Weisungen von ihr entgegenzunehmen hat, auf jeden Fall. Paul steht „Klinik hinten" und räsoniert über das Verhältnis Klinikpersonal zu Taxifahrern. Hier ist vor allem ein Missverständnis typisch: Es wird groß kein Unterschied gemacht zwischen Klinikfahrdienst, Hol- und Bringdienst – und Taxifahrern! Es gibt da aber einen sehr großen, Letztere werden nämlich nicht auf Stunde bezahlt!

Klassisch ist zum Beispiel: Er muss einen Patienten auf Station abholen, die Schwester stellt gerade einen Materialtransport zusammen.

„Kann ich da drauf warten?" fragt er.

„Nein, geht noch 'ne Weile, muss erst noch der und der unterschreiben, dann kann ich ja noch mal anrufen." Zwar sind alle in der Klinik genervt, gestresst, unterbezahlt und Helferkomplex-burnt-out und was weiß der Geier – aber was es heißt, auf Umsatz zu fahren, dazustehen und machen und hampeln, dass die Kohle reinkommt, viel ist es eh nicht – das weiß dort niemand.

Sein wir doch mal ehrlich. Das eigentliche Problem im Pflegebereich ist doch die etwas seltsame Mode, Arbeit zu delegieren. In dem man etwa die einem in der Hierarchie nachfolgende Kraft befragt, ob sie denn „Lust hätte, das und das zu erledigen". Also etwa: „Hast du Lust, Herrn Schächtele zu waschen?" oder „Hast du Lust, Frau Hegerle ein Steckbecken zu bringen?"

Lust?

Ich meine, Lust hat man doch etwa Tennis zu spielen, ein gutes Buch zu lesen oder es sich zusammen mit einer geeigneten Person seiner Wahl im Bett so richtig nett zu machen. Aber Lust, Herrn Schächteles Intimbereiche von ständig sich über Nacht erneuernden, ranzig riechenden Ablagerungen zu befreien? Frau Hegerle ein Becken zu stecken? So führen also die mit dieser seltsamen Schizophrenie verbundenen Irritationen zu einer ständigen Arrodierung durchaus vorhandenen Einsatzwillens. Zusammen mit dem ebenfalls durchaus immer vorhandenem, ja durchaus *dräuendem Berg Arbeit* ergibt das dann diese neurotische, in Krankenhäusern um jede Ecke grienende „Am liebsten würde ich dich erst krankenhausreif schlagen, bevor ich dich dann hier aufopferungsvoll pflege"-Freundlichkeit.

Die Schlange der Taxis rückt vor, 4.90 € um 4.90 Kliniktransportpauschale ereilt jeden Kollegen sein Schicksal. Auch Paul leistet Sozialarbeit.

Etwas später, die Sonne ist schön am scheinen und sein Frust schon wieder verraucht, steigt am „Humboldt" einer ein und will zu einem Wellnesshaus in der Nähe. Er hat Blumen dabei und schwärmt ihm was von einer Frau vor, die dort die Gymnastikgruppe betreut.

„Mein lieber Mann, die würden Sie auch nicht von der Bettkante stoßen!", sagt er zu Paul. Der schaut ihn kurz von der Seite an, er sieht etwa aus wie siebzig. Heute wolle er nicht in die Gruppe kommen, da wolle er doch nach dem Rechten sehen und ihr Blumen vorbeibringen. Er sei zwar in festen Händen, flirte aber so gerne. Paul wünscht ihm viel Glück mit seinen zwei Frauen. „Ja, da muss man schon aufpassen", sagt Seniorencasanova eifrig, „so mancher, der was von zwei Frauen will, steht auf einmal alleine da!" Kurz vor Feierabend überlegt er noch, ob er sich nicht noch „Humboldt stellen" soll und biegt um die Kurve, mal sehen wie viel dort stehen. Vorne steht einer, hinter ihm ist eine Lücke.

Und dann steht da ein Taxi, dessen Fahrer wohl sicher irgendwo was essen ist. Langsam fährt er daran vorbei, stellt sich ab, die Fahrertür ein wenig auf, den Sitz nach hinten, wie immer – und ein wenig dösen. „Hast du mich gespranzt!", fährt sie ihn an.

Er macht einen kleinen Satz, fährt zusammen, als wäre es morgens um vier und die Gestapo hämmerte an der Türe. Dann schimpft sie wie ein Rohrspatz, doch hört er gar nicht, was sie spricht, schaut sie nur an. Sein Blick hängt fasziniert an ihren vollen Kurven, folgt der Bewegung ihrer sinnlichen Lippen. Aus ihren wunderschönen, blaugrünen Augen sprüht der Zorn, wie eine Rachegöttin steht sie vor ihm. Nein, eher wie Aphrodite, die Göttin der Schönheit, eine Fleisch gewordene Göttin, so steht sie vor ihm, nein wahrhaftig – sie schwebt über dem Erdboden!

Er weiß nicht mehr, was er denken soll, antworten soll, sagen soll, er betet sie an, er...

Er ist verliebt!

Kapitel Zwei

Das Wort „Spranzen" aus dem Freiburger Taxijargon hat viele Bedeutungen, ist vielleicht am besten zu übersetzen mit: eine unkollegiale Handlung vornehmen, die zu einer Benachteiligung für den Betroffenen führt. Also, klassisch natürlich, jemandem die Fahrgäste wegschnappen, der über Funk dafür beauftragt war. Aber auch Falschmeldungen am Funk, mit denen man sich Fahrgäste ergaunert. Oder eben unberechtigterweise am Stand an jemanden vorbeifahren, der vielleicht nur mal kurz am Papierkorb ist oder beim Vordermann drin sitzt. Deswegen sollte man an einem nicht abgeschlossenen Auto im Allgemeinen nicht vorbeiziehen. Wobei es hier natürlich auch eine Grenze der Rücksichtnahme gibt – alles eine Frage des Fingerspitzengefühls eben.

Anke hatte gerade erst frisch angefangen, noch nicht eine Fahrt gemacht, sich am „Humboldt" nur kurz einen Kaffee geholt, da kommt so ein Trottel dahergefahren und spranzt sie. Und wie er sie dämlich angegrinst hat und was er da vor sich hin gestammelt hat – na, dem hat sie's aber gegeben! Und vor lauter Wut ist sie dann auch gleich weggefahren, den Idioten wollte sie nicht in ihrer Nähe haben. Sie ist dann noch eine Weile am „Oli" (dem Stand Oberlinden) abgestanden, bis ihr Zorn verraucht ist, dann hatte sie eine Stammkundin vom Straßenstrich gefahren. Die hat selber keinen Führerschein, deswegen läuft die Aktion immer folgendermaßen ab: Zum vereinbarten Termin kommt ein Kollege zu ihrer Wohnung, stellt seine Schüssel ab und befördert die Frau in ihrem Privatauto zu ihrer Arbeitsstätte, dem Parkplatz zur Unterführung. Dann wird ein zweites Taxi geschickt, das den Kollegen wieder aufpickt und zu seiner Schüssel retourniert. Und wenn Madame Feierabend machen will, läuft das Ganze wieder in umgekehrter Richtung. Die Frauen vom Straßenstrich sind sehr am Jammern, dass der Umsatz viel schlechter sei als früher, aber die meisten machen das ja schon zwanzig Jahre und länger, sind schon ehrenvoll ergraut. Wer will sich denn von einer sechzigjährigen Oma einen runterholen lassen? Irgendwann muss es doch mal umgekehrt sein mit der Bezahlung.

Zwei, drei Bahnfahrten später eine Begegnung der besonderen Art, mit einem schillernden Subjekt.

Piercing wird ja immer extremer.

Bald kommt es soweit, dass sich die Leute ihrer Prothesen nicht mehr schämen müssen, ihrer Glasaugen, Brandverletzungen, et cetera. Sich am Fleischerhaken aufzuhängen wird schon bald out sein, demnächst ist schon mehr Mut gefragt, um bei den Frauen anzukommen. Sich eine Beinprothese im Piercingstudio machen zu lassen, beispielsweise. Oder Infusionspumpen für Chemotherapie offen tragen. Ja, sogar künstliche Darmausgänge werden bald Designersujet! Der letzte Schrei: Ein Anus präter von Armani, von Gucci, von Joop. Ohne Witz.

Anke fährt einen dieser trendigen, neuen Menschen, der mit seinen Gesichtsverzierungen, streifigen Stammesnarben und Holzpflöcken aber bloß an einen der alten Kannibalen Neuguineas erinnert. Die Haare hat er abrasiert und den gesamten Haaransatz flächig tätowieren lassen. Er ist so cool, dass sie dringend die Heizung aufdrehen muss.

Nun ruft die „Abschädel"stube an. Sie geht dort rein, da sitzt einer mit einem vollen Bierglas vor sich und ruft: „I' komm glei!"

Folgendes zur Bedeutung von „I' komm glei" und zu seiner Verwendung im Taxialltag.

„I' komm glei" bedeutet: es geht prinzipiell, grundsätzlich, ausnahmslos, von vornherein – noch mindestens zehn Minuten.

Sie macht also die Uhr an, innerlich schon auf das Gemosere gefasst, was unweigerlich kommen wird und kann erst mal warten.

Soll ich nicht lieber tags fahren, sind dann unweigerlich so die Gedanken. *Na ich weiß nicht, alte Muttis mit Krückstock? Hektik, Stress, Abgase?*

Der Unterschied zwischen Tag- und Nachtschicht im Taxibetrieb ist ja wie der zwischen Tag und Nacht. Die Fahrgäste und Situationen können nicht unterschiedlicher sein. Auf Schlagworte verkürzt: Tags Alte, Kranke – nachts Alkoholkranke. Irgendwann gewöhnt man sich halt an die Schicht. Wenn man nachts fährt, sind einem Kneipen und Alkoholfahnen schon wohl vertraute Bekannte. Geduldig hört man sich gelallte Lebensweisheiten an, beantwortet wissend die Fragen angeheiterter, auswärtiger Geschäftsleute, wo denn hier noch was „los sei" und fährt sie dann ins geeignete Etablissement.

Irgendwann so gegen vier Uhr morgens kippt dann jedoch das ganze Nachtgeschehen, dann kommen die Frühtermine, ab fünf auch die ersten Bahntermine. Unausgeschlafene, ungefrühstückte Fischmünder, mit denen man am besten möglichst kein Wort wechselt, wenn einem nicht schlecht werden will. Nach dem Frühstück Zähneputzen, diese Empfehlung nehmen sich insofern dann viele zu Herzen, indem dann eben ein „kein Frühstück, kein Zähneputzen" daraus wird. Nun kommt auch wieder der Verkehr und der Nachtfahrer, verwöhnt von der nächtlichen freien Fahrt und lichtempfindlich, fährt dann freiwillig noch vor dem ersten Sonnenstrahl wieder ein in die heimische Gruft.

So tut dies auch Anke heute, am Ende ihrer Schicht.

Paul steht „Klinik vorne" und ist verliebt.

Die Sonne scheint, sanft plätschert der Brunnen neben ihm, ein paar Meter vor ihm wölbt sich der Torbogen der Einfahrt ins Klinikgelände, mit seinen Skulpturen.

Kommt und schreitet durch dieses Tor, ihr, die ihr mühselig und beladen seid...

Bin ich eigentlich gar nicht, denkt er sich. *Oh zornbebende schöne Kollegin, oh du Heideröslein mein, du temperamentvolles! Gilt's nun nur noch dies Heideröslein zu brechen und mit nach Hause zu nehmen. Hm, vielleicht ein gar nicht so einfaches Unterfangen?*

Er reißt seine Gedanken wieder einen Moment von seinem Heideröslein los und lässt seine Blicke wandern.

Tja, der Standplatz! Der hat seinen Namen zu Recht, denn da hat sich halt schon so mancher die Reifen plattgestanden! Es ist eben nun mal so: Der Service, mal eben schnell anzurufen und ein Taxi steht in fünf Minuten oder schneller vor der Tür, muss bezahlt werden. Kommt abends ein gut gefüllter Intercity an, räumt der mal gut und gerne fünfzig Taxis weg. Wie wäre so etwas denkbar ohne Warterei?

Und – wie sollte man sich nun einen Standplatz wünschen?

Ruhig gelegen, im Sommer sollten Palmenzweige für Schatten sorgen, während Bedienstete der Stadt, die früher Radarfallen aufgestellt haben und aus Rücksicht auf die Taxifahrer geschasst wurden, für kühle Getränke sorgen. Im Winter dagegen dürfte eigentlich noch ein kleiner Whirlpool zum Standard gehören. Vielleicht könnte man das arbeitslose Radarpersonal ja aber auch noch in Massage schulen.

Der Taxifahrer kommt also hinten angefahren, stellt das Auto auf ein automatisches Laufband und nimmt die Dienste in Anspruch, die der Standplatz zu bieten hat. Und wenn er nun Erster und zuständig ist, lässt er sich mit einer Sänfte sanft ins Auto tragen.

Doch wie ist's im Allgemeinen? Der Stand ist da eingerichtet worden, wo halt mal eben ein Eckle frei war. Oft sind das irgendwelche umfunktionierten Parkplätze direkt an vierspurigen Durchgangsstraßen. Sanft wiegt sich das Taxi im Fahrtwind der vorbeidonnernden Brummis. Wer hier eine Stunde steht, ist schon irgendwann mal mürbe.

Doch Paul ficht heute nichts an. Sonnenschein und die Erinnerung an gestern – mehr beschäftigt ihn gerade nicht, mehr will er auch gar nicht, dass es ihn beschäftigt. Langes naturblondes Haar, volle sinnliche Lippen, blaugrüne Augen. Eine frauliche Figur mit ausgeprägten weiblichen „Protuberanzen", nicht so verhungert aussehend, wie das Mode ist. Absolut der Typ „Ich kam, kuckte, kriegte Korb". Aber unser Paulchen sieht ja auch nicht gerade aus wie ein Grottenolm.

Erst das Piepen des Datcom reißt ihn aus seinen Träumen – eine Auswärtsfahrt!

„Chirurgie Station 3b, Patientin Bächle nach Rastatt." Freudig fährt er ein Stückchen vor und geht hoch.

„Ja, Frau Bächle muss nach Rastatt, jedoch mit Krankentransport!", heißt es, denn aus Frau Bächle ragen bedauernswerterweise überall Schläuche. Der Pfleger schaut ihn unheimlich betroffen an, sagt in einem unheimlich betroffenen Tonfall: „Das tut mir unheimlich Leid, aber ich habe die falsche Nummer angerufen." „Da wird einem ja richtig unheimlich!", schnappt Paul bissig, rennt zurück zum Auto und meldet Fehlfahrt.

Wartet fünf Minuten, derweil er sich noch erfolglos um eine Fahrt nach Worms bewirbt, dann der nächste Auftrag: „Chirurgie Station 3b, Patient Bäumle, nach Rastatt!" Er fragt am Funk nach: „Wollt ihr mich verarschen?", geht hoch, die Fahrt geht nach Rottweil. Diese Art Verarschung ist noch am leichtesten zu ertragen.

Sie fahren also zur Heimat der süßen kleinen Rottweilerchen, der süßen kleinen rassereinen Gurgelspringerchen, der Hasso von Schnapps, Kuno von Lefzenfletschs.

Quer über die lieblichen Hügel des schwarzen Waldes.

Pflückte er doch hier sein Heideröslein!

Zur Sicherheit des Fahrers gibt es außer der Möglichkeit eines direkten Hilferufs über Sprechfunk den Notfunk. Der ermöglicht eine Funküberwachung des Fahrzeugs, ohne dass man davon etwas im Taxi bemerkt.

Paul und Sami sitzen gerade wieder am „Humboldt" zusammen, Paul hatte gerade seinem Kumpel von seinem Erlebnis mit der schönen Kollegin erzählt, musste ihm alle Einzelheiten schildern, als jemand den Notfunk auslöst, der ja in jedes Fahrzeug übertragen wird. Außer Rauschen und Rascheln ist jedoch gerade nichts zu hören. Über Display sehen sie sofort die Wagennummer.

„Mensch, der steht ja grad vor uns!", ruft Paul aus. Sie steigen aus, schauen nach, tatsächlich, da steht er. Und dessen Fahrer, der den Notruf ausgelöst hat, sitzt seelenruhig darin, hat eine aufgeschlagene Funk- und Betriebsordnung vor sich auf dem Schoß, in der er bienenfleißig blättert.

„He Kolläge, hascht auf falsche Knopf gedrückt?", fragt ihn Sami. Der neue Fahrer schaut ihn an wie ein Streifenhörnchen, dem man versucht Gerhard Schröders politische Ziele zu erklären (davon abgesehen, dass ein Menschengesicht dabei denselben Ausdruck ungläubiger Verständnislosigkeit widerspiegeln würde).

In der Tat ist der Unglücksrabe unbemerkt auf den falschen Knopf gelatscht und hat Funkalarm für alle Fahrzeuge ausgelöst, was aber leider anderen auch passiert, irgendwann nur noch nervt und natürlich dann früher oder später mal auch auf „der Wolf kommt"-mäßige Weise die ganze Geschichte konterkariert. Sie klären ihn darüber auf und hastig springt der Neue vom Sitz, dabei so unglücklich agierend, dass er jetzt auch noch die Alarmanlage mit dem Intervallhupton dazu auslöst. Allgemeines Gelächter und Gefluche, dann hat die Zentrale den Notruf beendet, die Alarmhupe ist wieder abgeschaltet und der neue Kollege erlöst.

„Jaja, da muss man verdammt aufpassen am Anfang, der Knopf ist halt so angebracht, dass man sehr leicht drankommt. Ich hab mir deshalb extreme Vorsicht beim Einsteigen angewöhnt", klärt ihn Paul auf. „So sehr, dass ich das jetzt auch beim Einsteigen in normale Autos nicht mehr wegkriege!" Er geht mit Sami zurück, eins nach hinten. Sie sitzen gerade wieder, da fällt Paul auf, dass das Taxilicht des Vordermanns rhythmisch blinkt.

„Den stummen Alarm hat er auch noch an! Oder wir sind vorhin bei dem Chaos dran gekommen." Er geht wieder nach vorne, kommt erst zurück, als die gelbe Funzel dunkel bleibt.

Der neue Kollege blättert weiter in der Funk- und Betriebsordnung, Kapitel Notfunk und Funküberwachung. Umfangreich und schwer verständlich. „O Chott", sagt sich Willi der Journalist, „nee! Ich glaub, mein Bedarf an Abenteuern ist bald gedeckt. Ich bleib lieber bei meiner Schreibe."

Und seine nächste Fuhre wird ihn wohl eher in diesem Entschluss bestärken als ihn davon abbringen! Er ist inzwischen Funkerster und bekommt eine mittlerweile ganz selten gewordene fette Auswärtsfuhre (was sich nicht auf Airbus und Airliner verteilt, versickert gerne mal irgendwie so) – zwei spanische Geschäftleute, *ola Carmen*, zum Flughafen Basel! Eigentlich ein Grund zur Freude, er darf auch noch auf Uhr fahren, obwohl sich hier ja schon üble Pauschalen eingeschlichen haben. Aber leider ist er ja fast genauso ortsunkundig wie die beiden Spanier, die das erste Mal in Freiburg zu Gaste sind! Dementsprechend nervös tuckert er los, zuerst noch ganz stolz richtigerweise den Autobahnzubringer Süd, anstatt Mitte angepeilt zu haben – und verwechselt dann mal eben so die Auffahrt! Der Schweiß perlt auf seiner Stirn, als er, o Chott, merkt, dass er jetzt anstatt Basel nun eben mal Karlsruhe im Visier hat. An welchem Marterpfahl der Verzweiflung er sich gerade auch festgezurrt sieht, der feindliche Tomahawk nähert sich unaufhaltsam lebenswichtigen Organen!

Nervös-unauffällige Blicke nach hinten ins spanische Lager, *ola Carmen*, die beiden iberischen Kaufleute werden etwas unruhig. Ihr Gespräch, das vorhin dahinmurmelte, solcherart durchaus eine angenehme Spanienurlaubskulisse schaffend, bekommt nun eine leicht konsternierte Note. Aber welcher Deutscher, der das erste Mal Barcelona aufsucht, kann denn unterscheiden, ob denn nun Tarragona oder Gerona im Norden liegt, wenn er nicht gerade das Meer im Blick hat? Das sagt sich auch Willi, stellt die Klimaanlage höher und beschließt seine Erfahrungen aus dem Journalismus einfließen zu lassen, wo man es auch nicht immer so dolle mit der

Wahrheit hat. Forsch prügelt er die Autobahn entlang Richtung Freiburg Mitte. Einerseits natürlich, um Zeit aufzuholen, und andererseits, weil man die Beschilderung bei hohen Geschwindigkeiten nicht so gut lesen kann. Da er sich aber nicht die Blöße geben will, Mitte abzufahren, um die gleiche Strecke wieder die andere Richtung zurückzufahren, wobei wohl selbst ein Blinder den Braten gerochen hätte, fährt er über die Dörfer – Umkirch, Waltershofen und Tiengen zurück zur Auffahrt Süd. Um sich, Blut und Wasser schwitzend, wieder, diesmal richtig, auf die Autobahn zu begeben. Jetzt aber bregelt er erst mal so richtig los, alles was die Karre hergibt, denn der Umweg hat natürlich ganz schön Zeit gekostet – ungeachtet des Tempolimits auf hundertzwanzig und ungeachtet der Radarfallen, wobei er jedoch Glück hat. Den beiden sonnengebräunten Seniores, *ola Carmen*, auf dem Rücksitz dürfte wohl schon geschwant haben, dass da was nicht stimmt. Er meinte Satzbrocken wie „no es normal" und „comico" und „estupido" herauszuhören. Sie waren sich wohl aber einfach doch nicht sicher genug, um so richtig aufzumucken. Die Klimaanlage hat inzwischen das Auto auf Kühlschranktemperatur herabgekühlt und Willi vor peinlichen Schweißbächen bewahrt, als sie am Ziel ankommen. Die frierenden Spanier zahlen beschwerdelos den fetten Umweg mit, natürlich ohne aufzurunden, lassen sich aber den Fahrpreis quittieren. Und verabschieden sich frostig, den Temperaturen im Auto entsprechend.

Willis „Reste" machen sich auf den Rückweg. 0 Chott nein, das mit Taxi – lass ich sein!

Eine fünfundsiebzigjährige Oma stieg vor einer Weile mal bei Paul an der Hauptstraße ein, „damit er nicht so traurig kucken muss", und erzählte ihm einen schmutzigen Witz, den sie von einer dreiundachtzigjährigen hatte. Ein nackter Mann in der Wüste, zwei Elefanten um ihn rum, sagt der eine zum anderen: „Na ja, ist ja nicht besonders interessant, eines würde mich aber wirklich interessieren, nämlich wie der wohl mit *dem* kleinen Rüssel sein Futter ins Maul kriegt?"

Heute, eine ganze Zeit später, kommt sie wieder an der Hauptstraße vorbei. Paul ist Dritter, das Wetter sehr angenehm und er sitzt auf einem Stein am Gehsteig, die zwei vor ihm in den Autos. Sie beugt sich zu ihm runter und grinst ihn an.

„Und wie sieht's aus, geht's der Reihe nach oder nach Schönheit?" Paul grinst zurück.

„Nach Schönheit natürlich." Heute ist Spranz-den-Kollegen-tag.

„Ah, dann...! *Dann* muss ich natürlich mit Ihnen fahren, dass ist ja klar!" Er packt sie ein und gibt Gas, sie sagt noch vertraulich: „Die anderen können ja denken, dass wir zwei uns kennen!" (Sie hätte wohl auch nichts dagegen) Dann genau dasselbe wie das letzte Mal, sie erzählt ihm einen schmutzigen Witz: „Ein neuer Metzger macht auf und jeder Kunde kriegt als Einführungsangebot eine Wurst umsonst. Oma Müller geht hin, kauft ein und kriegt auch eine Wurst umsonst. Nächste Woche geht sie wieder hin und fragt: Ja was ist, krieg ich diesmal keine Wurst dazu? – Nein, die gab's nur einmal, die war nur zum Einführen!

– Ja, so was, die war zum Einführen! Und ich hab die gegessen!"

Sie biegen in die Sebastian-Kneipp-Straße ab, da fragt sie ihn: „Sie als Mann müssten das doch wissen, was ist denn das demokratischste Kleidungsstück?"

„Keine Ahnung! Die Unterhose, die hat doch jeder an?" (Wieso er als Mann?)

„Nein – der BH! Er macht die Kleinen größer, hält die Großen zurück und zügelt die überschießenden Massen!"

Sie sind angekommen, sie will immer ein paar Meter vorher aussteigen, damit ihre Bekannte nicht merkt, dass sie mit dem Taxi kommt und beim Zahlen sagt sie: „So, und jetzt noch einen, aller guten Dinge sind drei: Oma, Mutter und die zwanzigjährige Tochter sind beim gleichen Frauenarzt. Während der Untersuchung fragt er die Tochter, ob es denn beim Verkehr irgendwelche Probleme gäbe und wie oft es so ungefähr dazu käme. ‚Nein, kein Problem und wie oft, na ja, so MMS, würde ich mal sagen.' – ‚MMS?' fragt der Arzt. ‚Na ja, montags, mittwochs, samstags!' Ein andermal hat die Mutter bei ihm einen Termin. Sie fragt er das gleiche und sie antwortet ihm: ‚MMS. Im März einmal, im Mai und im September'. Schließlich ist auch die Oma bei ihm und er fragt sie, was er jede Patientin fragt, sie antwortet verlegen lächelnd: ‚MMS! *M*anchmal *M*öchte ich *S*chon!'"

Sie verabschiedet sich, Paul fährt „Urban" und bekommt gleich einen Auftrag. Die Fahrt geht nicht weit, er fährt wieder „Urban" und wieder bekommt er sofort einen Fahrgast. Wenn dort niemand steht, geht der Auftrag an die Hauptstraße. Sie fahren nun dort dran vorbei und tatsächlich – seine beiden Kollegen stehen immer noch. Er hat ihnen somit drei Aufträge weggenommen!

Eine Frau steht an der Straße, redet kryptisches Zeug in ihr Handy, in einem wichtigen, beschwörenden Tonfall. Sie winkt ihm, steigt ein, weiter telefonierend. Dann beendet sie das Gespräch mit: „So, ab jetzt läuft alles so, wie es sich entwickelt, wir werden den

Dingen jetzt ihren Lauf lassen", oder so ähnlich. In diesem überdrehten Stil quatscht sie auch Paul die ganze Fahrt über voll, fragt ihn nach seinem Sternzeichen und erzählt dann, dass eine Wahrsagerin ihrem Freund prophezeit hätte, sie würde ihm eines Tages erscheinen. Sie, eine türkische Schwäbin übrigens, fände diesen ja einerseits wahnsinnig toll, sperre sich aber auch gegen ihn. Auch diese Fahrt nimmt ein Ende, sie schaut ihn jetzt wichtig an.

„Ich will ja nicht übertreiben", sagt sie dann ernst und bedeutungsvoll, Paul hat dabei Mühe sich das Lachen zu verbeißen, „aber ich glaube, ich habe jetzt Ihr Leben ein wenig verändert!"

„Ja, das auf jeden Fall! Falls ich mal ein Buch übers Taxifahren schreiben sollte, kommen Sie drin vor!"

„Ach, das ist ja toll, ich will nämlich auch ein Buch schreiben, ein Drehbuch, über mein Leben!"

Hanoi, du schwäbische Türkin, du – lieb's Herrgöttle! Kindergärten – spendet Sand für die Sahara! Sie ist ein empfindliches Ökosystem und ständig durch Erosion bedroht.

Eine neunzigjährige alte Dame fragt Paul, warum er denn eine am Hals geschlossene Weste anhätte. Er begründet es, wegen steifem Hals, Zug, Erkältung und so, sie lacht und sagt: „Ach ich hätte gedacht, wegen was anderem." Stellt sich die Oma doch einen Knutschfleck an seinem Hals vor! Aber da ist keiner, weil auch gerade niemand da ist, ihn zu machen. Und von seiner spröde-schönen Kollegin hört und sieht er nichts.

Zwei, drei „gelbe Schein"fahrten später fährt er eine mittelalte Hektikerin zur Bahn. Nur ein paar Meter weit gekommen, lässt sie ihn zurückfahren, um zu schauen, ob ihre Herdplatte noch an ist. Wohlwollend fragt er, als sie wieder einsteigt, ob sie denn jetzt wirklich sicher sein könnte, dass das Wasser nicht noch laufen würde. Da ist sie aber beleidigt.

An der Bahn besteigen drei chinesische Geschäftsleute seine Rikscha. *Chinese chicken soup.* Ein Polizeiauto fährt vorbei und sie fragen ihn, wie denn das Wort Polizei, steht ja groß auf dem Auto drauf, ausgesprochen wird. Sie lachen sich einen ab, als er es ihnen vorspricht – dre Chenesen met dem Kentrebess.

Ein Jugoslawe belehrt ihn: „Die Araber sind doch alle nur Dreck!" Ein Türke meint: „Der Kohl hätte nicht so viel Ausländer ins Land lassen sollen." Versteh einer die Welt!

Frau Giorosa nun ist von irgendwo aus dem Süden Europas gebürtig.

Er sieht sie von weitem heranhinken, in Begleitung eines anderen, jungen Ausländers und hört, wie sie mit ihm spricht, auf Deutsch:

„Wo wären wir denn, wenn wir Ausländer nicht zusammenhalten würden? Vielen, vielen Dank." Dem guten Mann ist das, so dick aufgetragen, fast ein wenig peinlich, er wehrt höflich ab. Und Paul fragt gleich schelmisch: „Fahren Sie trotzdem mit mir, obwohl ich Deutscher bin?" Sie tut es. Sie steigt ein. Sie holt Luft.

„Junger Mann, ich hätte da etwas Größeres vor mit Ihnen!" Paul grinst.

„Jaaa? Etwas Unsittliches?" Sie fährt da voll drauf ab.

„Ja wollen Sie denn das? Ja – *wollen Sie denn das?*" Paul (I'm just a Gigolo!), muss einen Gang zurückschalten, und zwar nicht am Auto, das hat Automatik: „Na ja, jetzt sagen Sie mir erst mal, was Sie da Größeres vorhaben." Sie hat Akkus dabei, nein, nicht für ihren Dildo, sondern für die Fernbedienung ihrer Flimmer und labert ihn die ganze Zeit voll mit irgendwelchen technischen Geschichten, bläht die Backen, rollt die „rrrs" dabei wie Reich-Ranitzki und labert und labert (dies auch wie Reich-Ranitzki).

Sie fahren zu einem Geschäft, Paul muss aussteigen, für sie neue Akkus besorgen. Doch prompt sind es die falschen. Also muss er sie doch ins Geschäft reinführen, sie verhandelt mit dem Verkäufer und labert und labert und rollt die „rrrs". Danach will sie zu einem Café in der Innenstadt.

„Sie haben das ja vorhin nur gesagt, weil ich alt bin und weil ich ein Krüppel bin und weil ich hässlich bin und weil ich eine Ausländerin bin", genau so wählt sie ihre Worte. „Was hätten Sie gemacht, wenn ich eine schöne, junge Frau wäre? Hätten Sie dann auch gefragt, ob ich etwas Unsittliches vorhabe?" Mit der Ausländerin hat sie's, da muss sie echt Komplexe haben.

Paul wehrt bescheiden ab.

„Schöne Frauen sind sehr anspruchsvoll, die wollen nichts von Taxifahrern, nur was von Ärzten und Rechtsanwälten."

„Ja, Sie müssen ihnen ja nicht sagen, dass Sie Taxi fahren."

„Na klar, ich kann ja im Türrahmen lehnen und sie ansprechen: ‚Hey, hören Sie mal, ich bin Arzt! Ich hab grad 'n Taxi gebraucht und den Fahrer Kaffee trinken geschickt. Brauchen Sie vielleicht eine Mund-zu-Mund-Beatmung?'" Als sie beim Eiscafé Lazarin aussteigt, schaut sie ihn eine Weile nachdenklich an und sagt dann: „Es tut mir Leid für Sie, dass ich keine schöne, junge Frau bin."

„Jaah! Das tut Ihnen für Sie selber Leid!"

Aber sie meint, dass sie in der heutigen Zeit nicht mehr jung sein möchte und lässt sich zu einem freien Platz führen.

Leben – zu Risiken und Nebenwirkungen lesen Sie die Bibel oder fragen Sie Gott oder Ihren Priester!

Rainer hat gerne mal blasphemische Anwandlungen, weil er sowieso laufend mit seinem Schicksal hadert. Er sitzt an seinem Arbeitsplatz, dem Stinketaxi, und beschäftigt sich mit seinem Laptop. Ein Gestörter läuft vorbei, er macht sich kurz auf sein Einsteigen gefasst, denn Gestörte wollen immer etwas von Taxifahrern, besonders von ihm, da gibt es so eine Affinität, aber der glotzt nur kurz blöde und läuft weiter.

Rainer wäre so furchtbar gerne Science-Fiction-Autor, das Genre liegt ihm mehr als die Realität. Gerade hat er wieder eine besonders blasphemische SF-Kurzgeschichte verfasst und kann jetzt also in Ruhe noch mal wohlwollend sein Werk betrachten, bevor er es abspeichert.

Gott!

Was für ein Gott ist denn das, der Kriege zulässt – und dass er im Taxi hocken muss. Und dass er keine Frau abkriegt.

Am siebten Tag

Am Anfang war der Urknall.

Die Fetzen dieser kosmischen Explosion flogen auseinander, formten sich zu Materieballungen, zu Galaxien. Schließlich sorgten komplexe physikalische Vorgänge für die Entstehung von Sternen und Sonnensystemen. Die Planeten bildeten sich aus der heißen Urmaterie, kühlten sich ab, manche entwickelten eine Atmosphäre, Landmassen und Meere. Gleichzeitig wurde die Materie, zu Beginn des Universums nur dichtgepackte Atome, immer komplexer. Nachdem zuerst die Elemente entstanden, bildeten sich Moleküle, die schließlich die Fähigkeit entwickelten, sich zu reproduzieren – der Anfang des Lebens.

Auch das Leben selber entwickelte sich weiter, Intelligenz entstand – und: Selbst die Geschwindigkeit dieses Prozesses unterlag einer Weiterentwicklung, sie verlief nicht linear, sondern exponentiell! Vergingen bis zur Entstehung primitiven Lebens Milliarden von Jahren, so dauerte es nur einen verhältnismäßig kleinen Zeitraum bis zur Entstehung von Intelligenz. Und es *wird* noch viel kürzer dauern, bis die Intelligenz sich anfängt zu akkumulieren, sich aus der Form zu lösen, in der sie entstand.

Wohin führt das alles, was wird am Ende sein? Das weiß alleine Gott. Wenn es ihn gäbe.

Aber es gibt ihn nicht.

Noch nicht.

Rainer überrieselt ein Schauer. Ist das nicht die Erklärung? Gott gibt es noch gar nicht, deswegen hat er mit siebenundzwanzig Jahren noch Pickel und ist solo. Und wenn es dann Gott geben wird – wird er es dann sein, der dafür sorgt, dass das Universum wieder in sich zusammenstürzt, kollabiert? Wird es danach wieder einen neuen Urknall geben? Und wird er dann in diesem neuen Universum wieder Taxi fahren und Pickel haben?

Ein Auftrag, Rainer verstaut seufzend den Laptop und fährt zur Adresse. Drei Leutchen steigen ein, die hintere Türe kracht erst mal munter gegen eine Telefonzelle.

„Bissu selber schuld, hassu halt falsch geparkt, da können wir nichts dazu." Rainer steigt zwar aus und schaut sich die Tür an. Weil er aber nur ein paar Kratzer sieht, die vielleicht aber auch schon da waren, sagt er nichts. Er ist ja schon ganz froh, wenn es nicht heißt: „Tja, bissu halt selber schuld, wenn du meiner Faust (meinem Messer) im Wege stehst, können wir nichts dazu, weissu."

„Chef! Fahr uns mal ins Rieselfeld!", tönt der, der vorne sitzt. „Chef" ist eine nette Umschreibung für „dummer Arsch, der uns genau dahin zu fahren hat, wohin wir das wollen", das weiß auch Rainer und bewegt sich umgehend Richtung Rieselfeld. Doch die Leutchen suchen Streit, das scheint ihnen wichtiger zu sein, als möglichst schnell befördert zu werden. Er kann fahren, wie er will, er kann sagen, was er will, die Spannung schaukelt sich immer höher. Schließlich – entlädt sie sich. Rainer sieht sich schon von zweien gepackt, während der Dritte seinem Frust über seinen Vorgesetzten mit zielgerichteten Schwingern in Rainers Magengrube Ausdruck verleiht, aber sie sind gnädig, für diesmal!

„Was kostet es bis hierhin? Hier, du *Schleim!*" Der eine Typ steht neben der Beifahrertür und wirft ihm, mit angeekeltem Gesichtsausdruck, Geld auf den Sitz. Dann verschwinden sie Richtung Straßenbahn, gehen die Treppe hoch auf die Stadtbahnbrücke, Rainer ruft ihnen durchs geöffnete Beifahrerfenster Gesalzenes zu. Doch! Wie in einem Slapstickfilm fliegt ihm mitten im Satz ein Colabecher durchs Fenster und bespritzt ihn mit klebrigem Saft. Ihr Hohngelächter in den Ohren fährt er weg, bevor ihn noch mehr treffen kann und besieht sich dann das Auto von außen, eine Ecke weiter weg. Es ist über und über mit Colaflecken besprenkelt.

Rainer ist schon restlos bedient von diesem Tag, von dieser Woche, von diesem Leben. Aber er ist wirklich enorm leidensfähig.

Es ergeben sich bald noch zwei Touren und die dritte führt ihn dann zum Jesuitenschlößle. Eine ganz ordentliche Fahrt, es gab noch ganz gut Trinkgeld und das versöhnt ihn schon fast wieder. Fast schon froh gestimmt macht er sich auf den Rückweg durch die Weinberge am Waldrand und *zack* – überfährt einen Hasen!

Er sieht ihn über den Weg laufen, kann aber nicht mehr ausweichen, sieht ihn dann im Rückspiegel noch zappeln. Geschockt fährt er weiter, wie ein Automat, das Geschehene verdrängend. Erst ein gutes Stück weiter kommt er wieder zu sich, wendet, fährt zurück und steigt aus. Der arme Kerl zappelt immer noch. Seine Hinterläufe sind wohl gelähmt, genau da muss er ihn erwischt haben. Keine Chance mehr für ihn, für Hasen gibt's keine Rollstühle und kein Rehaprogramm nicht. Rainer ist einfach gezwungen das Tier von seinem Leiden zu erlösen und entschließt sich daher, voll Abscheu und Widerwillen, noch einmal drüber zu fahren, das erscheint ihm noch am wenigsten schlimm. Er steigt wieder ein, visiert den Kopf an. Es gibt einen Hoppler, ein kurzes Knacken – der arme Hase ist tot, aus seiner Schnauze fließt ein Strom von Blut. Rainer zittert am ganzen Körper. Aber wenn er auch mit Menschen seine Probleme hat, wenn er eines liebt, dann sind das Tiere. Nie hätte er es sich verziehen, wäre er nicht noch mal zurückgefahren. So nimmt er sich noch mal ein letztes Mal zusammen, packt das leblose, pelzige, kleine Bündel an den Hinterläufen und legt es im Wald ab, an einer Stelle, die etwas geschützter ist. Am liebsten hätte er es sorgsam vergraben, ganz tief, aber so haben vielleicht noch andere Tiere was von dem Hasen und sein Tod war nicht ganz umsonst – denn auch daran denkt er.

Wieder im Taxi, weiterfahrend, ist es aber mit seiner Beherrschung vorbei, auf dem ganzen Weg zur Ablösung heult er wie ein Schlosshund.

Sami erzählt Paul von seinen „Bahn"-fahrten.

Die Bahn lässt ihre Lokführer zwischen Bahnhof, Bahnbetriebswerk und Güterbahnhof hin- und herfahren. Früher sind die Leute gelaufen, das war gesünder, hat aber länger gedauert – so ist es eben billiger.

Alle Bahner halten gern mal ein kleines Schwätzchen, wenn man ihnen die Gelegenheit gibt, respektive ziehen vom Leder, was ihnen nicht so passt bei der Bahn! Und das ist eine Menge, mit der strapaziösen Wechselschicht nur mal angefangen. Einem gab Sami das Stichwort und es folgte eine zehnminütige Nonstoptirade, wie mies die Bahn doch sei! „Einer unserer Chefs, er hat studiert, baut sich vor uns auf: ‚Wenn ihr nicht spurt, trete ich euch in die Eier!'"

„Als Akademiker sollte er sich doch ein bisschen gewählter ausdrücke", warf Sami ein. „Ich trete euch in die Hode! Oder wie einer immer sagte: ‚Ich trampel euch gleich ins Hösche!'"

„Nein, es waren auch Frauen anwesend, aber das brauchte er wohl." Oder, dass alles privatisiert wurde und und und… meinte er, aber jetzt müssten alle wieder Uniform tragen, wie bei der alten Reichsbahn. Ein zweiter fuhr mit, fügte hinzu, Deutschland wäre in den letzten zwanzig Jahren ein Tollhaus geworden, ihre Chefs alles nur Managertypen, geil auf die schnelle Mark, hätten aber keine Ahnung vom Bahnbetrieb.

Sami hatte schon mal einen angesprochen, der die ganze Zeit über verdächtig ruhig war: „Hey, was ist los, Sie sind der erste Bahner, der bei mir einsteigt und nicht über die Bahn schimpft, sind Sie zu müde dazu?" Der war's, murmelte betrübt etwas von „Ist doch eh alles sinnlos" und von sich „morgen krankmelden".

Eines Tages gab es ein Zugunglück. Zwei von Schleusern ausgesetzte Asylflüchtlinge, die auf dem Gleis Richtung Stadt liefen, wurden vom Zug erfasst und deshalb, es kam ja alles durcheinander, fuhr Sami vier Lokführer an einem Tag – Rekord! Er kam sich vor wie Jim Knopf. Der nachfolgende Zug blieb südlich der Stadt stehen, dessen Lokführer musste wegen Schichtwechsel ausgetauscht werden. So fuhr er den frischen hin und gleich den von der Nachtschicht zurück in die Stadt. Gestrandete Fahrgäste, die sich vorher erdreistet hatten, den Lokführer wüst zu beschimpfen, wollte er nicht bei sich im Taxi mitnehmen, irgendwie verständlich. Obwohl die auf einmal alle ganz freundlich waren. Mit allen vier Lokführern sprach Sami selbstverständlich über das Unglück, das bis dato noch als Suizid gehandelt wurde und jeder erzählte, schon mal einen „zerstückelt" zu haben, der Rekord läge bei dreizehn. Das Thema liegt jedem Bahner auf dem Magen, es hat schon viele Fahrten gegeben, wo auch nur der kleinste Aufhänger genügte, um sie darauf zu bringen. Einer sagte zum Beispiel: „Die Leute, die das tun, denken doch nur an sich. Wenn die keinen Bock mehr haben, dann sollen sie sich doch aufhängen oder Tabletten nehmen. Die wissen gar nicht, was die für einen Zirkus verursachen!"

Es ist ja nämlich so: Der Zug muss erst mal stehen bleiben, bis die Staatsanwaltschaft da war und die Sache aufgenommen hat – es kann ja immer mal einer aufs Gleis gelegt worden sein. Niemand darf solange raus. Dann muss die Sauerei erst mal beseitigt werden, denn so kann die Lok nicht in den Bahnhof einfahren – da spritzt's ja bis auf die Scheibe hoch. Dann verpassen alle ihre Anschlüsse und es gibt einen Haufen Umstände mit dem Fahrplan. Und schließlich und endlich, die Bahn darf ja nicht aus Pietätgründen ein Geheimnis aus der Verspätung machen, die Leute sind ja sauer genug, vermiest es einem schon mal die Stimmung, wenn man durch den Bahnhof latscht und die Lautsprecher erzählen etwas von Verspätung wegen eines „Personenunfalls". Ganz zu schweigen von dem Knacks, den der Lokführer abbekommt. „Also, Leute, entleibt-euch-nicht-an-einer-Lok-mm-mh!", zieht Sami ein furztrockenes Fazit, seine Erzählung damit beendend.

Paul nickt abwesend, Samis kleine Reportage interessiert ihn nur halb, er denkt da gerade lieber an etwas Anderes.

„Tubi, Station Hugendubel, Herr Räpple, Euro 4.90", so lautet der Auftrag auf dem Display, was also bedeutet, vom Standplatz zur „Tubi" (Tumorbiologie) zu fahren (leise fluchend über die Schranke zwischenrein, die auch für Taxis nicht offen ist – man muss also einen riesigen Bogen fahren), zwei Stockwerke hoch auf die Station und jetzt irgendeine Person in Weiß zu finden, die für einen Moment Zeit hat (von zehn weißbekleideten Personen ist das eine) einem zu sagen, in welchem Zimmer Herr Räpple sich denn befände. Rainer erwischt eine Schwester. Sie setzt eine ernste Miene auf (seine Hoffnungen, bei dieser Fahrt etwas zu verdienen, schwinden) und erklärt ihm, dass Herr Räpple in die Chirurgie verlegt werden soll. Wofür er einen Transportschein bekäme (im Wert von 4.90, wovon Rainer fünfundvierzig Prozent zustehen, also etwa der Wert eines kleinen Eisbechers). Aber! Herr Räpple hätte jetzt noch einen Perfusor wegen Schmerzen dranhängen, den Rainer anschließend zurückbringen soll, und dafür würde er noch einen Eisbecher bekommen.

Sie ziehen also los, er schleppt das Gepäck von Herrn Räpple und dieser trägt in der einen Hand, in der die Infusionsnadel steckt, den Perfusor (eine Infusionspumpe, die in Form und Gewicht etwa einem Handstaubsauger ähnelt) und in der anderen seine ominös-voluminöse Krankenakte (der Perfusor ist leichter). Sie haben beide keine Hand mehr frei, um etwa einen Aufzugsknopf zu bedienen, aber wozu hat man denn den Ellbogen. Koffer, Herr Räpple mit Perfusor und Aktenmappe ins Auto. Jetzt muss fünf Minuten Büro gemacht werden. Rechnungsnummer, Name und Fahrpreis kommen auf das „Fahrtenblatt". (Rechnungsnummer, Name, Station, Datum, Fahrpreis und Wagennummer auf den Schein für das Taxi, das die

Rückfahrt zu machen hat – der berühmt-berüchtigte „gelbe Schein", würg – entfällt ja ausnahmsweise, da keine Rückfahrt anliegt.) Rechnungsnummer, Wagen- und Unternehmernummer und Fahrpreis auf den Kliniktransportschein. Der wird zusammengefaltet und eingesteckt.

Nun fahren sie also zur Chirurgie (leise fluchend über die Schranke zwischenrein, die auch für Taxis nicht offen ist – man muss also einen riesigen Bogen fahren). Unterwegs fragt Rainer Herrn Räpple, auf welche Station er denn kommt. Hat er vergessen. Koffer, Herr Räpple mit Aktenmappe und Perfusor aus dem Auto, sie gehen zur Pforte. Die Pforte telefoniert. Sie weiß auch nichts, sie schickt sie zur Aufnahme. Die Klinik ist groß, die Wege weit und Herr Räpple schlecht zu Fuß, sie fahren dahin. Die Koffer, Herr Räpple mit Aktenmappe und Perfusor ins Auto, hundert Meter weiter die Aufnahme. Die Koffer, Herr Räpple mit Aktenmappe und Perfusor aus dem Auto, zur Aufnahme. Die Aufnahme telefoniert. Schließlich ist sie damit fertig und nimmt Herrn Räpple auf. Rainer hat Zeit für fünf Minuten intensive mentale Entspannungsübungen. Endlich, sie gehen hoch auf die Station – der Aufzugsknopf wird mit dem Ellenbogen bedient, für die Stationstüre nimmt man halt noch mal eben das Knie mit dazu. Eine weißbekleidete Person mit Zeit wird gesucht. Ein Pfleger findet sich, er kennt Herrn Räpple noch und hält ein freundliches Schwätzchen mit ihm, wie's ihm denn so ginge. Nach zwei, drei Anläufen gelingt es Rainer diskret und höflich darauf hinzuweisen, dass man Herrn Räpple doch bitte abstöpseln möge, damit er den Perfusor gerne wieder mitnehmen könne. Fünf Minuten mentales Training – der Apparat wird gegen einen von der Station ausgetauscht und er geht runter zum Auto und fährt los. Der Perfusor registriert, dass er es nicht schaffen wird, die benötige Menge an wichtigem Medikament an den Patienten abzugeben und beginnt einen durchdringenden Pfeifton von sich zu geben. Er beißt auf die Zähne und fährt weiter. Beim Abbiegen fängt ihn jemand ab, erkundigt sich nach dem Weg. Rainer hat bei dem Pfeifen Mühe ihn zu verstehen, gibt ihm aber freundlich Auskunft. Er fährt weiter, *der Perfusor pfeift!* Er untersucht ihn auf Knöpfe zum Abschalten und schaltet ihn ab. In der Tubi angekommen, läuft er auf die Station hoch und sucht eine Person in Weiß mit Zeit. Die Frau Doktor überreicht ihm huldvoll lächelnd einen Transportschein. Mit durch das mentale Training von vorhin nur leicht brüchiger Stimme schildert er ihr kurz den Verlauf der Fahrt und gibt ihr freundlich zu verstehen, dass er über eine kleine Vergünstigung, etwa in Form eines weiteren Transportscheins höchst beglückt wäre.

Nein! Die Fahrt ginge hin und zurück und sie wisse nicht, wie sie der Verwaltung gegenüber einen dritten Transportschein erklären solle und sie hätte jetzt *wichtigere* Dinge zu tun.

Er weiß auch nicht, wie er die plötzliche Aufwallung von Blutgier in ihm erklären soll, vielleicht rütteln ja seine Steinzeitvorfahren an den Gittern ihres genetischen Gefängnisses. In Sekundenbruchteilen erwägt und verwirft er, sich auf sie zu stürzen und sie zu schütteln, *„Gib – mir – den – Schein!"* zu schreien und zu toben, sich festzuketten und zu rufen: *„Ihr Schweine, ihr kriegt mich hier nicht raus, bis ich einen dritten Transportschein habe!"*, den zweiten Schein zu zerknüllen, ihr vor die Füße zu werfen und „leckt mich doch" zu sagen. Er entscheidet sich dafür, „Eine Scheiße ist das hier, eine Scheiße!" zwischen den Zähnen zu zerquetschen, aber ganz leise, Feigling, der er ist, und davonzustürmen, um seine zwei kleinen Eisbecher zu verdrücken. Er hat bloß keinen Appetit darauf.

Die nächsten Wochen meidet er die Klinik.

„Ey Alter, zieh Dir rein, ich hab grad mal in bella Italia vorbeigecheckt, comprende?..."

Das kann nur Achim sein, so spricht er und so schreibt er auch. Auch das „comprende" ist typisch. Es heißt „capito". Da ist der Idiot in Italien und kann immer noch nicht Spanisch und Italienisch auseinander halten. Paul lässt den Brief sinken, den er in der Hand hält. Er hat ihn gerade aus dem Briefkasten gezogen, der Absender ist etwas unleserlich, aber der Stil eindeutig.

Er war mal mit Achim klettern, in Südfrankreich, in der Verdonschlucht. Ist ein lustiger Vogel, aber nie mit den Gedanken bei der Sache. Als Kletterpartner unakzeptabel. Sie hatten zwar eine Menge Spaß zusammen, aber Paul war dann nicht mehr nach einer Wiederholung. Einmal, da hat sich der Chaot doch tatsächlich mal eine Seillänge in die Schlucht abgelassen und bekam nirgendwo einen Stand mit den Füßen zu fassen. Von alleine kam er aber auch nicht mehr hoch. Darauf musste Paul extra ein paar Leute auftreiben und zu viert haben sie ihn dann wieder herausgezogen. Als ihn Achim dann mal wieder wegen einer Tour angehauen hatte („Ey, Alter, wie sieht's mal wieder aus, klettermäßig und so?"), hielt er es wie Tino Schreiner, der Freiburger Kletterpapst. Wenn den wieder einmal so ein „Niemand" danach fragt, ob er nicht einen devoten Seilsherpa suche, der ihm die Kletterschuhe küsst, pflegt er zu antworteten: „Na ja, ich geh mit jedem klettern." Pause, Nachsatz: „Aber ich hab halt wenig Zeit."

Paul liest weiter: „…Hab 'ne italienische Mitfahrgelegenheit abgeholt und dann ab nach Italia. Die ist dann auch mal selbst gefahren, hat aber nur Mist gebaut, weil sie den Führerschein erst neu hatte. Also bin ich wieder ran ans Steuer. Hab sie dann auch angegraben, na logo…"

Na logo!

„…wollt aber nicht, hatte bloß ihren Luigi im Kopf.

Der Campingplatz an der Halbinsel Enfola ist hammergeil, es war morgens und abends einfach traumhaft, nur dazusitzen, was zu rauchen, und den phantastischen Ausblick übers Meer auf den Westteil der Insel mit dem Capannemassiv, bis hin zur Nordspitze von Korsika zu genießen. Neidisch Alter, Taxi rumlümmeln und so?

Die ersten Tage hab ich's mir gleich dreckig gegeben: Klettern und Schnorcheln! Ich hab gleich alle vier Klippenseiten abgecheckt, bei dreien ist schon bald Schwimmen angesagt. Ich kletterte immer an der Wasserlinie entlang, knapp über dem Wasser. Wenn es zu schwierig wurde, packte ich die Schuhe in einen Taucherbeutel und schwamm dann ein Stück weiter. Nach ein paar Tagen bin ich dann um ganz Enfola (zwei- bis drei Kilometer Umfang) rumgeschnorchelt. Den großen Wanderweg „Grande Transversale d'Elba", der Elba über die ganze Breite durchzieht, habe ich auch schon die ersten Tage in Angriff genommen und dann nach und nach in sechs Etappen hinter mich gebracht. Eigentlich wollte ich ihn mit dem Mountainbike angehen, musste aber gleich erfahren, dass er dafür ungeeignet ist. Da er bis zu fünfundvierzig Prozent steil, sehr schmal und zugekrautet ist und mit vielen kleinen Schottersteinen übersät, so dass man sich vorkam wie auf einer Eisenbahnböschung. Dazu noch die sengende Hitze und aufdringliche Insekten, aber auch großartige Ausblicke. Ich ärgerte mich maßlos, dass ich den Foto nicht mitgenommen hatte. All das, Hitze, Fliegen, Ausblicke, kein Foto, darüber ärgern, galt eigentlich für die ganze Reise.

Eines Morgens fiel mir mal wieder eine Teilkrone (Ich knöpf mir meinen Zahnarzt mal vor!) herunter. Ey, italienische Ärzte! Die Praxis war versifft, das Radio lief und il Dottore musste noch die ganze Zeit seine Helfer-senorita angraben…"

Das heißt signorina, Dumpfbacke.

„…nebenher hatte er dann noch mich versorgt. Natürlich war die Teilkrone dann auch viel zu hoch und er musste alles platt schleifen, damit die Höhe wenigstens ein bisschen stimmte. Er fragte dann auch immer dringlicher, ob es den bene sei, bis ich schließlich Ja und Amen sagte. Da ich auch noch etwas Profil auf dem Zahn behalten wollte. Chiudere und aprire – zumachen und aufmachen.

Nach einer Woche sind zwei voll die taffen Rucksackmädels auf dem kleinen Platz unter meinem angekommen. Wir gaben uns abends gleich etwas Vino und rauchten was zusammen. Es waren beide Erzieherinnen und die eine namens Kiki, allein erziehende Mutter, wirkte noch taffer als die andere und hat auch immer ziemlich gebechert. Am Morgen vor ihrer Heimreise hat sie sich den Wecker gestellt, aber nicht gehört. So dass ich ihn, da ich schon auf war, ausstellen musste, damit nicht der ganze Platz wach wird. Danach, da sie immer vor dem Zelt im Freien schlief, fühlte ich mich verpflichtet sie zu wecken – sie ließ sich aber nicht einmal wachrütteln. Da hab ich sie gleich Mund-zu-Mund-beatmet, Alter!

Das Klettern, kombiniert mit Schwimmen, ging gut voran, war aber schon heftig. Manche Stellen waren einfach krass gefährlich, vor allem wenn man in die Höhe ausweichen musste und es dann gleich ausgesetzt wurde. Zieh Dir rein: Pausenlose Möwenschreie, steil aufragende Klippen, tiefe Buchten! Die scharfen, mit Seeigeln übersäten Felsen unter Wasser! Die Brandung, wenn man wieder an Land wollte! Je nach Wetter war es auch nach dem Schwimmen ziemlich kalt. Ich bin auch mal ins Wasser gestürzt, ging aber glimpflich aus, weil es an den meisten Stellen tief genug ist. Und nach einigen Tagen hatte ich es dann auch geschafft ganz Enfola an einem Tag zu umrunden! Mit großzügigen Schwimmetappen, aber auch sehr anstrengender Kletterei an der Abkackgrenze. Mit viel Ganzkörpereinsatz. So wie's halt sein soll, Alter.

Nach achtzehn Tagen dann weiter, von der Insel runter. Auf der Autobahn kurz vor Pisa checkte ich noch mal kurz, ob ich pisamäßig was losmachen soll und hab mich im letzten Augenblick, zehn Meter vor der Ausfahrt, dafür entschieden. Weil ich ja auch noch tanken musste. Obwohl ich dort zum ersten Mal so richtig auf *merda di cane* ausgerutscht und beinahe hingeflogen bin, kam es voll gut. Der erste Anblick des Campanile, wenn er so auf einmal hinter den Häusern auftaucht, haut einen schier um. Besonders die Ansicht von der Ostseite mit dem Dom im Hintergrund zeigt: Das Ding ist wirklich unglaublich schief! Dass es überhaupt noch steht, ist fast ein Wunder. Am selben Abend bin ich dann noch nach Levanto (Cinqueterre) weitergefahren, hing am nächsten Tag dort einen Klettertag dran. Stellenweise sehr schöne Kletterei, aber selten guter Fels, meist „Blätterteig". Abends dann, nach dem Essenkochen, lieh ich mir noch zwei Stunden ein Kajak aus und bin die Küste entlang. Bis fast nach Monterosso. Geil! Einmal bin ich in eine zehn Meter lange Höhle gefahren, etwas Schiss, Mann! Und jede Menge fliegende Fische waren zu sehen.

Am nächsten Tag ab in die Apennini! Das Starlatal bis zum La-Forcella-Pass auf neunhundert Meter ist sehr schön und ziemlich schwarzwaldähnlich. Das Avetotal, was sich dann anschließt – breathtaking, Mann! (Ähnelt Ardeche, aber viel steiler.) Dann weiter Richtung Aostataleingang. Der Campingplatz dort ist nur eine große Wiese, ohne Markierungen, ohne Zäune und direkt an einem Bach. Ich war so weit entfernt von der Rezeption, dass ich zum Klo mit dem Fahrrad fahren musste! Meine finnischen Zeltnachbarn, die mit dem Motorrad unterwegs sind, tranken schon vor dem Frühstück harten Sprit. An den darauf folgenden Tagen hatte ich zwei Seitentäler gecheckt, zuerst das Val de Gressoney. Bis Gressoney St. Jean mit Auto, dann Wanderweg an der Lys entlang, bis zum ehemaligen Gletscherbett. Hier auf zweieinhalb- bis dreitausend Meter ist es noch zirka ein Kilometer Luftlinie bis zum Monterosamassiv. Man sitzt dort oben, spürt den kalten Gletscherwind und zieht sich diese gewaltige Pyramide aus Fels und Eis rein. Das immerhin zweithöchste Massiv der Alpen!

Am nächsten Tag das Val Tournenche. Da die Seilbahnen (Sommerski) zu teuer gewesen wären, bin ich zu Fuß an die Basis des Monte Cervino (Matterhorn), bis auf zirka dreitausend Meter. Taperte die Firn- und Geröllfelder mit meinen Segeltuchschuhen hoch, wollt ja zuerst gar nicht in die Alpen, holte mir prompt nasse Füße. Lawinen gingen ab, es donnerte. Überlegte, ob ich auf den Grat neben der Flanke steigen sollte, aber es wäre wohl, bei dem teils unterspülten Firnschnee, uncool geworden.

Dann weiter Richtung Montblanc. Wenn man dann also vor dem „Mb" steht, dann weiß man: Hier ist das Aostatal zu Ende! Hier wäre eigentlich jedes Tal der Welt zu Ende, egal wie lang und wie breit es denn wäre. Man weiß auch gleich, ja! Hier muss ein Tunnel gebaut werden. Passstraße? Hasse einen anner Ömme? Bisse inner Biarne waich? Die Preise der Aiguille du Midi-Seilbahn sind dem Mb angemessen: gigantisch! Eine Hin- und Rückfahrt schlappe fünfzig Eu. Da Wetter nicht optimal, kein Foto, kein Geld, habe ich dies auch erst mal verschoben.

Jetzt sitz ich hier, rauch was und schreib Dir diesen Brief. Nachher latsch ich noch mal eben den Mb hoch, meine Segeltuchschuhe sind ja wieder trocken. Oder ich geh in den Ort, kauf mir ein paar italienische Schnellfickerschuhe, und grab'n paar Schnecken an!

Ciao, Achim."

Ja, das ist Achim. Nie Geld, baut'n Riesenscheiß, ist aber immer gut drauf. Hauptsache, er hat was zu rauchen.

Anke absolviert heute Nacht wieder volles Programm.

Unterwegs im Reich von König Alkohol und seiner getreuen Untertanen!

Als Erstes fährt sie zwei Maler in ihren Arbeitsklamotten, die nach Feierabend noch mal eben zweie, dreie, viere, fünfe heben waren.

„I kann nemme un' I will nemme!", greint der, der hinten sitzt, vor sich hin, wie ein kleines Kind. Sie entsteigen ihrem Wagen, einer fliegt gleich längs aufs Pflaster, die Leute drum herum schauen entrüstet.

Dann gibt's einen so genannten „Alkoholschlepp". Der Kunde lässt sich das Auto vom Fahrer, das ist Anke heute, nach Hause bringen und ein zweites Taxi holt den Fahrer wieder ab. Heut ist wieder Herr Kündle, der Spezialkunde dran, bei dem ist das einmal die Woche der Fall. Der hat auch immer so eine enge Garage! Und heute ist er auch zu besoffen, die Wohnungstür aufzuschließen beziehungsweise den richtigen Schlüssel dafür zu finden, und lässt sie das machen.

„Wiwilsch nnnnet noch ää bissle mit reikomme!?", lallt Herr Kündle und grabscht nach ihr.

„Pfoten weg! Schlaf du erst mal deinen Rausch aus!" Fast schon komisch. Da ist der Mann zu besoffen, das Schlüsselloch zu finden, aber verspricht sich etwas davon, sie anzugraben.

Dann bekommt sie erst einmal eine schöne Auswärtsfahrt, einen Lokführer auf Rechnung nach Titisee. Sie setzt ihn dort am Bahnhof ab, da stehen da ein paar Kiddies rum und winken wie blöd.

„Taxi, Taxi!" Offensichtlich haben sie dort grad kein anderes Taxi auftreiben können. Anke packt sie ein, macht ihnen klar, dass sie ein Freiburger Taxi ist, mit fehlender Ortskenntnis, und braust los, wie die Windsbraut, in die dunkle schwarzwälder Nacht. In Neustadt steigen alle nach und nach aus, bis auf einen, der hinten drinhängt und schon am Schnarchen ist.

„Kannst du mir auch wirklich erklären, wo du hinwillst, du weißt, ich kenn mich hier nicht aus!?"

„Joa, joa, all's gradaus!" Im Herzen kein Arg.

Sie fährt geradeaus, redet mit ihm, um ihn wach zu halten – sie brausen weiter durch den dunklen Tann, über Berg und Tal, Felder und Wiesen – und irgendwann wird klar, dass der Typ überhaupt nichts mehr checkt und sie sich völlig verfranst haben. Anke macht ihm genervt klar, dass sie jetzt nach Neustadt zurückfahren werden, er nach vorne kommen, gefälligst aufpassen und ihr den Weg zeigen soll. Die Uhr hat sie schon längst ausgemacht.

„Joa, joa, all's gradaus." Schwarzwälder Bauernschädel.

Endlich kommen sie an, Anke ist gnädig und will nur zwanzig Mücken von ihm – da hat der Typ gar kein Geld dabei! Sie nimmt ihn den Führerschein ab und lässt ihn Geld holen. Nach zehn Minuten ist er immer noch nicht zurück, sicher ist er eingepennt. Sein Name steht nicht an den Klingeln, Anke sieht irgendwo noch Licht und klingelt dort behende-beherzt. Das waren aber prompt andere, irgendwelche Russlanddeutsche, die auch erst nach längerem Zureden bereit sind, das Geld gegen Quittung und Führerschein auszulegen.

Anke macht sich auf den Rückweg.

„Eine Stunde wegen dieser Schnapsnase verbraten!" Zornig heult der Diesel.

Wieder in Freiburg lallt sie ein besoffener Typ die Fahrt über voll und lässt beim Aussteigen zwei Weinflaschen im Auto fallen, der Wein ergießt sich ins Velours. Das ist eine grausame Sache, denn der Karren stinkt noch Wochen danach nach Wein. Sie soll mit in die Wohnung, weil er erst nach Geld kramen muss. Überall liegen Flaschen herum, es sieht aus wie Sau.

Und zu guter Letzt dann, so gegen Zwei am „Oli", hat sie erst mal genug und weist eine trunken taumelnde Torfnase ab.

„Warum fährst du den Herrn nicht?", fragt sie der nach ihr ganz entrüstet, nachdem der „Herr" eins nach hinten weitergetorkelt ist. Oh *Herr*, lass Hirn regnen, weil sie nicht will, dass er ihr auf den Rücksitz reihert, natürlich! Der andere fährt ihn aber, voll Risiko.

Was für eine Nacht!

Und jetzt fährt sie noch früh morgens, voll im Tran – *auf Pauls Auto!*

Wieder am „Humboldt". Er „steht Dritter", hat gerade angefangen und ist so früh morgens noch alles andere als wach, als er es hinter sich kurz scharf quietschen hört und gleich darauf auch schon einen schmerzhaften Ruck im Nacken verspürt, während es ordentlich scheppert. Sich den Nacken reibend steigt er aus. Sie steht schon mit etwas betretener Miene da und besieht sich den Schaden, der sich bei ihm jedoch in Grenzen hält. Seine Stoßstange ist eh schon verbeult und bei ihr hat es halt einen Scheinwerfer gekostet, vom Aufprall ist das Glas gesprungen. Und die Stoßstangenverkleidung, spaßhafterweise aus dünnem Kunststoff bestehend, ist natürlich zerbrochen.

Na klar, am liebsten würde er jetzt den alten, aber immer guten Spruch bemühen: „Hör mal, wenn du mit mir bumsen willst, so können wir das doch in netterer Atmosphäre machen", oder so ähnlich. Aber das lässt er lieber, sie sieht gerade wirklich nicht so aus, als ob sie Spaß versteht. Und eine Einladung zu einem Kaffee wäre jetzt sicher auch krass daneben. Sie sagt auch gar nichts groß, steht nur da und fummelt verlegen am Scheinwerfer rum. Deshalb meint er: „Na ja, bei mir ist ja nichts groß passiert, die Stoßstange ist ja eh schon über den Jordan... braucht man nix machen."

„Der Scheinwerfer ist hinüber, mein Chef wird sich freuen. Hätt' ich bloß schon Feierabend gemacht."

Zwei verlorene Gestalten am frühen Morgen, die eine will nur noch heim ins Bett, der andere am liebsten gleich mit dazu, ist aber noch gar nicht richtig wach genug, um ihr solch einen Wunsch auch nur annähernd überzeugend nahe zu bringen. Sie stehen unschlüssig herum, dann fährt Anke von dannen, nachdem sie sich noch kurz bedankt hatte, dass er wegen der Stoßstange keinen Aufstand macht. Und Paul setzt sich wieder ins Auto und döst noch eine Runde, sich angenehme Zusammenstöße mit seiner schönen Kollegin ausmalend. Er hatte sie ja schon fast wieder ein wenig vergessen, weil er sie nie mehr irgendwo gesehen hatte und keiner ist, der einer Frau lange hinterherträumt. Aber voilà – mit einem Bums hat sie sich wieder zurückgemeldet!

Der Tag nimmt seinen Verlauf, Arztfahrten, Klinikfahrten, Bahnfahrten – aber da steht er auf einmal, unvermeidlich wie der Kater nach einer durchzechten Nacht.

Der Weingartener Säufer, mit all seinem proletarischen Charme!

Paul nimmt die Sonnenbrille ab und mustert ihn – sein Gesicht nimmt wohl unbewusst jenen Ausdruck an, den jemand kriegt, zieht er unvermutet eine *Schabe* aus seinem Salat.

„Ja nimmsch mi miet?", schreit die Schabe freudestrahlend. Jetzt gilt es Schlagfertigkeit zu beweisen und nicht lange zu überlegen. In der Nähe stehen zwei knackige junge Mädels, deshalb sagt er schnell: „Na ja, die zwei hätt' ich schon lieber mitgenommen!"

„Ah, die kannsch vergesse", und dann: „Jetzt hab I' vier Woche nix meh g'soffe und heut d' ganz Daag!" Und so in dem Stil geht es weiter. Etwas zu erwidern bringt in etwa so viel, wie in einen Neoprenanzug zu pupen – wenn man nicht die ganze Zeit gegenspannt, drückt's es einem grad wieder zurück. Auf jeden Fall hat er *Durst* und will in eine Abfülle, seine Kumpels warten schon dort.

Dann eine kurze Pause, sie biegen ab, an der Ecke steht ein Neger. Paul beobachtet seinen Fahrgast und wartet mit wissenschaftlichem Interesse auf die genaue Wortwahl seiner dummen, kleinen rassistischen Bemerkung. Denn dass sie kommt, ist so sicher wie das Amen in der Kirche. Sie sind jetzt auf gleicher Höhe, durchs offene Fenster ruft er ihn an: „Hallo Kaminfeger!" Hm, doch ja, verrät doch ein ganz klein wenig Humor – für einen brotdummen Weingartener Säufer versteht sich. Ob unser farbiger Mitbürger dies mitbekommen hat, kann Paul nicht weiter verfolgen, da sie schon vorbei sind.

„Viel z' viel Kanake hier", fügt Säufer noch hinzu. Paul wünscht sich einen Rassistenschleudersitz, antwortet aber nicht, was sicher das Beste ist. Aber der andere stellt seine Geduld noch weiter auf die Probe: „Was würdsch mache, wenn do uff eimol ä Asylant mit emm Fahrrad liege würd? Würdsch ahalte oder würdsch drüberfahre? Also I' würd ahalte, 's könnt ja *mei* Fahrrad sei!" Was er für Humor hält, nennen andere „Kettensägenmassaker" und wo er das erste Mal lacht, ruft so mancher schon den Krankenwagen. Pauls Nackenhaare stellen sich, aber er übt Stoizismus. An der Ampel schaltet er wie immer die Automatik auf „P", um nicht die ganze Zeit auf der Bremse stehen zu müssen.

„Ah, warum stellsch jetzt auf Parken?"

„Warum nicht, ist doch so gemütlich hier, jetzt parken wir hier halt." Säufer grinst einfältig. Sie fahren zügig über die Schnellstraße und an der ersten Abbiegung steht eine Frau, ist ein bisschen übervorsichtig, wie auf Bestellung. Er beugt sich aus dem Fenster und schreit: „Ah kumm, blieb glei ganz steh', mir kumme glei!"

An der Abfülle sitzen seine Kumpels im Freien und Säufer muss jetzt noch Show abziehen. Bei geöffnetem Fenster schreit er so laut, dass sie es auch ja hören: „Hör mal, jetzt kannsch mi au glei ganz hifahre für e' Zehner!" Er will also tatsächlich, dass Paul ihn noch fünf Meter übers Trottoir bis direkt vor den ersten Tisch der Kneipe fährt, wozu der aber erst noch extra wenden müsste und darauf keine Lust hat. Es ist Säufers Spiel mit seiner Macht, seine Kumpels schauen zu, deshalb könnte es jetzt Ärger geben, wenn Paul gar nicht draufeingeht. Deswegen macht er eine scherzhafte Bemerkung und wünscht ihm gleichzeitig höflich, aber bestimmt, einen schönen Abend. Das scheint ihm zu genügen, denn er gibt ihm großspurig die Hand zum Abschied, kann aber zum Schluss doch nicht ganz auf eine abfällige Bemerkung vor seinen Kumpels verzichten. Um sein Gesicht zu wahren.

Rainer ist mit einer Lippen-Kiefer-Gaumenspalte auf die Welt gekommen. Bei den vielen zur Korrektur nötigen Operationen gab es immer wieder Komplikationen, weshalb er als Kind viele Monate in verschiedenen Krankenhäusern und in der Kinderklinik verbringen musste. Aus dieser Zeit her rührt eine, nun ja, sexuelle Fixierung auf Krankenschwestern, ganz besonders auf Kinderkrankenschwestern, auf jeden Fall eine Folge seiner Vita. Diese Fixierung ist so extrem, dass er nicht in der Lage ist, Aufträge in der Kinderklinik zu bedienen. Er muss sie ablehnen, wenn er dort nicht peinlich auffallen will. Einmal ist er wegen einem pikanten Vorfall dort beinah gefeuert worden, aber nach einer Aussprache mit der Geschäftsleitung konnte man das noch mal geradebiegen. Es gibt halt keinen Ersatz, und wenn, dann haben die ja auch irgendwelche Macken. Man hat dann einfach auf seinem Datenblatt vermerkt, dass er die Kikli nicht mehr anfährt und bekommt nun automatisch gar keine Aufträge mehr dafür. Er war auch mal mit einer Kinderkrankenschwester ein Jahr zusammen, die einzige Frau überhaupt, mit der er mal was gehabt hatte. Es war die glücklichste Zeit seines Lebens, obschon es sehr häufig kriselte. Sie trennte sich dann auch von ihm, mit der Begründung, dass er sich immer so an sie klammern würde und er solle doch mal zum Therapeuten gehn.

Zu welchem Therapeuten sollte er denn gehn? Es hatte doch keiner mehr Zeit im ganzen Umkreis – waren doch alle schon mit ihren Problemen beschäftigt!

Aber dann war er auch mal bei einem, allerdings nicht lange, weil er zu neidisch auf ihn wurde. Hockt da und zieht sich erotische Geständnisse junger Mädchen rein und verdient in drei Stunden so viel wie er in zwölf.

„Was kann ich dafür, dass die Welt scheiße ist", hatte er bei ihm gejammert. Doch der saß nur da, mit seinem Kaschmirpulli und seiner randlosen Brille, und sagte seelenruhig: „Nicht die Welt, sondern Ihre Wahrnehmung dieser Welt ist *scheiße.*" Er betonte das garstige Fäkalwort auch noch genüsslich – lockerer, aufgeklärter Analytiker, der er war. Das wollte Rainer auch mal, dasitzen, blauen Kaschmirpulli an, randlose Brille, achtzig Euro pro drei viertel Stunde kassieren und: „Ihre Wahrnehmung dieser Welt ist…" sagen!

Damals bei der Trennung hatte er auch überlegt, ob er sich aufhängen soll, aber bei seinem Glück würde sicher der Strick reißen. Oder – er würde auf dem Stuhl stehen, den Strick um den Hals, und das Handy in seiner Tasche würde läuten, wahrscheinlich seine Mutter, die ihn immer dreimal am Tag anruft. *Wie* sollte er denn dann dieses Gespräch beenden? Mit: „Du ich muss aufhängen!"? Oder: „Du ich muss Schluss machen!"?

Jedenfalls hat er es dann doch nicht gemacht.

Rainer ist der volle Chaot mit Frauen. Ist er sensibel, dann finden sie ihn ja manchmal süß und witzig, 'n guter Kumpel halt, mit dem sie sich gerne unterhalten. Einer, der die Frauen ja so gut versteht. Wenn er dann aber mehr will, dann sind sie im Moment einfach noch nicht wieder so weit für eine Beziehung oder was auch immer ihnen dann gerade einfällt, lassen sich aber gleich am nächsten Wochenende vom erstbesten dahergelaufenen Machoarsch schwängern.

In seinem Taxi hat er eigentlich schon genügend Möglichkeiten Frauen kennen zu lernen, er fährt ja auch mal welche. Aber er vermasselt's halt immer. Entweder ist er grad zu schüchtern oder bringt's zu plump rüber. Mal steht eine Frau vor dem Stand in der Klinik und raucht, weil sie es im Gebäude drin nicht darf. Sie steht die ganze Zeit da und schaut zu ihm rüber, er traut sich aber nicht. Sie ist doch viel zu hübsch für ihn. Oder eine andere läuft am Stand vorbei und lässt ihren Schal fallen. Ohne Zweifel! Die Gelegenheit zu bringen: „Ist das jetzt das berühmte Taschentuch, was Sie da jetzt fallen lassen?" Man lacht, man scherzt, lernt sich kennen. Aber nein, er steht nur dumpf da und die Gelegenheit ist futsch. Oder die vielen Frauen, die auf den Bus warten, überall. Er steht und glotzt. Mehr macht er nicht, statt dass er mal charmant ist und eine in sein Taxi einlädt. Überhaupt ist Kavalier zu sein nicht so sein Ding, da ist er viel zu unbeholfen und zu stofflig. Kommt mal ein Fahrgast, eine schöne Frau, mit einer schweren Reisetasche in der Hand auf sein Taxi zugelaufen, so ist alles, was er gerade noch drauf hat, ihr den Kofferraum aufzuhalten. Wenigstens das macht er noch, könnte man sagen, aber wirklich: Er steht nur da und schaut zu, wie die junge Dame die Riesentasche einladen muss und sich prompt noch den hübschen Kopf am Kofferraumdeckel anstößt. Und den ganzen Weg zum Bahnhof kriegt er kaum den Mund auf, um mal wenigstens nachzufragen, ob es noch weh tut – er muss ja so auf den Verkehr achten!

Und traut er sich dann mal ranzugehen, dann bohrt und nervt er in einer Tour, da können die Mädels schon mal sauer werden. Wie die eine, die schimpfend vorzeitig ausgestiegen ist.

„Dann ff-fick dich doch s-selber!", hat er ihr nachgegiftet und vor Aufregung gestottert – damit den ganzen Effekt versauend. Tja der Rainer, ein hoffnungsloser Fall. Er will immer auf einem strahlenden

Schimmel geritten kommen. Den einzigen Schimmel, den er jedoch hat, ist der an seinem Fensterrahmen.

Einmal hat er aber 'ne Tour gehabt, davon träumt er heute noch. Ein Etablissement war anzufahren, mit einem wunderschönen, blumigen Namen – dem Wort „Liebe" ganz groß im Vordergrund.

„Das ist aber ein schöner Name, den ihr da habt, gibt es denn hier wohl Liebe?", traute er sich die beiden russisch sprechenden Parfümwolken anzusprechen, von romantischen Rendezvous' in rauchigen Boudoirs träumend – fernab vom schnellen Sex mit lieblosen, gelangweilten Professionellen.

„Ja, warsch auch schon mal bei uns?", wollte die junge, vollbusige Wolke neben ihm wissen. Ganz aufgeregt stieß er ein „Ich wollt schon gern mal kommen, hab aber kein Geld" hervor. Das stimmt zwar nicht, er traut sich bloß nicht, aber sie wusste das ja nicht: „Sind auch viele Taxifahrer bei uns." Sie positionierte vertraulich ihren Arm neben dem seinen auf der Mittelkonsole. Er zog den seinen nicht weg, fing aber, wie zum Ausgleich, an zu transpirieren. Das ging noch eine Weile so, dann waren sie am Ziel angelangt.

„Wie viel macht's?"

„Zehn Euro genau."

„Gäht ja genau auf, da kriegschd ja gar kein Trinkgeld!" Sie reichte ihm einen Zehner. „Ah pass auf, kriegschd trotzdem was!" Bei diesen Worten beugte sie sich vor, kitzelte ihn dabei mit ihrer blondierten Mähne und hauchte ihm einen Kuss auf die Backe. Dann langte sie, ehe er es sich versah, an den Hosenladen und tätschelte mal eben kurz seinen Piepmatz. „Jetzt haschd für zehn Euro Trinkgeld gekriegt."

Paul muss die ganze Zeit an den Gesichtsausdruck seiner schönen Kollegin denken, als sie sich ihm, vielmehr seinem Auto, in so liebevoller Weise widmete. Grinsend berichtet er Sami davon, als sie sich später gegen Abend dann am „Holz", dem Stand „Humboldt", treffen und der lacht sich eins.

„Ja-ja-so-was-he-du!" Sein zweiter Lieblingsspruch und wenn er besonders überdreht ist, wird noch ein „Ja-ja-so-was-he-du-mmm-mh" daraus.

Da kommt auch noch Rainer daher und setzt sich mit ins Auto, die drei kennen sich recht gut.

„Ah hallo Raini und – heute schon Unfall gehabt?", erkundigt sich Paul spitzbübisch.

„Heute schon Frau aufgerisse?", setzt Sami noch eins drauf. Rainer macht den Flax mit, geht er auch auf seine Kosten. Immerhin fühlt er sich akzeptiert von den beiden, vor denen er einen Heidenrespekt hat. Vor Paul wegen seiner Expeditionen in fremde Länder und vor Sami wegen seiner Expeditionen in fremde Leiber.

Gleich fängt er wieder an ihnen die Ohren vollzujammern, obwohl er da auf wenig mitfühlende Resonanz stößt. Wenn er wegen seiner Pickel, seiner „mixed pickles" klagt zum Beispiel, kriegt er nur zur Antwort, dies und „keine Frauen" wäre ganz sicher ein untrügliches Zeichen einer verlängerten Pubertät. Und dies wiederum ein untrügliches Zeichen seiner Zugehörigkeit zur arischen Rasse, der Herrenmenschen, die einst über die Erde herrschen werden, die zehnmal so lange leben würden wie normale Menschen, aber eben leider auch zehnmal so lange die Pubertät durchlaufen müssten, ein kleiner genetischer Makel, den man noch durch sorgfältige Rassenhygiene, sorgfältige Züchtung ausmerzen müsse – und ähnlich blühenden Blödsinn. Und dabei lachen sie dann auch noch, dermaßen irre, in einer Art und Weise, in der sich schon so mancher, mit etwas Pech, zwangsbejackt in der Geschlossenen wiederfand, ehe er auch nur dazu kam, sich die Tränen abzuwischen.

Jedenfalls, er labert jetzt von irgendwelchen Damoklesschwertern, die er über sich hängen sieht, da fällt ihm Paul fröhlich ins Wort: „Ach was, Damoklesschwerter... Damoklesschwerter zu Pflugscharen! Hör mal!", sagt Paul und grinst über alle vier Backen. „Was für eine Sorte Mensch bist du? Wenn du so vor dich hin läufst, ja, und... kommst auf einmal an einem Hundehaufen vorbei – was machst du dann? Fegst du ihn zusammen..."

„Ja, zusammenfegen, mit was?" Rainer hat so eine nervige Angewohnheit, einem mit einer Frage genau den Satz abzuschneiden, der dazu dienen soll, gerade eben diese Frage überflüssig zu machen.

„Mit dem geschmackvollen kleinen Doggy-do-set, du Dödel du, den du ja immer dabei hast, praktisch veranlagter Mensch, der du bist", Paul findet dieses etwas alberne Bild sehr gelungen, kichert sich eins, „rufst du über Handy beim Ordnungsamt an? Oder – läufst du einfach dran vorbei und hast es eine Minute später wieder vergessen?" Das Gleichnis von: Das Glas ist halbleer, halbvoll, Pauls Version.

„Nein, aber mir geht das dann schon eine Weile nach, sowieso der ganze Dreck und Schmutz und Unrat, der überall herumliegt." Er sollte bloß mal einen kritischen Blick in sein Taxi werfen, bezüglich Dreck, Schmutz und Unrat.

„Ach du spinnst ja, das soll ich dir glauben? Also, ich kümmer mich nicht um den ganzen Dreck drum herum, ich seh nur das, was schön ist, wenn die Sonne scheint oder die schöne Frau, die da grad läuft..." Alle drei schmachten die schöne Frau an, die da grad läuft, dann Rainer wieder, in seinem üblichen kreuzkriecherischen Tonfall: „Ja, ich bin da halt nicht so wie ihr."

„Ach du willst ja nur bemitleidet werden."

Und Paul hört wieder Sami zu, der mal wieder von seinen Tussen erzählt. Gestern Abend, er fährt immer Schneidschicht von so dreizehn bis ein Uhr nachts, hat er drei neunzehnjährige Mädels vom Jugendzentrum zu einer Sportgaststätte gekarrt. Zwei arbeiten dort, die Dritte wollte nur mit. Im Auto unterhalten die sich teeniemäßig: „Was hast du gesagt? – Was hast *d u* gesagt? – *W a s* hast du gesagt?" Sami parodiert sie ein bisschen, sie lachen. Die eine fragt ihn: „Willst du nicht auf ein Bier mitkommen?" Sami ist ja nicht kleinlich. Aber ihre Telefonnummer wollte sie ihm dann doch nicht geben, wollte ihn anrufen.

„Na ja, kennt man ja", lacht da Paul, „eher fällt im Juli Schnee. Lachend wirft er einen Blick nach hinten am Stand – da bleibt ihm eben genau dieses Lachen im Halse stecken. Denn hinten, am Ende der Schlange sieht er auf einmal Anke stehen.

Sein Heideröslein, seine Göttin. Mit einem anderem.
Heftig knutschend!

Kapitel Drei

Anke genießt die Zärtlichkeiten mit ihrem Freund vor dem Auto am Stand. Sie sind selten geworden, da sie sich zurzeit nicht mehr so oft sehen und vor allem: auch nicht mehr besonders vertragen. Sie arbeitet nachts, er tags, und so können sie sich nur noch abends streiten. Dennoch verabschieden sie sich nur widerstrebend voneinander, als sie einen Auftrag übers Handy bekommt. Schreiberstraße, es geht in die Wiehre.

Sie stellt sich jetzt „Prinz-Eugen" und hat erst mal Zeit, ein bisschen nachzudenken. Über Beziehungen im Allgemeinen und ihrer im Besonderen. Anke hat manchmal grüblerische Phasen und im Taxi *hat* man Zeit genug zum Grübeln. Als sie mit Beziehungen durch ist, lässt sie ein paar Fahrten Revue passieren, die sie wohl so schnell nie vergessen wird. *Was sind wir eigentlich? Psychiater, Seelentröster, Sozialarbeiter?* Jeder künftige

Sozialarbeiter sollte eine Weile Taxi gefahren sein, da kann er sich so manches Berufspraktikum sparen. Dieser eine Besoffene zum Beispiel, an den wird sie noch lange denken! An einem eisekalten Januarabend am „Oli" torkelt der umeinander, fällt hin, rappelt sich wieder auf und lässt sich dann erst mal auf einem Mäuerchen nieder. Er blutet und sie sagt der Zentrale Bescheid, dass sie eine Streife schicken sollen, der Mann würde glatt erfrieren, wenn er die Besinnung verliert.

Ja, das sind so diese Erlebnisse, die man nachts im Taxi hat, die ganz unspektakuläre Konfrontation mit dem täglichen Elend. Nicht die große Gefahr, die Sensationen. Das, wonach einen die Fahrgäste immer fragen, besonders Frauen: „Haben Sie denn keine Angst, wenn Sie nachts so unterwegs sind?" Als ob sie jede Woche einmal überfallen, ausgeraubt und vergewaltigt würde.

Größere Angst hat sie beim Fahren eigentlich nie. Das Gefährlichste ist für sie immer noch der Verkehr. Die Fahrt, bei der sie am meisten Schiss hatte, war einmal, als sie mitten in der Nacht jemanden in den tiefsten Schwarzwald nach Muggenbrunn zu fahren hatte. Draußen Krappnacht, alles dunkel, keine Straßenbeleuchtung, keine Ortschaften – und der Fahrgast schwieg sich aus! Sie bekam einfach keinen Bezug zu ihm. Normalerweise fängt sie mit den Fahrgästen immer eine Unterhaltung an, besonders, wenn's eine längere Fahrt wird. Sie hatte gerade auf Auswärtsfahrten schon so manch gutes Gespräch gehabt. Aber zu diesem Mann bekam sie einfach keinen Draht, wahrscheinlich war er schlecht drauf. Die meiste Zeit war jedenfalls Schweigen. Aber auch so gibt es nachts durchaus Situationen, in denen einem ein mulmiges Gefühl beschleichen kann, es muss ja nicht gleich die Angst ums eigene Leben sein.

Das Handy klingelt, Sven, ihr Freund ist dran: „Und wie läuft's?"

„Tote Hose (wie in ihrer Beziehung), ich kram hier grad ein paar ‚scary trips' aus meiner Erinnerung. Habe ich dir eigentlich schon mal von dem Psycho erzählt, dem ich das Leben gerettet habe, sozusagen?"

„Nee, was war, erzähl?"

„Der stieg am frühen Abend am ‚Hornus' ein und fing an rumzudrucksen. Es war überhaupt nicht aus ihm herauszukriegen, was er eigentlich wollte, ob er irgendwo hingefahren werden will oder reden oder nur dasitzen..."

„*Scharf* war er auf dich, ist doch klar!" „Lass mich weiterreden... am Anfang war ich etwas ungeduldig und weil er das gemerkt hat, sagte er, ich solle ruhig die Uhr einschalten und mal ein Stück fahren, egal wohin – ist das nicht der Hammer? Dann fing er an mir von seinen Problemen zu erzählen und so nach und nach wollte er sich dann doch nach Hause fahren lassen, hat aber weiter erzählt. Ich bin dann noch mit ihm hoch in seine Wohnung...“

„Und da hast du ihn getröstet, kann ich mir schon denken, wie...“

„Du sollst mich ausreden lassen, Arsch! Also, ich bin mit hoch in seine Wohnung und leistete psychologische ‚Erste Hilfe‘.

Zum Schluss sagte er noch, ich hätt' ihm das Leben gerettet, er hätt' sich sonst aufs Gleis gelegt!“

„Na, so hat er sich halt zu dir ins Bett gelegt!“

„Du nervst mit deiner ewigen Eifersucht! Ein anderes Mal...“

„He, ich zahl das Gespräch übrigens!“

„Ein anderes Mal… wart mal, ja! Ein anderes Mal stieg ein älterer Mann sehr verstört bei mir ein, ja, und der fragte, was es ins PLK kostet, er habe solche Probleme, er wisse sich nicht mehr zu helfen. Der Fahrpreis war ihm aber doch zu hoch und da stieg er wieder aus. Hat *der* sich dann aufs Gleis gelegt?“ Anke ist sich heute noch im Zweifel darüber. „Ich schätz mal nicht, wenn's so schlimm gewesen wäre, hätte er auch zahlen können, zumal ich's ihm ja quittiert hätte.“

Das Gespräch ist weg, Sven hat aufgelegt.

Dieser *Arsch.*

Heute Morgen ist Paul immer noch ziemlich geschockt von gestern. Eigentlich ist er nicht der Typ, der sich groß Gedanken machen muss wegen Frauen oder der jemandem hinterherläuft, meist ist es eher umgekehrt. Aber diesmal hat es ihn doch ganz schön erwischt, wenngleich ihm das erst gestern wieder so richtig bewusst wurde.

Klar, schöne Frauen sind selten solo. Wenn da etwas laufen soll, muss man sie schon ausspannen, aber dies so unmittelbar vor Augen geführt zu bekommen, ist doch noch mal was anderes.

Eigentlich ist er auch gerade gar nicht aus auf was Längeres, sondern will den Sommer durchfahren. Und dann nichts wie weg aus diesem Stresserland! Den Winter wieder irgendwo auf der Südhalbkugel, in der Sonne verbringen, vielleicht Australien diesmal – aber angenommen sie würde mitkommen! Das Datcom piepst...

Der Fahrgast dann fragt Paul: „Wo ist denn Ihr Standplatz?“

Das zeigt wieder mal, wie wenig Ahnung die meisten Leute vom Taxigeschäft haben. Denn es gibt zwar viele Kollegen, meistens

Funklose, die immer stur ein und denselben Stand anfahren, es gibt die „Bahnhofssteher", die „Humboldtsteher", viele Leute die prinzipiell nur Klinikstandplätze anfahren, aber wer bei der GmbH fährt, der hat tagsüber die Wahl zwischen zirka dreißig Standplätzen. Und in jedem Fall sind die offiziellen Standplätze öffentlich, es gibt also keinen auf dem nur eine bestimmte Firma stehen darf. Paul erklärt ihm das.

„Wie läuft denn das eigentlich so, wer bekommt dann den Auftrag?", ist seine nächste Frage. Das regelt das so genannte Funkvergabeverfahren! Der Stadtplan wird in Gebiete unterteilt, Norden, Süden, Osten, Westen, Innenstadt – die jeweils eine bestimmte Anzahl möglichst gut verteilter Standplätze aufweisen. Diesen wird ein genau definierter Raum zugeordnet, für den das am Stand befindliche Taxi zuständig ist. So bekommt jeder Anrufer aus einer bestimmten Straße normalerweise immer sein Taxi von genau ein und demselben Standplatz. Normalerweise, denn wenn da gerade kein Taxi steht, müssen die anderen Standplätze „gerufen" werden. Da gibt es eine genau festgelegte „Rufreihenfolge". Sind auch diese nicht besetzt, geht der Auftrag, heute automatisch per Computer, aber früher über Sprechfunk, an das bestpositionierte freie Taxi im Raum beziehungsweise an das mit Fahrtziel gemeldete, welches den Auftrag mutmaßlich am schnellsten bedienen kann. Bis also ein Auftrag vergeben ist, vergeht also manchmal schon eine Weile. Und das war es, was bis zur Einführung des Datenfunks ordentlich Nerven für alle Beteiligten, die Kundschaft eingeschlossen, gekostet hatte. Der Fahrer musste ständig ein Ohr am Funk haben und wurde von Unmengen an Informationen überflutet, die für ihn selber gar nicht wichtig waren.

„Ja, klappt denn das immer, gibt's denn da nicht auch mal Probleme?", will er noch wissen. Doch es gibt ständig Probleme. Zum Beispiel: Nachdem Paul bereits einen Funkauftrag bekommen hatte, wurde er unterwegs von einem jungen Typen „abgewunken". Als er versuchte den Auftrag zurückzugeben (klar optimal, wenn jemand winkt, nur Trinkgeld ist besser!), gab es einen kleinen Interessenkonflikt, in dessen Zentrum er sich unglücklicherweise befand. Die Zentrale schrie in sein linkes Ohr: „Dir geht's wohl nicht gut, der Auftrag ist schon zehn Minuten alt!" Der Typ schrie in sein rechtes Ohr: „Ich hatte gerade tierischen Ärger und hab jetzt echt keinen Bock wieder auszusteigen!" In solchen Momenten lässt Paul dann einfach immer die Dinge, so wie sie sind. Der Typ blieb sitzen, er bekam eine halbe Stunde Funksperre von der Zentrale, vom Fahrgast fünf Euro extra, und fuhr an die Bahn, auf Einsteiger.

Nun auch wieder ein paar Bahnfahrten, schließlich bekommt er zwei Omas und eine christliche junge Frau, die sich in Freiburg nicht auskennen und zu einem Altersheim mit dem Namen „Pension, wo der Senior säuselt" wollen. Sie halten davor, da schreit eine links: „Hilfe, Hiiiilfe!" Rechts antwortet einer Stereo: „Aargh, *Aaaaaargh!"* Die junge Frau ist aber trotzdem froh, dass sie mit seiner Hilfe das Heim so schnell gefunden haben und drückt dies auch Paul gegenüber aus: „Sie sind ein Engel, wissen Sie das?" Doch weil sie christlich ist, schenkt sie ihm eine große Schale Erdbeeren, anstatt einem kleinen Kärtchen mit ihrer Telefonnummer. Letzteres hätte ihn vielleicht ein wenig abgelenkt.

Durch Zufall, weil gerade am Stand niemand ist, kriegt er dann auch jemanden, von eben genau diesem Altenheim. Eine alte Frau, die im Rollstuhl sitzt und auch nicht mehr recht sehen kann. Sie trägt ihr Los mit Galgenhumor: „Ich kann nicht mehr gehen, nicht mehr stehen, nichts mehr sehen!" Dann verschlägt es ihn aber wieder an die Bahn, glücklicherweise stehen gerade ein paar Fahrgäste da und warten, ein gut gefüllter IC muss gerade angekommen sein. Er lässt ein paar Leute stehn und sucht sich eine junge, hübsche Schwarze aus, selbstverständlich nur, um ein Zeichen gegen Rassismus zu setzen. Sie fahren los – sie ist wirklich sehr hübsch! Sie spricht nur Englisch und das nicht besonders gut und gibt Paul einen Zettel, mit einer hastig daraufgekritzelten Adresse. Er gibt ihr zu verstehen, dass er das nicht lesen kann, darauf fragt sie ihn, ob er bei der Telefonnummer anrufen und nach der Adresse fragen kann. Das macht er und fährt sie dann dorthin. Da sie ihm gefällt und um sich ein wenig von seinem Liebeskummer abzulenken, fragt er sie ein bisschen aus, ob das ihr erstes Mal in Freiburg wäre und ob sie hier bleiben möchte und ob sie Leute kennt – und ob sie ihm ihre Telefonnummer gibt.

„I don't giff numba's", sagt sie in ihrem Pidgin-Englisch, daraufhin gibt er ihr seine.

Heute ist wieder erstklassiges „Freiburger Wetter", ein Wetter zum Bananenpflanzen. Die Sonne brät, die Luft steht und der Rhein sorgt für die Feuchte im Worte „feucht-schwül". Die Rentner aus Hamburg, die extra wegen der Freiburger Sonne hierher gezogen sind, werden heute mal wieder besonders schmerzhaft an ihre Jugend erinnert, sofern sie nicht zu sehr damit beschäftigt sind, einfach nur ihre vitalen Funktionen aufrechtzuerhalten. Die trübe, stickige Luft leitet den Schall wie Wasser. Der Verkehrslärm dröhnt Rainer in den

Ohren. Und er kommt sich einsam dabei vor. Einsam wie ein Buckelwal, alleine im Ozean herumschwimmend, von der Herde getrennt. Einsam, allein, vom Aussterben bedroht. Um ihn herum fetzen fiese Schraubengeräusche unter libanesischer Flagge fahrender, lecker Tanker seine Trommelfelle. Seelenverkaufende Giftmüllfrachter, havarierende Castor-Containerschiffe stampfen, malmen, dröhnen unablässig, in einem fort, seine Sinne betäubend, ihn seiner Orientierung beraubend. Die Schrauben.

Die Schrauben!

„Ruhe, ich will endlich *Ruhe!* Ich bin ein Buckelwal und muss aussterben! Und das möchte ich wenigstens in Würde und Frieden, verdammt noch mal."

Auf sein Auto zurennen und sagen: „Bruder, was ist deine Sorge, ich möchte dir helfen!", tut niemand. Bei ihm einsteigen und sagen: „Laß uns irgendwo hin ins Grüne fahren und picknicken, während die Uhr läuft, du armer gestresster Taximann!", auch niemand. Gequält seufzend widmet sich Rainer seinen Pflichten.

Eine Freiburger Besonderheit ist das Fahrtenblatt, das es so in anderen Städten nicht gibt. Akribisch füllt Rainer es aus. Da ist er äußerst korrekt, obwohl es sonst ja in seinem Auto wie in einer geräumigen Biotonne auf Rädern aussieht. Malt nach jeder Fahrt in Schönschrift den Namen der Straße hin, von wo er den Fahrgast aufgenommen hat und den Namen der Straße, wo er ihn abgesetzt hat. Rechts hin kommt der Fahrpreis. Gerade hat er also jemanden in der Runzstraße abgeholt (Eine schwerhörige alte Frau, die zum Ohrenarzt wollte. Unklugerweise hat er auch noch ein Gespräch mit ihr angefangen: „Sie hören schwer?" – „Waas?"), sie in die Salzstraße gefahren und dafür sechs Euro zwanzig bekommen. Nun stellt er sich „Oli" und wartet *ewig*. Rainer ist ja immer angespannt, wenn er irgendwo steht und wartet, er hat es nie gelernt gelassen zu sein. Eine Wolke von Missstimmung fängt an aufzuquellen, hüllt sein Taxi ein und stinkt zum Himmel.

Deswegen steigt erst recht keiner ein.

Egal wer vorbeiläuft – er wird gemustert und „taxiert", wie er es nennt, also eingeschätzt, ob dieser ins Taxi einsteigen könnte oder nicht. Der Mann mit Krücken, die Frau mit den Einkaufstüten, der Typ mit der schweren Sporttasche – einer von denen muss doch jetzt einsteigen, muss! Aber er geiert auch jeden an, der nichts zu tragen hat. Genau dieser könnte doch die Tür öffnen und mal eben locker verkünden: „Fahren Sie mich doch mal nach Basel. Ich könnte auch mit dem Zug fahren, aber das dauert mir jetzt zu lange, mein Gott ich hab ja die Flocken."

Aber es tut halt niemand.

Gerade kommen zwei Leute, mit je zwei Klappstühlen in der Hand, die sie irgendwo gekauft haben, an ihm vorbeigelaufen. Der Mann sieht das Taxi und sagt zu der Frau: „Oder sollen wir mit dem Taxi fahren?" Offensichtlich eine nahtlose Fortsetzung einer wohl schon dauernden Meinungsverschiedenheit bezüglich der Tragbarkeit des Tragens. Als die antwortet: „Ha jo! Bist du noch ganz dicht, wir laufen!", richtet sich Rainer resigniert auf weiteres Warten ein.

Irgendwann kommt er dann doch weg, macht zwei, drei Fahrten und muss dann später an der Berliner Allee ein altes Muttchen mit Gehwagen abholen. Eine absurde Posse spielt sich ab, natürlich zu seinen Lasten, wie immer.

- Bühnenbild: eine große vierspurige Verkehrsstraße, mit einer unglaublich nervenden, schrill bellenden Töle aus der Nachbarschaft.

- Requisit: ein umständlich konstruierter Gehwagen mit James-Bond-Geheimklappmechanismus.

- Hauptdarsteller: ein schlaksiger, chronisch abloosender Taxifahrer.

- Nebendarsteller: zwei Nachbarn, die da halt irgendwie rumsitzen.

- Handlung: Rainer probiert, vom Verkehrslärm umbrandet und von der bellenden Töle zum Wahnsinn getrieben, zehn Minuten lang vergebens den Gehwagen Zum-in-den-Kofferraum-zu-legen zusammenzuklappen – während die zwei Nachbarn ihren einfach nur unproduktiven Senf dazugeben. Schließlich schafft er es und fährt die Frau dann ums Eck.

Jetzt muss er dringend mal und sucht sich ein Plätzchen. Dabei fliegt ihm jedoch Taxigeldbeutel und Handy auf den Boden. Voll konzentriert lenkt er nun den Strahl so, dass er weder das eine noch das andere nässt. Das Problem dabei ist nur der ständig überbordende Rand der entstehenden Pfütze, den er währenddessen mit berücksichtigen muss, aber auch das kriegt er locker in den Griff, schüttelt ab und fährt weiter, zur Klinik. Dort bekommt er Material, von der Intensivstation zur Rechtsmedizin. Proben von einem zirka 20-jährigen Typen, der irgendwelches Zeug geschluckt hat, um sich damit aus dem Diesseits zu mogeln. Seine Körpersäfte sollen jetzt auf Drogen untersucht werden, Rainer bekommt einen durchsichtigen Beutel mit einem Haufen Röhrchen drin in die Hand gedrückt.

In den meisten Röhrchen schwimmt Blut. In einem der Röhrchen schwimmt Magensaft. Und im Magensaft schwimmen Bröckchen.

Rainer wird speiübel. Er reißt sich aber zusammen und liefert das fiese Zeug ab. Abends daheim aber, als er sein Müsli löffeln will, schaut er einen Moment zu lang auf den Teller und sieht Bröckchen in der Milch schwimmen...

Leicht verdientes Geld gibt sich leicht aus.

Sven lädt Anke ins Colombirestaurant ein, um einen guten Abschluss zu feiern. Er feiert eine Menge guter Abschlüsse und hat sich, weil er in der Firma seines Vaters tätig ist, trotz seines zarten Alters von fünfundreissig Jahren, schon eine goldenen Hintern als Immobilienmakler verdient. Auf dem rutscht er jetzt allerdings unruhig hin und her, denn Anke benimmt sich gerade völlig daneben. Eigentlich passen die zwei auch überhaupt nicht zusammen. Sven ist ein verwöhntes Söhnchen aus gutem Hause und legt viel Wert auf Stil und Etikette. Anke ist in seinen Augen, vor allem aber in denen seiner Eltern, so etwas wie ein schillernder Paradiesvogel, ihrerseits nur geduldet. Doch weil sie eine Schönheit ganz nach seinem Geschmack ist, sieht er darüber hinweg. Anke ist den ganzen Abend schon schlecht gelaunt. Extra um Sven zu ärgern, hatte sie sich kein bisschen zurechtgemacht und sitzt jetzt in Jeans (Armani) und Schlabberpulli (Yves St. Laurent), zwischen all den Damen in Abendgarderobe, Sven gegenüber an der vornehm gedeckten Tafel. Der trägt einen dunklen Zweiteiler, wertet ihren Aufzug auch entschieden als einen persönlichen Affront. Obwohl gar nicht hungrig, hat sie die Speisekarte akribisch nach kleinen, besonders teuren Häppchen durchforstet und sich reichlich davon bestellt. Lustlos schaufelt sie nun die liebevoll angerichteten Delikatessen in sich hinein, als äße sie Eintopf in der Mensa, lässt aber von allem die Hälfte stehen. Dazu schüttet sie unzählige Gläschen Krimsekt hinunter und die wie Elektrolytgetränke nach einem Marathonlauf im Sommer.

Was treibt sie eigentlich hier, fragt sie sich die ganze Zeit. Eigentlich findet sie spießige Lackaffen zum Kotzen – und hier sitzt sie nun, umgeben von solchen und den größten aller direkt vor sich. Die Stimmung der beiden ist wirklich sehr gespannt, auch wenn Sven dies den Kellnern gegenüber und den anderen Gästen um sie herum wohl zu verbergen sucht, er fällt eben ungerne auf. Anke bekümmert das jedoch herzlich wenig. Je mehr sie trinkt, um so lauter wird sie und umso ausfallender. Das Gespräch, wenn man es noch so nennen kann, schiebt sich, unaufhaltsam wie der

Kontinentaldrift, Richtung vulkanischer Eruption. „Kannst du bitte aufhören mit trinken?", fragt er dann irgendwann mal scharf, um das Schlimmste zu verhindern.

„Ich muss trinken, um all die aufgeblasenen Pinsel hier zu vergessen", giftet sie und es ist auch unausgesprochen klar, dass sie ihn davon nicht unbedingt ausschließt.

„Ach – Leute mit Geld sind aufgeblasene Pinsel, hm?"

„Ach Svenni – du machst hier den coolen Macker mit Geld und dabei ist das doch alles nur das Moos von deinem Alten." Sie weiß genau, wo seine Wunde ist, und salzt und pfeffert sie nur zu gerne.

„A-Aber ich arbeite auch dafür und bring mich ein in der Firma – und du profitierst auch nicht schlecht davon, davon abgesehen." Womit er nicht einmal ganz Unrecht hat. Sie schaut ihm jedoch direkt in die Augen und sagt langsam und so akzentuiert, wie es der Alkohol zulässt: „Steck-dir-doch-dein-Geld-sonst-wohin-Alter!" Er jedoch setzt sein öliges „Billy Zane in Titanic"-Lächeln auf. „Und wer soll dir denn dann deine ganzen teuren Klamotten kaufen und dich ins Colombi einladen, hmm? Wer bezahlt dir denn dann deinen Hummer?" Er deutet auf die kummervollen Reste des teuren Schalentiers, ihres Hauptganges. Am liebsten hätte sie ihm das makabre Zeug stückweise ins Gesicht geworfen.

„Dann friss doch deinen Hummer selber, du eingebildeter Trottel, oder mit der Schnepfe da drüben von mir aus, ist mir schnurz!", tönt sie mit ziemlicher Lautstärke. Die Frau Botschafterin am Nachbartisch verzieht indigniert die Mundwinkel. Was sich dieses kleine Flittchen eigentlich einbildet? Die ganze Zeit schon benimmt sie sich daneben, jetzt wird sie auch noch unverschämt!

„Ich bitte dich, mach mir jetzt hier bitte keine Szene, ja?" „Mach mir keine ,Szene', mach mir keine ,Szene' – in welchem Film sind wir denn hier? Ich mach dir eine ,Szene', wann und wo ich das will, ok?", schreit sie schon beinah. „Mit dir bin ich jedenfalls fertig, hörst du?" Das ölige Lächeln wird noch eine Spur süffisanter. Obwohl solch ein Kriecher, sich von ihr normalerweise um den Finger wickeln lassend – beweist er jetzt doch Nervenstärke. Gar nicht einmal laut, aber langsam und deutlich sagt er: „Ja – geh doch in dein Stinketaxi, wo du hingehörst. Du wirst schon wieder kommen, wenn dir das Geld ausgeht."

„Du mieser, schleimiger...", jetzt schreit sie wirklich. Aber nicht lange, denn nun setzt sie ihren ersten Impuls in die Tat um und schüttet ihm das halb leere Glas Sekt ins Gesicht. Seinen verblüfften, begossenen Pudelblick noch vor Augen, stürmt sie aus dem Lokal.

Gestern hat sich das kleine, schwarze Schwesterlein bei Paul gemeldet und wollte sich von ihm zum Bahnhof fahren lassen. Leider hatte er gerade frei und war auch zudem noch völlig verpennt. Heute Morgen ist er auch kaum aus dem Bett gekommen und die Fahrten schleppten sich bisher auch nur so dahin, bloß nichts reden müssen. Dann wird's makaber, aber lustig. Zwei Frauen von der Hautklinik, eine soll in die Zahn-, die andere in die Augenklinik. Er sucht die Fahrgäste, die unten am Eingang stehen sollen, und erkennt sie sofort – beide entstellt durch Geschwüre, eitrige Schwären, allerlei Pestbeulen...

Paul ist mal gefragt worden, welche Aufträge man denn ablehnen könne als Taxifahrer. Und er führte aus, Ekelerregendes, also etwa Leute mit abstoßenden Krankheiten, würde beispielsweise nicht unter die Beförderungspflicht fallen. Man dürfe den Begriff „ekelerregend" nur nicht so weit fassen, dass darunter schon jemand fallen würde, der regelmäßig kein Trinkgeld gibt (dieser Fahrgast gab ihm aber Trinkgeld, scherzte, er wolle ja jetzt nicht ekelerregend sein).

Nun, im Allgemeinen ist Paul nie auf Trinkgeld aus, hat auch ein zwiespältiges Verhältnis dazu. Zwar ermöglicht es dem Fahrgast einen guten Service entsprechend zu honorieren und ist eines freundlichen Fahrers gerechter Lohn – findet sich aber immer in schlecht bezahlten Jobs, wo es praktisch schon als Teil des Verdiensts eingerechnet wird. Außerdem ist es auch irgendwo erniedrigend. Er hätte viel lieber einen gut bezahlten Job, statt darauf angewiesen zu sein, sich für ein Trinkgeld zu bedanken. Ebenfalls bestraft es den netten Fahrgast, denn der gibt, und belohnt den weniger Netten, denn der gibt nicht, und wenn, dann nur wenn's mit auf die Quittung kommt. Und auch hier gilt: Die Reichen sind nur deshalb reich, weil sie ihr Geld für sich behalten.

Zwei, drei Bahnfahrten später kriegt er einen Trucker, dem eine Palette auf den Fuß gefallen ist und deshalb in die Notaufnahme muss. Meint, er hat die Knochen brechen hören, musste aber erst noch fertig abladen. Na klar, sonst wird doch der Chef sauer! Arbeitnehmer, nehmt euch ein Beispiel, mit Schiss in der Büchs verdienste nüchs!

Vom Stand aus kann er dann einen „Sufi", oder einen, der sich jedenfalls dafür hält, beobachten. Ein junger Typ, ganz in einer unheimlich wichtig und feierlich aussehenden grünen Kluft, mit grüner Kopfbedeckung. Der einen unheimlich wichtigen und feierlichen Blick drauf hat. Wenn der wüsste, dass er gar nichts

Besonderes ist, in Freiburg gibt es ja mehr „Erleuchtete" als Fahrradfahrer mit Licht. Er läuft vorbei und schaut missbilligend auf den BigMac in Pauls Hand. Soll er doch, heute ist er Sufi, gestern war er Krishna oder Punk – und morgen schafft er in der Bank. Paul blickt trotzig zurück und beißt herzhaft in seinen McWürg, dass die Soße kleckert.

„Nee", denkt er sich, „dann bin ich lieber unvollkommen und fröhlich, anstatt päpstlicher als der Papst."

Ohne Zweifel jedoch – McDagobert's ist vielleicht das einzige gute Argument dafür, dass Deutschland doch hätte besser den Krieg gewinnen sollen. Nun, das heißt, neben *Hiphop* natürlich, dieser akustischen Todesstrafe! Diesem Giftmüll für die Ohren. Fort damit, mit dieser Negermusik. Diese Musik zorniger junger Männer, die schon mal richtig sauer werden können, wenn ihnen nicht jedes hübsche Mädchen gleich einen bläst. („To clinton", wie man ja jetzt drüben sagt.) Dann setzen sie sich hin und schreiben zornige junge Reime. Und das sind schon wichtige Themen! Dass sie halbe Tage lang oral unbefriedigt bleiben, ist schon *ganz schön hart!* Nicht wahr? Was zählt denn da schon der Weltfrieden, es sei denn, die Welt ließe sich oral befrieden.

„Yo, yo, pretty girl, I'm hip, hop on your knees, show my dick some respect!" Und dann setzt sich der Hiphopper auf seinen Motorroller, nachdem er vorher noch all das lästige Gedöns aus dem Auspuff geräumt hat, was so seinen Abgasstrom behindert. (*Seinen* Abgasstrom! *Behindert!*) Und zeigt der Welt, was er von ihr hält (vielmehr sein Roller tut es für ihn, schreit der Welt seinen Hass ins Gesicht), Hiphop im Herzen – und Scheiße im Kopf.

Anke hatte heute mal Lust früher anzufangen, es ist ein warmer Sommersonntagnachmittag und sie will es auch nur langsam angehen lassen. Sie steht „Padua" – der Lärm von der Straße summiert sich hier nur zu einem ertragbaren Hintergrundrauschen. Sich bequem hinrutschend, legt sie die nackten, nur mit knappen Shorts bekleideten Beine auf die geöffnete Fahrertür.

Ja, kein Sonntagnachmittagskuchen ohne Wespe, kein Picknick ohne Ameisen, keine Nacht ohne Besoffene. Und kein Mann ohne irgendeine Macke – was für eine Welt! Sie muss sich schon eingestehen, dass sie nur wegen dem Geld und den damit verbundenen Annehmlichkeiten mit Sven zusammengeblieben ist, sonst hätte sie schon viel eher Schluss gemacht. Und Schluss mit Sven zu machen, ist wie eine Erlösung, das denkbar Beste nach diesem drei viertel Jahr – und länger als ein drei viertel Jahr hatte sie es eh noch nie mit einem Mann ausgehalten. Wollte sie auch nicht, mit diesen schwanzgesteuerten Schwachköpfen, grimmig zündet sie sich eine Selbstgedrehte an. Und seit seiner kleinen Sekttaufe hat sie auch nichts mehr von ihm gehört.

Sie liest gerade im Auto „Die Taxifahrerin" von Victoria Thérame aus den Siebzigern und lacht sich schlapp. Stark zweihundert Seiten aneinander gereihte Episoden, Gemotze über die Pariser „Bullen", Chauvischweine, Perverse, perverse chauvinistische „Bullenschweine", Nutten, Freier, sadistische Tierquäler, Polypen, Schwule, Lesben, Transis – die „Bullen" von Paris. Sie fragt sich, woher sie diesen Hass auf die Polizei hatte, vielleicht ist die französische Polizei ja wirklich so schlimm. Fröhlich chaotisiert sie sich durch die Pariser Nächte, gabelt alles und jeden auf und stolpert von einer haarsträubenden Situation in die nächste. Wird drangsaliert, betrogen, ausgeraubt und vergewaltigt und ist dabei tags ständig, frisch geschminkt, auf irgendwelchen Beerdigungen von just ermordeten Kollegen. Das pralle Großstadtleben also.

Vielleicht brauchte sie das ja alles mal, nachdem sie vorher als Krankenschwester tätig war.

Vielleicht ist das auch der Grund, warum ich nachts Taxi fahre. Der Kick, der Nervenkitzel... weg von der ganzen Spießerwelt...

Im Gegensatz zu ihr ist Anke jedoch immer froh, wenn irgendwo Polizei in der Nähe ist. Obwohl keineswegs ängstlich, ist sie dankbar um jeden Schutz. Wenn es Ärger mit Fahrgästen gibt, zum Beispiel. Als einer mal nicht zahlen wollte, ist die Polizei gleich gekommen, hat den Mann unter den Armen gegriffen und aufs Revier geschleift, welches grad ums Eck war. Und „schleifen" war wörtlich zu verstehen. Es gibt sowieso gerade nachts so eine gewisse Kameraderie zwischen Streife fahrender Polizei und Taxifahrern, da hilft man sich auch mal gegenseitig. Mal gibt's am „Humboldt", vor der Disco, eine Prügelei und ein Kollege ruft die Polizei, mal gibt's Fahndungsmeldungen über Funk oder die Streife fragt herum, ob einem zu einem bestimmten Sachverhalt etwas aufgefallen ist. Einmal gab es auch eine gemeinsame Fehlfahrt, das heißt, dass nicht nur Anke verarscht worden ist, was ja öfters vorkommt, sondern auch gleichzeitig, vom selben Anrufer, die Polizei. Als Anke bei der genannten Adresse erschien, ein Parkplatz vor einem Supermarkt, stand der Streifenwagen schon dort. Sie und die Polizei mussten beide unverrichteter Dinge wieder abziehen.

Anke überlegt, ob sie selber etwas übers Taxifahren schreiben könnte.

Ich glaube nicht, denkt sie, *ich erleb doch nur stinkelangweilige Geschichten mit besoffenen Schwätzern, Bahnfahrten mit mürrischen Reisenden, den ganzen Tag und die halbe Nacht unterwegs. Frauentaxi, Stammkunden auf Rechnung, Nachtarbeiter, die nach Haus wollen – das interessiert doch wirklich keinen. Die Leute denken immer, man wird nachts ständig überfallen, ausgeraubt und vergewaltigt. Jede Nacht gibt es Schießereien und Überfälle, Geheimagenten. Jede zweite Nacht steigt einer ein mit: „Folgen Sie diesem Wagen", und nachher stellt sich raus – das war der deutsche Mafiachef!* Sie grinst sich eins dabei. *Gefahr gibt's eigentlich so gut wie nie, aber dafür Ärger, Ärger, Ärger – wegen jedem kleinen Mist und das wollen die Leute nicht lesen, davon haben sie selber genug.*

Da sieht sie auf einmal den Tagfahrer mit dem vergammelten Auto herfahren, dem sie erst vor ein paar Tagen die verzogene Stoßstange gerade geboxt hatte. Erst spranzt er sie am „Humboldt" und dann muss er auch noch genau an dieser Stelle stehen, als sie die Augen kaum noch offen halten konnte. Und jedes Mal dieses dämliche Grinsen – was sie jetzt grad nicht brauchen kann, ist schon wieder so'n verliebter Trottel, der ihr hinterherläuft. Sie schnieft auf und zieht heftig an ihrer Fluppe, da kommt er auch schon ausgestiegen.   „Hallo schöne Kollegin, schon so früh unterwegs?"

Wieder dieses dämliche Grinsen. Aussehen tut er ja nicht schlecht, das muss man ihm lassen. Eigentlich schon fast ihr Typ, groß, breitschultrig, sportliche Figur. Ziemlich salopp gekleidet dabei. Und diese seltene Kombination von dunklem, beinah schwarzem Haar, mit blauen Augen. Wenn nur dieses Grinsen nicht wäre.

„Dacht ich tu mich mal'n bisschen sonnen, krieg sonst so wenig davon." Sie bleibt so liegen, wie sie ist, ihn nicht gerade damit zu einem Gespräch auffordernd. Auch wenn sie sieht, dass er Stielaugen kriegt, wegen ihrer nackten Beine.

„Bist doch schon schön braun!", sagt er, als er sich ertappt fühlt.

„Das will ich eigentlich auch bleiben, du stehst in der Sonne!" Er murmelt eine Entschuldigung, aber Ankes Handy klingelt und sie versteht nicht, was er sagt. Der Kurt, einer ihrer zahlreichen männlichen Stammkunden, verlangt nach ihr. So schwingt sie die Beine wieder ins Auto und lässt den Motor an.

„Tschüßi, du spranzt mich sicher wieder mal am Humboldt." Sie lächelt spöttisch und ist weg. „Und du *bumst* mich sicher wieder mal am Humboldt!", murmelt Paul zwischen zusammengebissenen

Zähnen, als er ihr nachschaut, wie sie mit ihrem aufröhrenden E-Klasse-Kombi quietschend um die Ecke schießt.

Dann lockert sich jedoch seine Kaumuskulatur zunehmend wieder und lässt schließlich gar ein anerkennendes Grinsen zu: „Was für ein Biest!" Und es klingt wirklich eher bewundernd als abfällig.

Sein Puls und Blutdruck beruhigen sich nur langsam wieder, als er sich vors Auto lehnt. Diese Beine! Am liebsten wäre er mit seiner Zunge die samtene Haut entlanggefahren, hätte sie liebkost, hätte...

Pauls erste Fahrt heute Morgen war ein junger Typ, um sechs Uhr dreißig, von der Bahn, nach Tiengen. Sie unterhielten sich, ob er schon oder noch unterwegs sei. Meinte, er war die ganze Nacht in Discos.

„Tut mir Leid, dass ich so einen Mist schwätze", sagte er mal zwischenrein, weil seine Sprechapparatur auch die Nacht durchgemacht hat.

„Ich hab eigentlich noch nie jemanden erlebt, der die Nacht durchgemacht hat und keinen Mist schwätzt."

„Danke."

„Das heißt aber nicht, dass diejenigen, welche nicht durchgemacht haben, keinen Mist schwätzen würden."

Auf eine Disco zu sprechen gekommen, gab Paul weiter gehört zu haben, dass das ein „abgefuckter Laden" sei.

„Ich arbeite dort!", hat der junge Typ daraufhin geantwortet.

Von der Klinik gab's dann die gute Tat für heute, eine Rollstuhlaktion mit einem einarmigen, gelähmten alten Mann und einer Begleitperson. Leute, die im Rollstuhl sitzen, sind ja im Allgemeinen zu zweit ganz gut zu „handlen". Nicht so, wenn sie nur noch einen Arm haben. Dann wird das Ganze mühsam.

Ehret die Alten mit ihren Falten, eh sie erkalten – lasst uns über sie lachen, solange wir's noch können! hat sich Paul gedacht und dabei spontan einen Witz erfunden: Reinhold Messner schreibt mit neunzig sein letztes Buch: „Im Alleingang und ohne Sauerstoff – *auf die Toilette!"*

Jetzt sitzt er hier an der „Padu" und liest, nachdem sich die erste Aufregung gelegt hat, in einer Taxipostille, die der Verband für Taxi und Mietwagen herausgibt und die er im Auto gefunden hat. Er findet einige gute und wichtige Anregungen darin, zum Beispiel, dass es nicht empfehlenswert ist, sich eine Innenausstattung aus schwarzem Kunstleder anzuschaffen. Obwohl dies gerade der Standard ist, weil man darauf den Dreck nicht so sieht – sondern eine möglichst helle. Erstens, weil das nicht gleich schon beim Einsteigen eine Atmosphäre von Tristesse verbreitet und zweitens, gerade *weil* man eben den Dreck nicht darauf sieht. Das Blatt postuliert nämlich nicht völlig abwegig, dass der Fahrer diesen doch eben einfach wegputzen könne, will er nicht der Entstehung dieser typischen Geruchnote „altes Taxi" Vorschub leisten, nach Jahrzehnten menschlicher Ausdünstungen, Nikotin, Abgasen und speckig-verschwiemeltem Kunstleder.

Anderes dagegen kommt ihm reichlich abgehoben daher, obwohl das Blatt ja ziemlich locker-flockig aufgemacht ist, bunt und mit vielen kleinen poppigen Comicfiguren, Witzen und locker-flockigen Adjektiven, wie „versifft", et cetera. Insgesamt reitet es aber immer die gleiche, ewige „Der Kunde ist König"- und „Die hohe Kunst der Dienstleistung"-Tour. Verbrämt mit klangvollem, neudeutschem Marketinggesülze, wie etwa „mutual benefit relationship" (auf Deutsch: Wenn se alle zemmeschaffe, hen se meh davoh). Alles, aber auch wirklich alles wird besser, wenn der Taxler sich nur Mühe gibt.

Wenn de'n Schlips an hast, bisse nich mehr Karl Arsch vonne Taxe, meinen die, denkt Paul, *aber da irren die sich. Damit bisse nämlich nur „Herr" Karl Arsch vonne Taxe.*

Der Kunde erwarte nicht nur, von A nach B befördert zu werden, sondern auch an A ein sauberes und neuwertiges Fahrzeug (ob es an B noch sauber ist, juckt ihn dagegen nicht die Bohne). Der Geschäftsmann im Nadelstreifen, die Frau Direktorin im Abendkleid – die feinen Pinkel also, die sowieso kein Trinkgeld geben. Wenn die so 'ne Nobelkarosse haben wollen, dann sollen die doch auch dafür zahlen! So wird das Geld für neue Fahrzeuge doch vom Lohn der Fahrer abgezwackt. Es gibt doch jede Menge Leute, denen es völlig reicht von A nach B befördert zu werden, solange der Fahrer wenigstens nett ist. Die machen auch keinen Aufstand, wenn irgendwo ein Stäubchen, ein Krümelchen ist.

Es gäbe kein gutes Bild in der Öffentlichkeit, wenn der Taxler am Stand in die Hecken pinkelt. Ja, soll er sich denn in die Hosen machen, wenn's kein Klo hat? Das ist doch auch nicht gerade kundenfreundlich. „Weibliche Fahrgäste wollen grundsätzlich nicht vom Taxifahrer angebaggert werden", steht dort wörtlich. Was kann man denn daraus ableiten? Junge vergiss es, die Lady will jetzt zum Presseball gefahren werden, um sich 'ne gute Partie zu angeln und steht 'eh nicht auf arme Fuhrknechte wie dich? Paul ist aber schon etliche Male von weiblichen Fahrgästen angebaggert und auch abgeschleppt worden – von seinen eigenen Aktivitäten diesbezüglich mal ganz abgesehen. Vielleicht sollte der Autor dieses Pamphletes einfach mal ein bisschen lockerer werden. Aber nein, er fordert sogar die Uniform für Taxifahrer! Das würde auch das „Wir-Gefühl" steigern.

Wir Karl Arsch vonne Taxe.

Düsteres, gespenstisches Licht flackert von an den Wänden aufgehängten Fackeln, beleuchtet dämmrig endlos gewundene, höhlenartige Gänge. Schwestern, mit verzerrten Hexenfratzen, gewandet in blutbesudelten Kitteln, tanzen einen höllischen Sabbat. Totenschädelbleiche Ärzte, beladen mit allerlei sinistrem Werkzeug des Martyriums, schlurfen schweigend in offen stehende Zimmer der Patienten. Verzweifelte Schreie der Gepeinigten klingen Rainer in den Ohren. Ungerührt jedoch schiebt er einen alten Mann im Rollstuhl durch das Pandämonium. Die Privatklinik Dr. Mabuse *ist* eben so, er hat sie noch nie anders erlebt.

Links und rechts neben ihm schleppen sich zwei klapprige Patienten vorwärts, beladen mit koffergroßen Perfusoren und Aktenmappen – das Gepäck der beiden hat Rainer dem alten Mann im Rollstuhl auf den Schoß gelegt. Dünn klingen seine Proteste, bei all dem Höllenspektakel kaum zu vernehmen, verstummen ohnedies, als Rainer noch eine flauschige Segeltuchtasche auf Gesichtshöhe dazupackt.

Da taucht plötzlich von links eine geisterhafte Erscheinung auf, ein zum Skelett abgemagerter Patient, erkennbar an einem Jogginganzug von C&A, der ihn umschlottert. Das Gespenst spricht ihn an, mit wehklagender Stimme: „Bitte helfen Sie mir! Ich bin von Mengele, ich komme von einer Untersuchung und finde meine Station nicht mehr. Seit einer Woche habe ich nichts mehr gegessen – die anderen Stationen wollten mir nichts geben!" Rainer kennt das: Immer wieder findet das Reinigungspersonal der Klinik halb verweste Überreste von Patienten, die bei Untersuchungen waren und es nicht mehr rechtzeitig vor dem Hungertod geschafft haben, zu ihren Stationen zurückzufinden. Und die Essen auf den Stationen sind abgezählt. Wenn eins übrig ist, muss es zurück an die Küche geschickt werden, damit es nicht heißt, die Schwestern hätten's gegessen.

Vor kurzem gab es mal eine Konferenz wegen dieser Fälle, nachdem ein Chefarzt seine Habilitation nicht fortsetzen konnte, weil zu viele seiner Patienten vermisst wurden. Es wurde vorgeschlagen, den Leuten Handys mitzugeben, damit sie im Notfall auf ihren

Stationen anrufen können, um sich abholen zu lassen. Aber der Vorschlag wurde abgelehnt, aus Angst, zu viele Computer könnten bei einem Handygespräch abstürzen. Nicht wegen der Menschenleben, die dann auf dem Spiel stehen würden. Nein! In der Klinik Dr. Mabuse ist der Tod nur ein interessantes wissenschaftliches Phänomen, an dem laufend geforscht wird. Sondern weil dann die Forschungsarbeiten der Ärzte gefährdet gewesen wären, die sie für die Fortsetzung ihrer Karriere dringend benötigen. Also wurde auch erwogen, künftig alle Patienten mit dem Transportdienst oder Taxi zu schicken – doch dafür sei einfach nicht genügend Kapazität respektive Geld da. Also müsse man mit dem Problem eben leben.

Und die forschenden Ärzte legen ihre Studien nun eben einfach breiter an, so dass die ständigen Verluste nicht mehr so sehr ins Gewicht fallen.

Rainer weiß also, dass dem armen Teufel nicht zu helfen ist, er wird es wohl nicht mehr lange machen. Trotzdem versucht er ihm wenigstens noch einmal den Weg zur Station zu erklären.

„Von Mengele sind Sie, haben Sie gesagt, Station Dr. Josef Mengele? Also, dann gehen Sie jetzt den Gang entlang. Die erste Abzweigung rechts, die zweite links und die dritte wieder rechts, bis Sie vor einer roten und einer gelben Türe stehen. Die rote Türe ist der Fahrstuhl – nehmen Sie auf keinen Fall die gelbe, es heißt, es sei bisher noch nie jemand jemals zurückgekommen, der dies probiert hatte. Fahren Sie also bis in den dritten Stock. Dann wenden Sie sich nach links durch den Verbindungsgang, hören Sie links, auf *gar keinen Fall* rechts! Gehen Sie hundert Meter weiter und laufen Sie – dort gibt es keinen Fahrstuhl – durch das Treppenhaus wieder ins Erdgeschoss. Dort finden Sie einen Pförtner. Der kann Ihnen vielleicht den Weg erklären. Aber nur wenn Sie Glück haben.“

„Hören Sie auf! Ich kann nicht mehr!“, stammelt der Patient, der Irrsinn irrlichtert in seinen Augen. „Sagen Sie, Sie sind doch Taxifahrer – können Sie mich nicht fahren?“ Er krallt sich verzweifelt in das Fleisch seines Armes.

„Hmm“, Rainer überlegt, dabei um die Freigabe seines Armes kämpfend, jeden Finger einzeln aufbiegend, „haben Sie einen Transportschein?“

„Nein, leider nicht.“

„Dann kann ich Sie nicht fahren, tut mir Leid.“

„Aber, aber...“, stammelt der andere ohnmächtig, „ich kann Sie bar bezahlen, ich gebe Ihnen jede Menge Geld dafür!“ „*Bar bezahlen*, sagen Sie, *Geld*? Ich kenne diese Worte nicht, noch nie

davon gehört – ich kenne nur Transportscheine. Haben Sie einen?"
„Nein."

„Dann kann ich Sie nicht fahren, ich wünsche einen schönen Tag! Und – versuchen Sie sich warme Klamotten zu organisieren", er schaut missbilligend auf den dünnen Jogginganzug, „die Winter in der Klinik sind streng!" Rainer befreit sich nun endgültig aus dem Griff des Patienten und setzt sich mit seinem Tross in Bewegung – er hat noch etwa einen Tagesmarsch bis zu seinem Taxi zurückzulegen.

Da findet der verzweifelte Patient hinter ihm einen Feuermelder und drückt ihn ein. Schrill klingelt der Alarm... ...schrill klingelt der Wecker und Rainer fährt aus dem Schlaf auf.

Privatklinik Dr. Mabuse! Wie kommt er denn auf so etwas? Hat ihm sein Unterbewusstsein etwa einen Streich gespielt und ihn auf diese Weise seine Erlebnisse, seine mannigfaltigen Erniedrigungen und Frustrationen in der Uniklinik verarbeiten lassen? Hat es aus der Uniklinik Freiburg eine Privatklinik Dr. Mabuse gemacht? Er reibt sich die Augen, zwinkert im Halbschlaf. Kann nicht sein – er hat in der Uniklinik schon viel Schlimmeres erlebt, da war der Traum noch recht harmlos.

Mit einem Ruck fährt er hoch, schwingt die Beine aus dem Bett, jetzt völlig wach.

„Wie kann ich nur so denken!? Die Uniklinik Freiburg vollbringt kleine medizinische Wunder! Krankenschwestern und Ärzte sind wunderbare Menschen, die sich ein Bein ausreißen, Menschen zu helfen!", spricht er zu sich selber. „Taxifahrer neigen eben gerne dazu, sich selber und ihre kleinen Problemchen zu wichtig zu nehmen, anstatt sich auf den Hosenboden zu setzen und etwas Gescheites zu lernen. Lieber lungern sie doch den ganzen Tag am Stand herum, lesen Bildzeitung oder spannen Frauen nach."

Wie Recht er doch hat!

Wenn er doch nur daraus Konsequenzen ziehen würde.

Paul steht am Bahnhof und überlegt gerade, ob er hier wegfahren soll, weil er das immer zu tun pflegt, wenn er am Bahnhof steht, als eine zirka dreissigjährige überkandidelte Tussi bei ihm einsteigt. Sie nennt ein Fahrziel in der Nähe, macht es sich bequem und blättert in einer Illustrierten. Paul schaut kurz rüber und sieht sofort mit seinem Kennerblick diese bestimmte Aura, dieses „worauf wartest du noch, mach mich an". Er also nicht faul, schaut kurz neben dem Fahren mit in die Zeitschrift rein und liest laut einen Satz daraus vor. Das gefällt ihr natürlich!

„Sag mal, musst du dich nicht aufs Fahren konzentrieren?"

„Wenn du neben mir sitzt, kann ich mich sowieso auf nichts konzentrieren!", gibt er grinsend zurück. Sie schlägt ihn leicht auf den Arm, Paul greift zum Mikro, tut so, als würde er hineinsprechen: „Hilfe Zentrale, Fahrgast schlägt mich!"

„Du bist aber wehleidig."

„Klar, deswegen ist ja auch nichts aus mir geworden!"

„Ach so, deswegen fährst du jetzt Taxi... und baggerst die Frauen an!"

„Na ja, Männer bagger ich nicht an."

„Soso, du bist also der große Taxianmacher, hm, hab ich Recht?" Sie grinst spitzbübisch, ihr gefällt das.

„Na ja..."

„Erzähl doch mal, was hast du denn schon so alles mit dem Taxi abgeschleppt?"

„Also, wir geben ja meistens Starthilfe, deswegen ist das eigentlich nie nötig... ja, einmal ist 'n Kleinlaster liegen geblieben, dem hab ich'n Kanister Sprit gebracht..." Sie schlägt ihm noch mal auf den Arm.

„Aua."

„Komm erzähl schon und sei nicht so wehleidig, ich kann wehleidige Männer nicht ausstehen." Paul rutscht zurecht, verändert die Mimik, spricht mit John Waynes Synchronstimme: „Na ja, Braut...", wieder ein Schlag auf den Arm, er wechselt auf die normale Stimme: „Du kennst doch dieses Lied", er singt, „Ich fahr Taxi Tag und Nacht...", sie fällt ein: „Der Job ist so mies, doch ich brauch den Kies!"

„Richtig, du kennst es ja... dann weißt du ja auch, wie es weitergeht!?" Sie überlegt eine Weile.

„Na, ich sag's dir, also: So eine Frau wie die..."

„...fahr ich so gut wie nie, richtig?"

„Richtig, ich fahr nämlich nur alte Omas mit Gehwagen. Und außerdem haben Taxifahrer einen sozialen Status, der nur ein wenig mehr über dem eines Jungmüllwerkers liegt, nur verdient der glatt das Doppelte!"

„Oh ja, Männer mit Geld sind sexy!", wirft sie schnell ein und Paul weiß damit gleich zwei Dinge. Erstens, sie ist ehrlich, denn fast alle Frauen denken so, nur geben es die wenigsten zu, und zweitens, er hat keine Chance bei ihr. Irgendwann holt sie dann ihr Handy raus und meint: „Jetzt will ich mal sehen, ob mein Exmann da ist, *die Fotze!*" Paul glaubt sich verhört zu haben. Als sie das Handy wieder einsteckt, weil die „Fotze" offensichtlich nicht da ist, sagt er daraufhin: „Das ist aber lustig, dass du einen Mann als Fotze bezeichnest, das habe ich jetzt aber auch noch nie gehört!"

„Ich sag zu allem Fotze, wenn's mir passt! Das Handy ist eine Fotze, das Taxi ist eine Fotze…" Sie schaut ihn an und er fängt schon an sich mit dem Gedanken vertraut zu machen, auch eine Fotze zu sein, dann sagt sie: „Und dein Mikrofon da ist auch eine Fotze." Alles klar. Na ja, warum denn auch nicht?

So langsam sind sie dann auch bei ihrer Wohnung angekommen, sie zahlt und will aussteigen, da denkt Paul kurz an einen um die Ecke schießenden E-Klassekombi und fragt sie dann unerschrocken: „Du, du weißt doch, wie dieses Lied weitergeht, nach: Eine Frau wie die, die fahr ich nie!?"

„Sooo...?", sie lächelt zuckrig. Im Originaltext käme jetzt: Wenn sie mich anmacht, bleib ich die ganze Nacht. Er macht daraus, kurzerhand: „Wenn sie mich fragt, ob ich mit hochkomm'..."

„Sooo...?" Honig, der vom Löffel träufelt – in Zeitlupe.

„Sag ich nicht nein!"

„Kommst du mit hoch?" Paul sagt nicht nein.

Er folgt ihr zwei Treppen hoch und betritt, klopfenden Herzens (die Treppen!), nach ihr die Wohnung. Vollgestellt mit Designermöbeln! Sie hat abgelegt, bringt gerade etwas zu trinken, während Paul seine Jacke neben sich stilbruchmäßig auf den Sessel knautscht. Sie setzt sich schräg gegenüber aufs Sofa.

„Nun erzähl schon, großer Taxiheld, wie viele Frauen hast du schon im Taxi abgeschleppt?" „Na ja, ich fang mal mit der Ersten an, die mir einfällt." Paul hat tatsächlich schon Phasen gehabt, in denen er sich so manchen blondierten Skalp an den Gürtel gehängt hatte, bevor er es dann überdrüssig wurde. Er nimmt einen Schluck O-Saft und sieht sie interessiert kucken, deswegen holt er einigermaßen weit aus.

„Mmh – ist schon eine ganze Weile her. Nun, ihr Name war nicht Natascha, sondern Ines, sie kam auch nicht aus Novosibirsk, sondern aus einem kleinen Kaff. Ihr Haar roch immer nach Wurst, denn diese verkaufte sie auch. Es war Weinfest, als ich sie kennen lernte. Ich stand am dafür eingerichteten, behelfsmäßigen Taxistand. Sie erzählte mir auf der Fahrt zu einer Disco, sie wäre von ihrem Freund versetzt worden und fragte irgendwann später, ob ich denn nicht in die Lücke springen und mit dorthin kommen wollte? Gleich ginge das jedenfalls nicht, weil es kurz vor Feierabend war und ich das Auto noch wegbringen musste, aber ich könnte ja nachkommen? – *Oh ja, wimperklimper...*"

Die Tussi auf dem Sofa gluckst amüsiert.

„Na ja, ging immerhin drei Wochen… Ihr Vater, gelernter Maurer, Busfahrer und voll Proll, gab mir einmal am Kaffeetisch den Spruch mit auf den Weg – nachdem er noch einmal kritisch zwischen mir und seiner Tochter hin- und hergeschaut hatte: ‚Aber gell, dass Du's weisch, ich zieh ihn immer noch härter raus, als du ihn reinstecksch!'"

Die Tussi kichert.

„Ich war natürlich erst mal platt. Am liebsten hätt' ich geantwortet…", Paul grinst. „Pass mal auf", sagt er dann, steht auf, macht eine theatralische Geste und deklamiert, dabei heftig chargierend: „Werter und lebenskluger Herr Baufacharbeiter! Gestählt durch das Schieben von Schubkarren und Regeln von Konflikten mit Dachlatten! Wie meinen Sie das? Ganz allgemein nun oder speziell Ihre Tochter betreffend?"

Die Tussi kringelt sich.

„Ja, und dann... lass mich mal überlegen, dann war da mal eine..."

Ihr Handy klingelt auf einmal.

„Ja? Ja, dass du dich mal meldest, *du Muschi!*"

Aha, der Exmann! Paul kommt sich auf einmal etwas überflüssig vor, erhebt sich, nimmt seine Jacke, winkt ihr einen Gruß zu und sucht das Weite. Sie telefoniert lebhaft, wild dabei die Hände ringend und nimmt ihn schon gar nicht mehr wahr.

Rainer möchte nun endlich sein Frauenproblem angehen, startet eine neue Offensive beim Hautarzt und gibt eine Kontaktanzeige bei der Badischen Zeitung auf: „siebenundzwanzigjähriger Mann, Nichtraucher, etwas schüchtern, in gesicherter Stellung, sucht eine nette Frau zum Kennenlernen."

Rainer kennt sich nicht aus mit Frauen, er hat noch nicht begriffen, dass, wenn er ihnen die Initiative überlässt, er sein ganzes Leben alleine bleiben wird. So ist es erst einmal ein Schock für ihn, als sich niemand meldet. Immerhin gibt er nicht gleich auf, sondern probiert es erst mal andersrum und meldet sich seinerseits auf Inserate. Er geht extra zum Fotografen, der ihm seine Pickel nahezu wegsoftet und legt dieses sündhaft teure Bild zu jeder Zuschrift bei. Und das scheint doch Wirkung zu zeigen, denn es melden sich einige Mädels daraufhin.

Die erste, die anruft, heißt Brigitte. Sie verabreden sich fürs Café Journal mittags um zwölf. Das ist ganz praktisch, da kann er das Taxi am „BB", dem Stand Bertoldsbrunnen, abstellen. Da ist immer Platz. Weil man auf dem Rotteckring meistens erst immer eine große

Schleife drehen muss, steigt da so gut wie nie jemand ein und deswegen steht dann auch nie einer dort.

Rainer hat extra für diesen großen Moment sein langes Elend in einen schlecht sitzenden Anzug gezwängt und nimmt nun klopfenden Herzens linkisch auf einem der Stühle im Freien Platz. Alsbald erscheint auch Brigitte, eine neunundzwanzigjährige, durchschnittlich attraktiv aussehende Frau, die ihn aufgrund des Fotos auch sofort erkennt und begrüßt. Lächelnd nimmt sie ihm gegenüber Platz und freut sich artig über das kleine Röslein, das er ihr, tatsächlich, mitgebracht hat. Sie smalltalken eine Weile etwas unbeholfen, bevor sie dann das Gespräch unauffällig dahin laviert, was für eine „sichere Stellung" er denn so hätte. Ihre emanzipatorischen Vorstellungen, die sie mit vielleicht zwanzig vertrat, hatte sie schon so langsam ad acta gelegt, seit ihre biologische Uhr tickt – denn das Ticken macht sie nervös. Alle ihre Freundinnen und Schulkameradinnen mit Kindern arbeiten vormittags. Aber sie kennt welche, die dies auch nachmittags tun, und sie kennt welche, die, wenn die Sonne scheint, den ganzen Nachmittag mit ihrem Nachwuchs auf dem Spielplatz weilen und ein Buch lesen. Die auf dem Spielplatz ein Buch lesen, haben alle Ärzte und Rechtsanwälte geheiratet.

Sichere Stellung ist kaum übertrieben, denn trotz vier Millionen Arbeitslosen ist kaum ein Deutscher bereit, für ein Taschengeld den ganzen Tag Abgase zu schlucken. Aber das ist etwas, was Rainer bisher ganz gut verdrängen konnte. Er nimmt deshalb einen Schluck Kaffee und sagt flott (für seine Verhältnisse): „Na ja – ich fahr Taxi." Sie verzieht keine Miene, rührt nur etwas schneller in ihrer Kaffeetasse. Rühr.

„Ah!" Rühr.

„Nun, ja schön…" Rühr, rühr – sie trinkt aus.

„Jaaa...", sagt sie daraufhin, dehnt das „ja" sehr lange, „war nett dich kennen zu lernen... du, ich hab noch einen dringenden Termin, ich muss ganz schnell los, ja? Tschüssi!" Er bleibt noch eine Weile sitzen, nachdem auch er ausgetrunken hat. Dann steht er auf und läuft zu seinem Taxi. Geht am Kiosk vorbei. Wählt sich sorgfältig einen Krimi aus.

„Der Frauenmörder von der East-side".

Paul steht „Tchibo", sich auf eine längere Wartezeit einrichtend, denn da ist mal wieder Freiburger Taxitreffen. Eine spanisch sprechende Familie läuft vorbei, *ola Carmen*, der Sohn hat die

Mutter im Arm, der Vater die Tochter. Dann ein Auftrag, der Mann will nach Hausen an der Autobahnabfahrt Bad Krozingen, dort steht sein Auto in der Werkstatt. Der arme Mann erzählt ihm von schlimmen Zuständen bei ihm im Haus, von quälenden Querelen und fiesen Versuchen, ihn herauszuekeln, weil man an seine Wohnung herankommen wolle. Sein Auto sei plötzlich stehen geblieben und die Autowerkstatt habe sich daran versucht. Nun solle er den Motor freibrennen und ein Stück Autobahn fahren. Er schaffte es aber nur bis zu der Abfahrt, wo das Auto dann endgültig liegen blieb. Die Werkstatt dort, in Hausen, fand dann auf dem Boden des Tanks eine geleeartige Masse.

„Die haben mir Zucker in den Tank gekippt!" Ein Tankschloss hat er nicht gehabt.

Der nächste Fahrgast erzählt von Hotels und deren Unterschiede. Paul meint dazu, dass man ja auch mal eine Negativbewertung einführen könne – das Gegenteil eines Drei-Sterne-Hotels wäre dann also ein Drei-Kakerlaken-Hotel.

Fahrgäste erzählen einem ja prinzipiell alles. Politik, Fußball, ihre Lebensgeschichte. Dass sie als Waisen aufgewachsen sind, dass ihre Väter im Krieg waren, dass sie verheiratet, getrennt, geschieden sind, dass sie aus der Klapse kommen und dass sie in die Klapse gehen. Dass sie fremdgehen, dass sie gehört worden sind, dass sie saufen, koksen, fixen und dass sie im Knast waren. Dass sie auf den Strich gehen, zu Huren unterwegs sind und dass sie Rot, Schwarz, Grün, Gelb wählen. Dass sie an Gott glauben, dass sie nicht an Gott glauben und dass der Papst katholisch ist.

Wirklich alles, bis auf Kontonummer und Geheimzahl.

Am „Humboldt" trifft er Sami. Der erzählt von gestern Abend, da hat er wieder einiges erlebt (er erlebt immer einiges). Nachdem er bei der Adresse geklingelt hatte und auf das Erscheinen seines Fahrgastes wartete, fiel ihm auf der gegenüberliegenden Straßenseite ein erleuchtetes Badezimmerfenster ohne Milchglas, Rollo, Gardinen oder sonst irgendetwas auf. Durch das war eine Frau zu sehen, die, nur mit dem BH bekleidet, vor dem Spiegel stand und ihre Zähne putzte. Doch gerade in dem Moment, als sie damit fertig war und nach hinten griff, um den BH zu öffnen, riss der Fahrgast die Tür auf.

„So eine Gag-he-du, sonst lassen die einen doch ewig warten!" Paul bekommt einen Lachanfall. Aber Sami ist nicht ärgerlich, er scheint noch etwas in Petto zu haben, deswegen beruhigt er sich bald wieder und hört weiter zu. Später dann fuhr er eine lebhafte, alkoholisierte Frau. Die ihm erzählte, mit jemandem, mit dem sie beruflich zu tun gehabt hätte, schon eine Weile SMS-Kontakt zu haben, aber nicht so richtig daraus schlau würde.

„Sind Sie ein Brummbär?", hätte sie dann Sami unvermittelt gefragt und auf diese Weise von ihm wissen wollen, wie denn so ein Brummbär denkt und ob sie bei dem Mann, diesem brummbärigen Geschäftspartner, Chancen hätte. Er ist da aber natürlich gar nicht drauf eingegangen, sondern hat ihr nur unverblümt gesagt, dass er das nicht *weiß*, dass ihn das auch nicht groß *interessieren* würde – dass sie aber bei *ihm* auf jeden Fall Chancen hätte! Und da dieser virile Bock, dieser palästinensische Steineschmeißer, eine irgendwie schon unerklärliche Anziehungskraft auf Frauen besitzt, ist Paul schon klar, wie die Geschichte ausgegangen ist.

„Und erzähl – volles Programm?"

„Jaja-was-glaubsch-he-du!" Also, volles Programm. „Und – seht ihr euch wieder?"

„Mal sehn", sagt Sami und beugt sich aus dem Fenster, als ein hübsches Mädchen vorbeiläuft.

„Schöne Frau, darf ich Sie wo hinfahre?

Anke merkt die sommerliche Rezession, die sich auf die allgemeine noch draufsetzt, schmerzlich an ihrem Klingelbeutel. Die beste Zeit fürs Nachtgeschäft ist ja Fasching und Dezember. Dezember wegen dem dreizehnten Jahresgehalt und den vielen Weihnachtsfeiern, und Fasching... na ja, Fasching ist eben Fasching, da sind die Leut' halt verrückt. Sie erinnert sich an das letzte Mal, an eine wirklich sehr verrückte Begebenheit...

An diesem Abend war auch zudem noch Kripoball, gute Vorraussetzungen mal richtig reich zu werden. Nachts um Drei stand Anke also in einer Schlange mit den anderem vor dem Novotel. Grotesk verkleidete, angeheiterte potentielle Fahrgäste einzeln, zu zweit oder in Gruppen kamen herausspaziert und getorkelt. Eine besonders aufgemotzte, mittelalte Schönheit im Federkostüm stöckelte suchend die Schlange entlang, bis sie vor Ankes Taxi stand. Sie spähte herein, ließ sich dann auf dem Beifahrersitz nieder und fixierte Anke eine Weile mit ihrem Blick, bevor sie sich dazu herabließ, ein Fahrziel zu nennen. Dann säuselte sie: „Diiese Männer!" Sie war nicht besonders betrunken, nein, nur sehr aufgekratzt und irgendwie, ja – genervt.

„Diiese Baggerei da drin, das ist niicht zum Aushalten. Weißt du, deshalb wollte ich jetzt unbedingt 'ne Frau zum Heimfahren, ich hab grad echt die Schnauze voll von Männern!"

Sie drehte sich halb auf ihrem Sitz, so dass sie Anke genau im Visier hatte, während sie zu ihr sprach.

„Also, ich bin ja verheiratet, nicht wahr... äh, bist *du* verheiratet?"

„Nö." Nur um all das lästige Geschmeiß abzuhalten, trägt sie beim Fahren immer einen Ehering und ist „verheiratet", wenn sie wieder so ein unangenehmer Ranschmeißer danach fragt. Dann fährt „ihr Mann" auch Taxi, ist heute auch unterwegs, ja – fährt sogar grade *da vorne*, wenn's sein muss. „Aber... ich mein, ich lieb meinen Mann ja auch, so ist es nicht, aber... sag mal, was hälst'n du eigentlich von Männern?" Anke ist immer ziemlich genervt von Männern, deshalb antwortete sie: „Na ja, ich bin auch grad ziemlich genervt von Männern..."

„Biste? Na, ich weiß nicht... weißte, manchmal ist es ja echt ok mit ihnen, aber dann denk ich mir wieder... also manchmal steh ich auch irgendwie so auf Frauen... Ich meine, kennst du dieses Gefühl... also manchmal denke ich, ich bin auch irgendwo lesbisch veranlagt." Sie schaute Anke dabei unentwegt von der Seite an, während sie sprach und bei den nächsten Worten fing sie sogar an, ein wenig mit ihren manikürten Fingern an Ankes Pulloverärmel herumzunesteln. „Sag mal, bist du auch lesbisch veranlagt?" Anke fühlt sich eigentlich, ehrlich gesagt, mehr zu Männern hingezogen, kam nur irgendwie immer an die Falschen und wollte ihr das auch gerade so sagen. Da ritt sie aber irgendwie ein kleines Teufelchen, ein Teufelinchen besser gesagt, und so beschloss sie ein kleines Spielchen zu spielen.

„Ich *bin* lesbisch."

„Tatsächlich?" Die schöne und elegante Dame neben ihr raschelte mit ihrem Federkleid, als sie sich ein wenig näher manövrierte. „Ist ja hochinteressant!" Wolken von schwerem Parfüm kitzelten Ankes Nase und das gerade, als sie sich aufs Abbiegen konzentrieren musste.

„Und... bist du Single?" Ihre spitzen Fingernägel krabbelten den Pullover hoch bis zu Ankes Hals, verweilten dort ein bisschen und begannen dann mit ihrem Ohrläppchen zu spielen. Das Teufelinchen soufflierte eifrig.

„Nein, aber meine Freundin ist sehr tolerant." Sie fuhr jetzt gerade die Eschholzstraße entlang, während sie das sagte, und ihr Fahrgast war ihr jetzt so auf die Pelle gerückt, dass sie ohne Automatik nicht mehr zum Schalten gekommen wäre. Die schöne, verkleidete Lady nahm ihre Finger von ihrem Ohrläppchen, denn jetzt benötigten ihre Zähne wirklich dringend diesen Platz. Zärtlich begannen sie ein wenig zu knabbern und die nunmehr arbeitslos gewordenen Finger suchten sich neue Betätigungsfelder. Anke wurde es ganz warm, als sie von der Lady im Federkostüm überall begrabscht wurde. Sie ging etwas mit dem Tempo runter, nur jetzt keinen Unfall bauen! Das muss die heißblütige Lady jedoch als Aufforderung begriffen haben, denn nun begann sie auch noch sich *auszuziehen!*

„Oh Teufelinchen, wohin hast du mich gebracht!", murmelte Anke unhörbar und ging noch etwas mehr vom Gas. Die Lady neben ihr war jetzt fast ganz nackt, nicht auszudenken, wenn sie jetzt geblitzt worden wären!

„Macht dich das an?", säuselte Lesbo-Lady und befreite soeben ihren zweiten Fuß vom zwängenden Söckchen, dabei gepflegte Fußnägel zeigend.

„Na ja... ich muss ja auch noch fahren", wandte Anke ein, nicht gänzlich unberührt von der Situation.

„Klar, denn ich will ja nach Hause...", sagte die Lady versonnen, dann, schmollend: „Du sag mal, gefall ich dir nicht?"

„Doch schon...", erwiderte Anke etwas hilflos – und fuhr an der Ampel an. Die Frau war eine Schönheit, aber wie sollte sie ihr das vom Teufelinchen erklären und das sie gar nicht lesbisch ist? Hätte sie bloß nichts gesagt. „Sag mal... würde es dir etwas ausmachen... wenn ich mich ein bisschen streicheln würde?" Bei diesen Worten rutschte sie, eine Erlaubnis gar nicht erst abwartend, sich etwas zurecht, klappte die Beine auseinander, legte Anke vertrauensvoll das linke Knie über den Schoß – und begann es sich zu machen. Anke hatte nun auf einmal das Gefühl sich in einem billigen Pornofilm aufzuhalten, in dem gerade die Lesboszene in den Kasten gezwungen wird – auf Biegen und Brechen. Neben ihren nur gering ausgeprägten Bi-Neigungen wirkte sich auch noch das aufgesetzt wirkende Gestöhne der frivolen Dame lusttötend aus, davon, dass sie hinter dem Steuer eines Taxis saß und die Uhr lief, mal ganz abgesehen. Glücklicherweise war jetzt fast kein Auto mehr auf der Straße oder gar Lkws, deren Fahrern sie eine schöne Show geliefert hätten.

Wer also dann früher gekommen ist, war nicht ganz festzustellen – *sie* bei der Adresse an oder *es* der Lady... Jedenfalls standen sie auf einmal vor dem Haus.

„Was, wir sind schon da?", gab die fremde Schönheit erschreckt von sich. „Nee, komm, fahr noch mal'n Stück da lang!" Sie dirigierte Anke in einen Feldweg, wo sie dann erst mal anhielten. Der Anblick ihres Domizils muss aber ernüchternd auf die Lady gewirkt haben, denn sie begann sich hastig wieder anzuziehen, etwas mit dem Federkostüm kämpfend. Sie zahlte dann auch erst mal reichlich und es entspann sich noch eine kleine Konversation, hauptsächlich darüber, ob Anke nicht Lust hätte, mal bei einem Dreier dabei zu sein. Einen Zettel mit ihrer Telefonnummer gab sie ihr auch noch, aber Anke war dann doch froh sich eiligst wieder auf den Weg machen zu können. *Glaubt mir das einer?! Vielleicht sollt ich doch mal ein Buch schreiben.* Sie hielt den Zettel aus dem Fenster. Er flatterte ein wenig im Fahrtwind, bevor sie ihn losließ.

„Neidisch Alter, Taxi rumlümmeln und so?"

Paul hat ein paar Tage frei und Gelegenheit, Bestandsaufnahme seiner gegenwärtigen Lage zu machen. Job: mies. Konto: mies. Frauen: ?

Entweder er fährt abends Stände ab und schaut, ob irgendwo ein bestimmter Kombi steht, oder – er geht auf Tour. Der Reisebericht hat ihm durchaus zu schaffen gemacht. Ihm wieder mal gezeigt, was er, als Naturmensch, zurzeit alles so versäumt, den ganzen Tag eingezwängt in eine winzige Gefängniszelle aus Blech. Er muss einfach mal wieder raus, muss es sich dreckig geben. Und bei ihm heißt „dreckig geben" genau das, wonach es klingt.

Wer mit Paul das erste Mal auf Tour geht, ist entweder fit oder sein Tagesablauf sieht so aus. Den ganzen Morgen: Stummes Hadern mit dem Schicksal. Im Einzelnen:

Zehn Uhr: Erste zarte Frage, ob man es nicht ein bisschen gemütlicher machen könnte. Erste freundliche Antwort, dass „man" doch jederzeit umkehren könnte, um es sich daheim dann auf dem Balkon *ein wenig gemütlich* zu machen. Es würde ihm, Paul, nichts ausmachen alleine weiterzufahren.

Elf Uhr: Weniger zarte Frage, ob man nicht bitte doch langsamer machen könnte. Weniger freundliche Antwort, mit sarkastischer Note. Wie beispielsweise: „Wenn du noch länger so langsam fährst, haben wir garantiert keinen Alpenblick mehr, vom Feldberg aus!"

„Du meinst, bis dahin hat es sich zugezogen?"

„Nein, bis dahin sind die Alpen verschwunden – abgetragen von Wind und Wetter!"

Zwölf Uhr: Fluchen (außer Pauls Hörweite).

Dreizehn Uhr: Beten (außer seiner Hörweite).

Vierzehn Uhr: Weinen (außer seiner Hörweite).

Fünfzehn Uhr: Kotzen (außer seiner Sichtweite).

Wer dann noch weiterfährt, darf garantiert das nächste Mal wieder mit auf Tour! Morgen ist der zwanzigste Juni, der längste Tag. Sonnenaufgang vier Uhr fünf, Sonnenuntergang zwanzig Uhr zweiundvierzig – fast siebzehn Stunden Helligkeit! Paul richtet Bikerausrüstung, Rucksack, Trinkflaschen, Karten, Halogenlampe und geht früh zu Bett.

Mitten in der Nacht – der Wecker geht!

Paul macht sich auf den Weg, packt das Mountainbike in den Kofferraum von Mannis Wagen, dem „WG-Auto" und sticht auf die Autobahn, Richtung Süden. Kurz vor Basel nimmt er die Abfahrt Weil, stellt das Auto irgendwo dort unter – und begibt sich mit dem Fahrrad auf die Tüllinger Höhe, auf den Westweg.

Der Westweg Pforzheim-Basel!

Knapp dreihundert Kilometer. Von den Nordausläufern des Schwarzwaldes bis zu dessen südlichem Ende. Quer über Stock und Stein. Etliche tausend Höhenmeter.

Nur ein Wahnsinniger oder ein gefrusteter Mensch mit sehr guter Kondition und großem Bewegungsmangel kann es wagen, diese Strecke an einem einzigen Tag zu bewältigen. Paul vereint alles in sich. Er hat sehr gute Kondition, Bewegungsmangel und ist wahnsinnig gefrustet. Er will es wissen.

Vier Uhr dreißig, fahles Morgenlicht, kühl, die Sonne ist noch hinter den Bergen verborgen. Ihr Licht reicht nicht aus, um die Halogenlampe zu ersetzen. Paul radelt los. Er kommt an der malerischen, gut restaurierten Burg Rötteln vorbei, fährt ein längeres Stück durch den Wald, bis er Kandern erreicht. Dies kaum hinter sich gelassen, tritt die Sonne ganz hervor. Er steht auf einer Lichtung und badet sich in den warmen Strahlen, alles ist von hellgelbem Glanz erfüllt. Er teilt diesen magischen Moment mit einem Jäger, der in der Nähe steht. Vereint durch das gemeinsam erlebte Schauspiel der Natur bedarf es nicht viel Worte zwischen den beiden.

Dann geht es weiter, der Jäger hetzt das Wild und Paul den Rekord. Er saust an der Sausenburg vorbei, der Sommerresidenz derer von Rötteln, lässt sie links liegen und keucht die Blauenrampe mit ihren fünfhundert Metern Höhendifferenz hoch. Jagt die zehn Kilometer Waldweg bis zum Belchen entlang, windet sich die steilen Serpentinen hoch, bis zum Gipfel. Danach ist ohne Not der Notschrei erreicht, wenig später schon genießt er den Blick ins große Wiesental, vom Stübenwasen aus. Zwei, drei kräftige Tritte ins Pedal – schon gegen zehn Uhr ist der Feldberggipfel erklommen! Heute kann man den Montblanc nicht sehen, den „Dicken", wie ihn Achim genannt hat. Paul hätte ihn sonst, in seinem Namen, gegrüßt. Er späht kurz rechts in den steilen Karkessel des tiefblauen Feldsees und mogelt sich dann die B-317 nach Titisee hinunter. Verlässt die Bundesstraße, sticht durch Titisee, den See linkerhand, denkt kurz wehmütig an den Titicacasee, fädelt sich auf die B-31 und wenig später dann auf die B-500 ein. Hier kann man ordentlich Tempo machen.

Weiter segelt er, in den Winden des Wahnsinns, aufrecht der Mast, die Segel stolz gebläht. Etwa zwanzig Kilometer später verlässt er an der Gabelung die Asphaltstraße und folgt wieder dem Wanderweg geradeaus zum Brend hinauf. Die Sonne steht inzwischen heiß und hoch am Himmel, der Schweiß rinnt in Bächen. Paul bekommt den berühmten Tunnelblick. Alles um ihn herum verengt sich auf das, was unmittelbar der Erreichung des Zieles dient. Gut, dass er den Weg bestens beherrscht. Den Blick vom Brendturm rüber zum Kandel kennt er ebenso gut, wie den darauf folgenden, vom Karlsstein auf den Rohrhardsberg. Voll gepumpt mit körpereigenen Opiaten, nimmt er nur kurz mit Bedauern zur Kenntnis, soeben mit dem Reifen eine Blindschleiche sauber in zwei Hälften geteilt zu haben. Donnert dann die wildromantische Landschaft zwischen Hauenstein und Farrenkopf entlang, flitzt den, fast schon mit alpiner Steigung gesegneten, Nordhang des Letzteren hinunter und ist gegen fünfzehn Uhr in Hausach, auf dem Grunde des Kinzigtals, angelangt.

Zwei Dinge sind ihm klar. Erstens, er hat schon mehr als die Hälfte hinter sich. Zweitens, er muss sich so langsam mal ein bisschen *beeilen.*

Die schlappen fünfhundert Höhenmeter bis zurück auf den Schwarzwald-Hauptkamm fliegt er schon halb, den Brandenkopf, den „König des mittleren Schwarzwaldes", muss er jedoch links liegen lassen – die halbe Stunde Umweg spart er sich. Ein schier nicht enden wollendes Waldstück, dann gilt es fiebrigen Körpers noch einmal zweihundert Meter höher auf die Lettstädter Höhe zu klettern, einen glasigen Blick rechts unten auf den Glaswaldsee zu werfen, um noch einmal knapp fünf Kilometer Waldweg bis zur Alexanderschanze zurückzulegen. Siebzehn Uhr, rechte Freude an der Schönheit des Naturschutzgebietes Kniebis kann nicht so recht aufkommen. Denn die Hornisgrinde ruft und der schnellste Weg zu ihr sind noch mal zirka fünfzehn Kilometer der nördlichen B-500. Hornisgrinde, Badener Höhe, Schwarzenbachtalsperre sind die drei Stationen bis Forbach, dem malerisch gelegenen Örtchen auf dem Boden des Murgtales. Dem zweiten der beiden tiefen Einschnitte, quer zum Westweg. Es ist zweiundzwanzig Uhr und mittlerweile schon wieder stockdunkel, als sich Paul endlich die heftigste Höhendifferenz der ganzen Strecke hochgeschwitzt hat. Noch einmal fast siebenhundert Höhenmeter bis hinauf, zum Fuße des Kaiser-

Wilhelm-Turmes auf dem Hohloh! Jetzt sitzt er hier, ist völlig k.o. und zweifelt an seinem Verstand. Hier, an dem Relikt einer an Glanz und Elend reichen Epoche, hat er nur die Wahl, sich einem Ohnmacht ähnlichem Schlaf zu überlassen – oder aber vielleicht vier Stunden dem schwächer werdendem Licht seiner Halogenlampe zu folgen.

„O Kaiser!", krächzt er mit geschwollener Zunge. „Zögertest du, als es galt, der grausamen Hunnen Kraft dem deutschen Volke zu beschwören? Zögertest du, Deutschlands Jugend in einem aussichtslosen Weltkriege zu verheizen? Sprung auf, marsch, marsch, Zauderer!"

Mit diesen Worten schwingt, nein, taumelt er sich aufs Fahrrad und fährt schließlich, nach vier heroischen Stunden, um zwei Uhr in Pforzheim ein, im Felde unbesiegt.

Die Stadt schläft.

Keiner jubelt ihm zu.

Keine Sau setzt ihm den Siegerkranz aufs müde Haupt.

Rainer bekommt „Klinikdialyse, rechts hinter HNO-Gebäude, 4.90".

Dort, wo sonst die Zufahrt sich befindet, ist gerade eine Baustelle. Er fragt über Funk nach, der Funker weiß von nichts. Also tastet er sich über den Rad- und Fußgängerweg zum Eingang, steigt aus, rüttelt dran – zu. Er setzt langsam und vorsichtig auf eben diesem Rad- und Fußgängerweg, rückwärts, zurück, da man hinten nicht wenden kann. Seine Bandscheiben protestieren. Sie geben ihm zu verstehen: „Hör mal, du Eumel! Wir können 'ne Menge ab, aber wenn du glaubst, du könnst die ganze Zeit verkrampft im Taxi hocken und uns dann auch noch ruckartig einer, nicht unerheblichen, Torsionsspannung aussetzen, so täuschst du dich. Wenn das so weitergeht, sorgen wir dafür, dass du bald einen Orthopäden aufsuchen kannst und der wird dir das Gleiche erzählen. Aber vielleicht hörst du ja wenigstens auf den."

Aber Rainer versteht kein „Bandscheibisch" und auf Einflüsterungen seiner Körperteile hört er schon gar nicht, es sei denn, es handelt sich um die seines Magens oder seines besten Stücks. Er ignoriert also das Stechen im Rücken und fährt zum Haupteingang HNO. Wenn nun seine Bandscheiben gewusst hätten, dass da noch ein kleines, schnuckliges Rollstühlchen auf sie wartet! Jetzt sieht er am HNO-Eingang ein Schild, mit dem Hinweis auf die Dialyse. Er läuft also los, durch Eingangshallen, Treppen, Gänge,

Gletscherspalten und findet endlich gegen Frühjahr, als das Eis zu schmelzen beginnt, den Patienten. Eine bärbeißige, knapp zwei Meter große Schwester, Typ „Widerstand ist zwecklos", zeigt auf den Rollstuhl und gibt ihm den knappen Befehl: „Den hat jemand vergessen, der muss noch mit nach Rost." (Die Station, wo der Patient beheimatet ist).

Der Patient lässt sich im Rollstuhl nieder und Rainer kann nicht genau abschätzen, ob er wirklich für den Transport des Patienten vonnöten ist oder ob er ihn einfach nur mitnehmen soll, weil ihn der Kliniktransportdienst vergessen hat. Ein Blick auf den kräftigen, tätowierten Bizeps der Schwester und er entscheidet sich fürs Erstere. (Eine falsche Entscheidung, der Patient kann ganz gut laufen.) Er schiebt ihn zurück zum Auto, wuchtet den Rollstuhl (Vorkriegsqualität – schwer, aber gut) in den Kofferraum und lässt nur eine kleine säuerliche Bemerkung am Funk ab, von wegen „von Rollstuhl war aber nicht die Rede". Der Funker jedoch tut schon jahrelang seinen nicht immer leichten Dienst. Diejenigen Rezeptoren in seinem Gehirn, die für Aufnahme und Weiterverarbeitung von säuerlichen Bemerkungen zuständig sind, haben alle schon lange wegen Überlastung den Dienst quittiert. Ja, im Zuge einer Umstrukturierung der Persönlichkeit wurde sogar das ganze betreffende Gehirnareal entrümpelt und neue, fröhliche Gehirnzellen zogen ein, darauf spezialisiert ihrem Besitzer angenehme Empfindungen beim Betrachten ausklappbarer Mittelseiten von Herrenmagazinen zu bereiten.

Von dieser Stelle also kommt kein Zuspruch.

Rainer fährt jetzt für die 4.90 von der HNO in die Hautklinik (die Strecke kostet auf Uhr, wie gesagt, fast das Doppelte) und sucht den Behinderteneingang. Der Patient tollt inzwischen munter mit herum, sich darüber freuend ein wenig Auslauf zu haben. Der Behinderteneingang ist verschlossen, Rainers Miene auch. Er sucht den Lieferantenaufzug, auch dieser schon längst zu. Es bleibt ihm also nichts anderes übrig, als mit dem Patienten wieder ums Gebäude zu gehen, in den Haupteingang hinein und den Rollstuhl die Treppen bis zum Aufzug hochzutragen. Der Patient genießt die gesunde Bewegung.

Oben kriegt er seinen Transportschein. Die Schwestern sind grad bei der Übergabe, sie machen nicht den Eindruck, als hätten sie etwas Mitleid für einen Taxifahrer übrig. Die von der Spätschicht sehn aus, als hätten sie ihr Kontingent an Mitleid, Trost und Zuspruch bereits restlos erschöpft, die von der Nachtschicht, als müssten sie es sich gut einteilen.

„Warum passiert immer mir so etwas!" Unten im Auto schreit er, so laut er kann, seinen Frust heraus. Aber durch die geschlossenen Scheiben hört ihn niemand. Niemand kann also Trost und Verständnis für ihn aufbringen.

Doch mal ehrlich, wären die Scheiben offen und jeder würde ihn hören – würde dies wirklich einen so großen Unterschied machen?

„Wenn die Ampel wieder rot ist, zeige ich dir das Bild vom Hasen", sagt das kleine Mädchen zu Paul. Sie ist vielleicht fünf, sitzt hinten, zusammen mit ihrem, knapp drei Jahre alten, Schwesterchen. Die Eltern der beiden Kinder sind getrennt und schicken sich die Kinder mit dem Taxi.

Weil sie kein Auto haben oder vielleicht sogar, weil sie sich dann gar nicht mehr zu sehen brauchen.

Sie sind schon eine ganze Weile durch Freiburg gefahren, das größere Mädchen hat sich schon ganz selbstbewusst mit Paul unterhalten und ihm aus ihrem Bilderbuch vorgelesen. An der Ampel bewundert Paul das Hasenbild und erzählt vom WG-Kaninchen, das überall die Kabel anknabbert. Für eine Weile hat er die Fahrt richtig genossen, sich vorstellen können, es wären seine beide Mädchen, die er da fährt. Ein Zigeuner, der um den Globus zieht, reist am besten mit leichtem Gepäck – das ist der Preis.

Gegenüber der Wohnung der Mutter lädt Paul die Kinder aus. Er muss das kleine Mädchen an der Hand nehmen, beim Überqueren der Straße, und bekommt dann dort die Fahrt bezahlt.

Vorgestern war er mit den Hinterlassenschaften seines Westweg-Wahnsinns beschäftigt, fuhr mit dem Zug von Pforzheim zurück nach Weil, holte das Auto und brachte es zurück nach Freiburg. Gestern ließ er sich in der WG feiern und zeigte spontan ein paar Dias seines Transamericana-Trips, den er mal mit dem Fahrrad gemacht hatte.

Jetzt kann er getrost wieder seine müden Beine ein wenig hochlegen, heute ist's recht ruhig, nur ein 4.90 € Auftrag stört kurz seinen Schlummer.

Zwei Stunden später dann zwängen sich zwei vulgäre Matronen in seine Blechkiste, die zum Theater wollen. Sie nennen ihn Schatzi und erzählen von einem Fahrer, der mal kein Wechselgeld hatte, deshalb bei einer Fahrt, die fünfzehn Euro gekostet hatte, nichts auf einen Zwanni rausgab. Er sagt, das sind alles Lumpen und Verbrecher und hilft ihnen anschließend beim Kofferraum. Wie er so dasteht, schiebt ihm die eine noch einen Fünfer extra in die

Hosentasche, so schön langsam mit Gefühl. Gegen Abend läuft er noch mal am „Humboldt" ein, zu schauen was geht, da kommt ihm die Autonummer vor ihm verdächtig bekannt vor – *verstärktes Herzklopfen!*

Geht man aus psychologischer Sicht auf Kontaktsignale der Taxler am Stand ein, so lassen sie sich vielleicht dahin gehend einteilen:

Kontaktbereitschaft null: Fenster und Türen sind geschlossen, laute Musik an und/oder Buch in der Hand, Fahrer/in regiert gereizt auf Kontaktaufnahme. Zunehmende Kontaktbereitschaft (von oben nach unten):

- Fenster offen
- Türe offen
- Fahrer steht vor dem Auto
- Läuft davor herum
- Läuft bis zu anderem Fahrer
- Sucht dabei Augenkontakt
- Spricht anderen Fahrer an
- Schnorrt Zigarette
- Drückt ihm Gespräch über seine letzte Fahrt rein, ob
  es ihn interessiert oder nicht

Ankes Türen sind geschlossen, das Fahrerfenster jedoch geöffnet. Sie hat kein Buch in der Hand, sondern raucht, die Musik ist an, aber nur leise. Paul steigt also aus dem Auto und fängt an davor herumzulaufen. Bald wird sein Radius größer und dehnt sich so langsam auch auf Ankes Territorium aus, bis sie ihn nicht mehr übersehen kann. Sie daraufhin: „Hi!"

„Kuckuck!"

„Hmm?"

„Kennst du den nicht?", fragt Paul. „Ein Hai sieht einen Kuckuck über sich hinwegfliegen und ruft: *Kuckuck!* Da sagt der Kuckuck: *Hi!"*

„Na ja."

„Findste nicht gut?"

„Nö."

Wenn jemand dann vor dem Auto steht und mit dem Fahrer spricht, so kann ihn dieser einladen, sich zu ihm zu setzen.

Das ist hier jedoch nicht der Fall.

Paul läuft also wieder auf und ab, diesmal direkt vor ihrem Auto – sie qualmt ungerührt weiter, schaut ihn nicht an.

„Rauchen ist ungesund!"

„Mir schnurz. Du rauchst nicht?"

„Nö – Nichtraucher können länger." Er grinst frech.

„Haha."

„Kommste mit 'n Kaffee trinken?"

„Nö."

„Schade. Wie heißt'n eigentlich?"

„Anke – und du?"

„Paul."

„Eecht?" Das ist Ankes Lieblingswort. Und keiner kann es so spöttisch aussprechen wie sie.

Paul läuft auf und ab. Anke ist Funkerste. Das Datcom piepst, Hotel Markgräfler Hof in der Gerberau.

„Ja denn – Paulchen, man sieht sich!"

„Man sieht sich." Paul geht in sein Auto, macht die Tür zu und hört laute Musik.

Kapitel Vier

Nachdem sie den würdevollen Geschäftsmann aus dem Hotel zur Bahn gefahren hat, überlegt sie sich, ob sie noch mal zum „Humboldt" fahren soll, vielleicht steht der Typ, Paul, ja noch dort, bleibt aber dann doch an der Bahn stehn.

Ist ja ziemlich frech der Bursche, überlegt sie sich dort, *mit seinem „Nichtraucher können länger". Und dann lädt er mich gleich darauf noch zu einem Kaffee ein! Hm, schlecht aussehen tut er ja wirklich nicht.* Anke ist sich gerade nicht bewusst, dass sie diese Feststellung bereits zum zweiten Male trifft. *Aber Sven...* Sie denkt an Sven und es vergeht ihr grad. Eine ganze Weile versucht sie an gar nichts zu denken. Ein altes Muttchen steigt ein und will nach Merdingen (dem Ort mit der französischen Partnergemeinde Scheissbourgh).

Die meisten Frauen, die Anke nachts fährt, bewundern sie entweder wegen ihrem Mut oder bedauern sie, weil sie sich das antut. In jedem Fall herrscht aber eine gewisse Kameraderie, ein gewisses Einvernehmen, wie es das nur unter Frauen geben kann, die nachts noch alleine unterwegs sind. Manche Frauen sind sogar sehr froh, wenn sie eine Fahrerin bekommen können und nehmen dafür lange Wartezeiten in Kauf.

Eine davon hat Anke später dann an Bord, sie war frei in Merdingen und hatte die Frau aus Landwasser abgeholt, weil sonst gerade im Moment keine Fahrerin unterwegs ist. Sie ist eine kleine, blasse Erscheinung, wie sie da in sich zusammengesunken auf dem Beifahrersitz hockt, dennoch ziemlich redselig. Anke gibt sich Männern gegenüber oft burschikos und abgebrüht, hat jedoch für Frauen, die sie fährt, gelegentlich auch eine sensible Seite (nicht immer). Sie erlebt es oft, dass die Frauen, die sie da so durch die Nacht fährt, sich bei ihr das Herz ausschütten. Und es ist oft genug haarsträubend, was sie dabei erfährt, manches davon geht ihr dann noch Tage lang nach. Diese Frau gerade ist auch sehr offen, hat ihr schon einiges über ihre gerade anliegenden Beziehungsprobleme erzählt und holt nun zu einem Rundumschlag über Freiburgs Psychologen aus. In der Stadt mit Deutschlands größter Psychotherapeutendichte tummeln sich ja auch einige seltsame Pflänzchen, denen es vielleicht auch mal nicht schlecht täte, sich etwas mehr „Supervision" zu holen, anstatt ihre eigenen Probleme an die Klienten weiterzugeben.

Anke gehört zu den Menschen, die von Psychologen sowieso nicht viel halten. Sie hat immer den Eindruck, die meisten würden dieses Fach nur deshalb anfangen zu studieren, damit sie besser über die eigenen Macken Bescheid wissen. Sie war mal mit einem Psychologiestudenten zusammen. Der Mann war eine Katastrophe, ein nervöses Wrack. Ein Kettenraucher mit sechsundzwanzig. Faselte immer davon, dass er jetzt noch etwas „orale Phase" nachholen müsse, da man ihn als Kind zu früh vom Schnuller entwöhnt hatte. Doch kurz bevor sie ihn endgültig über hatte, hatte er sich doch dann tatsächlich an eine andere rangeschmissen, denn Frauen anmachen konnte er allerdings. Sie wäre so komplett! Bei ihr könnte er sich viel mehr fallen lassen als bei Anke, die ihm auf Dauer zu schwierig sei. Der Vollidiot!

„Ich war bei vier Therapeuten, als mein Mann damals gesoffen hat", sagt die Frau gerade abfällig, „die hast du alle in der Pfeife rauchen können."

„Hat denn einer nicht gereicht?", fragt Anke etwas ungläubig.

„Ich erzähl dir mal der Reihe nach. Also, der Erste schickte mich zum Zweiten, weil er gerade nichts frei hat für was Längeres, aber da war ich froh drum. Denn wenn der mal'n Satz fertig hatte, hab ich schon immer vergessen gehabt, mit was der angefangen hatte." Anke lacht, sie fragt: „Wolltst du nicht zu einer Frau gehn?"

„Nee, wollt ich nicht. Frauen sind immer gleich so zickig... jedenfalls, der Nächste hat mich immer total genervt, weil der nie was gesagt hat! Echt, den konnste auch fragen, da hat der nur gesagt, ich soll sprechen. Aber ich hing dann immer in der Luft, ich wollt dann einfach, dass der auch mal den Mund aufmacht. Na aber das

Schärfste war, ich hatte dann immer denselben Vorgänger bei ihm, den kannt ich schon vom Sehen. Der muss immer einen ziehen gelassen haben drin, da war jedenfalls immer dicke Luft, wenn der vor mir dran war, sonst ja nicht. Ja, und da sag ich dem Psychoheini das – und der reagiert gar nicht darauf!"

„Wie, der hat noch nicht mal das Fenster aufgemacht?"

„Nee – der saß da in dem Mief und hat sich, scheint's, wohl gefühlt. Und ich hab ihn dann gefragt, was denn passieren würde, wenn ich aufstehen würde und das Fenster selber aufmachen würde. Mir war das ja richtig unangenehm zum Atmen. Ja, hat der mir mehr oder weniger zu verstehen gegeben, dass er mich dann rausschmeißen würde!"

„Eecht?"

„Ja, dann bin ich halt von selber gegangen, das war mir doch zu blöd. Ja, und der Dritte – der hat schon mal gar kein richtiges Wartezimmer gehabt, da saßt du dann direkt vor der Tür und hast jedes Wort verstanden, was da drin gesprochen wurde. Und der hat mir auch überhaupt nicht geholfen. Ich war zu dem Zeitpunkt wirklich schon total mit den Nerven runter, wegen dem Stress mit meinem Mann damals, und hab nicht mehr ein noch aus gewusst. Da sagt der mir nur, ich müsse erst das mit meinem Mann regeln, bevor wir dann schauen könnten, woher denn meine Probleme eigentlich kämen. Aber bevor ich irgendetwas machen würde, also mich vor den Zug schmeißen oder so, sollte ich mich auf jeden Fall wieder bei ihm melden."

„Aber das, was dich so beschäftigt hat gerade – damit sollst du erst mal allein fertig werden!?"

„Ist das nicht der Hammer, dieses Arschloch! Dem war ich in dem Moment wohl einfach nicht pflegeleicht genug!" Sie zappelt und hampelt bei diesen Worten gehörig herum, als alles wieder in ihr wach wird. „Und der Vierte dann, nee! Das war dann, als es in unserer Beziehung wieder aufwärts ging und ich dachte, nee, warum soll ich zum Psychologen rennen, wenn's dem selber so dreckig geht. Also, der hat ja'n Eindruck gemacht – wie wenn dem selber grad das Wasser bis zum Hals steht! Und dann bin ich auch nicht mehr hingegangen, so schlecht ging's mir seitdem auch nicht mehr. Von Psychologen habe ich jedenfalls die Nase voll. Die gehören doch echt alle selber mal auf die Couch."

Heute ist die Dieseleinspritzpumpe am Auto defekt! Außerdem wird's ein sonniger Tag, Paul hat allen Grund zu fluchen, glücklicherweise beschwert sich wenigstens keiner.

Nun wird es aber langsam heiß, „Breisacher" ist jetzt der „richtige" Stand um abzustehen, in der Sonne und bei gnadenloser Hitze. Aus Langeweile fängt er an die Autos zu zählen, die vorbeifahren, verzählt sich aber bei dreißig Millionen vierhunderteinunddreißigtausend vierhundertfünfundsechzig und lässt es daraufhin wieder. Endlich ein Auftrag – die beknackte Tubi – „Sepplhaus" Tour. Er will drehen, aber weitere Millionen Autos fahren vorbei. Endlich eine Lücke – da kommen doch zwei „Hells Angels", zwei Typen auf Motorrädern, und klemmen ihn ein.

„Wir suchen das Paradies!", sagt die eine nietenbesetzte Lederjacke zu ihm.

„Ach? Das such ich auch." Aber sie meinen die gleichnamige Kneipe im Stühlinger, er erklärt kurz den Weg. Dann fährt er zur Tubi – und erzählt der Patientin davon.

„Ja", sagt sie, äußerst lebhaft, „das Paradies such ich auch – schon jahrelang!" (Anstatt zu leben, war der Unterton.) Sie hat noch eine halbe Stunde Zeit bis zur Untersuchung, labert hektisch los und zeigt sich nicht abgeneigt, von Paul zu einem Kaffee eingeladen zu werden. Der überlegt bei sich, ob er Lust auf ein überdrehtes „Ich hab Krebs, na und!"-Gespräch hat und entscheidet sich dagegen.

Was wird sie schon sagen?

„Ich hab so viel Zeit in meinem Leben nur immer von etwas geträumt, mich mit nebensächlichen Dingen beschäftigt und nie das gemacht, was ich wirklich will!" Und er wird antworten, nein, er wird nicht antworten, da sie ihm ins Wort fallen wird: „Und erst jetzt, da ich Krebs habe, lerne ich es die Dinge in Angriff zu nehmen, die ich immer auf den Sankt Nimmerleinstag verschoben habe!" Und sie wird lachen, freudig zwar, aber mit unterschwelliger Hysterie, und Paul anstrahlen mit ihrem Kopftuch, das die Glatze verbirgt und ihren Krücken, die neben ihr stehen, dem Buch „Krankheit als Weg" in ihrem Rucksack und er wird Mitleid mit ihr haben. Aber er wird auch an seine schöne Kollegin denken, an seine schlechten Umsätze und er wird merken, dass er jetzt kein echtes Interesse an diesem Gespräch hat – aber weiß schon jetzt genau, dass er sich schlecht dabei fühlen wird.

Das alles ist ihm klar und deshalb lädt er die Frau am Josefskrankenhaus ab, ihr alles Gute wünschend.

In Gufi an der Sparkasse rennt, zwei, drei Fahrten später, ein junges Pärchen aufs Taxi zu und will nach Freiburg, so schnell es geht. Paul soll sich beeilen, sie müssen um spätestens sechzehn Uhr an der Dresdner Bank sein.

„Wollt ihr die Bank überfallen oder warum habt ihr's so eilig?" Sie grinsen und gehen auf das Spiel ein. Er fragt: „Habt ihr denn alles dabei, Strumpfmasken und so... oder sollen wir noch mal eben irgendwo vorbei?"

„Nein, nein, wir haben alles dabei, geht klar!" Das Mädchen hintendran fängt an sich einen Turban aus schwarzem Stoff zu binden. Sie hat etwas Mühe dabei.

„Weißt du, wie man einen Turban bindet?", fragt sie deshalb Paul. Der hat aber keine Ahnung, hat nur einmal in einer Theaterrolle einen fiesen Sultan spielen müssen, der auch einen Turban auf hatte, ihn aber nicht selber gebunden. Deshalb verneint er, fügt hinzu: „Das dient alles zur Tarnung, he? Geheimnisvolles Gangsterpärchen, sie Inderin, überfiel Bank in Freiburg!"

Sie sind gerade auf gleicher Höhe mit der Sparkasse in Zähringen.

„Ach so, jetzt verstehe ich, zuerst war die Sparkasse in Gufi dran, jetzt geht's zur Dresdner – soll ich vielleicht vorher noch mal eben hier an der Sparkasse halten? Ich könnte ja solange warten, bis ihr das Geld, äh, *abgehoben* habt?"

„Nein, nein, die Dresdner ist wichtiger, hoffentlich hat die noch offen."

„Ach die werden sicher ein Auge zudrücken, wenn ihr sie überfallen wollt, so etwa: ,Tut mir leid, wir wollen gerade zumachen! – Ooch, lassen Sie uns doch noch mal eben rein, wir wollen doch nur die Bank ausrauben, geht auch ganz schnell! – Ach so, na ja wenn das so ist, na dann kommen'Se schon... aber beeilen'Se sich, ich muss auf den Bus.'"

Später gegen Abend steigt ein Typ ein, seine Tussi sitzt nach hinten. Jawohl, er fängt gleich an zu maulen, dass es nach Diesel stinken würde, wobei er wirklich der Erste ist, der da was gesagt hat. Aber, anstatt dass er wieder aussteigt, Paul hätte ihm dann einen Kollegen geschickt, ist er auf Streit aus. Mault erst eine Weile rum, ruft dann über Handy bei der Zentrale an und beschwert sich. Angesichts des großen Fuhrparks und der dünnen Personaldecke in der Zentrale, ist man dort im Allgemeinen ziemlich kurz angebunden in solchen Situationen. Deswegen muss er halt bei Paul weiter nörgeln. Inzwischen sind sie am Fahrziel, einer Gaststätte, angekommen und er steigt aus.

„So, ich zahle die Fahrt nicht, Sie können froh sein, wenn ich Sie nicht anzeige!" Und geht mit seiner Tussi ins Lokal. Paul macht den Motor aus und hinterher, der Typ sitzt schon am Tresen, Paul: „Ich wollte Ihnen nur sagen, Sie brauchen nicht zu zahlen, aber Sie sind die *mieseste* Type, die mir seit langem untergekommen ist!" Die Tussi sitzt da und glotzt – er schnappt nach Luft, wie ein kleines Kind kurz vor dem Gebrüll, dann: *„Polizei!* Ruft doch jemand die Polizei..." und so weiter in diesem Stil, während Paul schon längst wieder zur Türe raus ist.

Was soll er da sagen, er sitzt eine komplette Schicht in dem Mief!

Die nächsten Treffen Rainers sind kaum ergiebiger. Da ist eine Frau mit Damenbart, eine mit Mundgeruch, ein fettes Pummelchen, ein pummeliges Fettchen – aber selbst die wollen nichts von ihm!

Heute sitzt ihm eine Frau Mitte dreißig gegenüber, mit Jeans und Schlabberpulli, der ihre etwas aus dem Leim gegangene Figur kaschiert. Sie knetet nervös ihre orange gebeizten Finger und das Erste, was sie dann auch von sich gibt, ist zu fragen, ob es ihn stören würde, wenn sie eine rauchen würde. Rainer ist strikter Nichtraucher, vom Passivrauchen wird ihm sofort schwindlig. Er sagt aber nichts und so zündet sie sich während des Gesprächs eine an der anderen an. Ihr Sohn würde gerade in der Psychiatrie sitzen, „weil er diesen da gemacht hatte", sie macht eine schnelle Bewegung mit der rechten Hand – wenn sie darin ein Messer gehabt hätte, könnte sie die linke jetzt vom Fußboden auflesen. Sie selber hat Physik studiert und es sei ihr auch gelungen, als Frau in einem akademischen Beruf Fuß zu fassen, aber es wäre eben nicht leicht. Sie erzählt einiges von sich und er hat die ganze Zeit dabei irgendwie das Gefühl, ein Personalchef zu sein, den sie mit ihren beruflichen Fähigkeiten beeindrucken will. So sehr ergeht sie sich in ausgiebigen, nachdrücklichen Schilderungen ihrer diversen Qualifikationen und Berufserfahrungen. Nach einem Hustenanfall gelingt es ihm aber doch, sich loszueisen und höflich zu verabschieden.

Die nächste Begegnung ist mit einer sehr gut aussehenden Psychotherapeutin, Mitte dreissig. Rainer gelingt es trotz seiner Befangenheit ihr gegenüber, ein wenig zu plaudern, wobei er jedoch nie das Gefühl losbekommt, analysiert zu werden. Als er ihr erzählt, was er beruflich macht, lässt sie ihn mit seinem noch fast vollen Bier sitzen, weil sie soo müde wäre. Ein paar Tage darauf ruft sie aber wieder an, obwohl er nun wirklich nicht damit gerechnet hat, ist überraschend freundlich und herzlich und verabredet sich mit ihm für ein zweites Treffen. Doch, als sie sich dann gegenüberstehen, macht sie zuerst einen ein wenig verdatterten Eindruck und rückt dann damit raus, dass sie ihn doch tatsächlich mit einem anderen

Rainer verwechselt hätte – und lässt ihn dann einfach stehen. Ein Treffen hat er noch, bevor ihm erst mal die Geduld ausgeht, mit einem wirklich bezaubernden Geschöpf, Mitte zwanzig, in das er sich sofort unsterblich verliebt. Sie erzählt ihm von einem Rockkonzert in Straßburg, wohin sie nächste Woche mit zwei Typen fahren wolle, und er könne ja mitkommen. Voll Freude kauft er sich sofort eine Karte im BZ Kartenservice, doch am gleichen Abend noch ruft sie ihn an, dass sie nun doch nicht mitkommen würde, da sie schon etwas anderes vorhätte. Er kann sich schon denken was. Aber die zwei Typen würden ihn gerne mitnehmen. Rainer aber hasst Rockkonzerte, da wird immer so viel geraucht und sein Tinnitus wird schlimmer davon. Deswegen bleibt er daheim und liest weiter in seinem Frauenmörderkrimi. In dem sich gerade ein besonders spannend geschilderter Mord an einer schönen Fünfundzwanzigjährigen ereignet.

Herr Pfisterer!
Piepsstimme, piekfeine Kluft, exzentrisch, pseudointellektuell. Stammkunde, steigt prinzipiell immer hinten ein.

Einmal im Jahr fliegt er nach Bangkok für eineinhalbtausend Euro, Linie natürlich, Herr Pfisterer fliegt *nur* Linie. Da er aber nicht viel Zeit hat, verbringt er dort nur eine Woche, dafür aber gleich in einem angemessenen Hotel für zweihundertfünfzig Euro die Nacht. Was er genau beruflich macht, ist nicht aus ihm herauszubekommen, es muss aber etwas enorm Wichtiges sein, denn er ist auf jeden Fall eine hochgestellte Persönlichkeit. Ein Mann von Welt, der sich schon mal aus einer „Studenten-WG, dreimal klingeln", abholen lässt, aber auch im Gespräch locker mal eben einstreut, dass er eine Freundin in Zürich hat, die immer zweihundert auf der Autobahn fährt, wenn sie ihn besuchen kommt.

„Die Schweizer dürfen das ja, weil die nichts zahlen müssen, wenn die in Deutschland geblitzt werden", erzählte er mal vertrauensvoll. Es gab zwar in diesem Gespräch keinen Aufhänger dafür, dass er jetzt unbedingt von dieser Freundin erzählen musste und man hatte unwillkürlich den Eindruck, er tue dies nur um sich damit zu brüsten, aber einen Mann wie Herrn Pfisterer darf man nie unterschätzen.

Paul holt ihn heute mal wieder aus seiner Wohnung in der Marienstraße ab. Da er genau weiß, dass es nur für sechs Euer an die Bahn geht, beschließt er eine kleine Showeinlage, wider der Dröge des Alltags. Er gibt den Edelchauffeur, reißt hinten den Schlag auf, tiefer Bückling und schmettert: „Vielen Dank, dass Sie jetzt mit mir nach Zürich fahren wollen!"

Herr Pfisterer lächelt verständnisvoll-blasiert. Wie Hoheit über einen frechen Witz, eines ihrer besonders geschätzten Domestiken, dem man gelegentlich mal kleine Aufmüpfigkeiten großzügig durchgehen lässt, solange er spurt, und fängt an vom *Learjet* zu fantasieren, für den er in seinen Träumen wohl schon die erste Rate bezahlt hat.

„Nein, nein, (fehlt noch, dass er „Johann" sagt) bei Ihnen kann man nicht rauchen, da würde mir die Fahrt nach Basel ganz schön lang – aber im Learjet kann man rauchen!" (Wieder dieser unangebrachte Gedankensprung, nur dass er halt vom Learjet labern kann.)

„Klar, im Learjet kann man auch koksen!" Paul muss jetzt irgendwie einen draufsetzen, nur so kommt man mit einem Angeber klar. Das Gespräch dreht sich dann auch prompt ums Koksen, dann ums Rauchen und ums Tütenbauen. Herr Pfisterer, obwohl ein Mann von Welt, aufgeklärt und liberal, weiß bei aller Lebenserfahrung nicht, wie man eine Tüte baut. Er ist ganz fasziniert, als Paul es ihm erklärt. Der sagt ihm: „Es ist doch alles nur eine Frage der Kultur. Wir haben hier eine Alkoholkultur. Die Leute saufen, bis dass die Leber schmerzt, wollen aber jeden kleinen Hascher gleich in den Knast schicken. In den arabischen Ländern rauchen die Leute ihren Shit, wie wenn man hierzulande ein Bier trinkt."

„Shit? Was heißt Shit?"

„Scheiße."

„Ach."

Und Paul erzählt von seiner Teeniezeit, als alle natürlich unbedingt das Shitrauchen ausprobieren mussten. Die ganze Clique war komplett bei Kumpel Hanni, genannt Onanni, versammelt, um einen durchzuziehen. Paul, der damals schon nicht geraucht hatte, ist schon vom Tabak im Joint kotzschlecht geworden. Alle hingen im Sessel und ihren Träumen nach, der Stereo groovte gut. Einer schwärmte: „Die Farben, die Farben!", als Paul auf einmal aufsprang, ins Waschbecken reiherte und somit erst mal alle brutal aus ihren Träumen riss. Herr Pfisterer lacht darüber jovial.

Sie sind am Bahnhof angekommen und er besteht darauf, dass Paul in der zweiten Reihe hält, um ihn direkt vor dem Haupteingang abzusetzen. Der flucht innerlich, denn da ist Stress vorprogrammiert. Die Uhr steht auf sechs Euro zehn. Was macht Herr Pfisterer, drückt er ihm einen Zehner, oder wenigstens sieben Euro mit einem „stimmt so" in die Hand? Flitzt dann heraus? Aber doch nicht Herr

Pfisterer! Sie stehen auf einer vierspurigen Hauptverkehrsstraße. In der zweiten Reihe. Warnblinker an. Autos zoomen vorbei und hupen – und Herr Pfisterer zieht gemächlich, zeremoniell und mit Würde einen niegelnagelneuen Fünfzig-Euro-Schein aus seinem Geldbeutel.

„Schnick", macht der Schein, wie es nur wirklich neue Fünfzig-Euro-Scheine machen.

„Wie viel, äh? 6.10? Machen Sie, äh, 6.40. (Johann!) Und eine Quittung bitte."

6.40.

Warum gerade 6.40? Warum nicht 6.39 oder 6.41? Oder wie damals im Mittelalter, als man die Münzen noch mit einer Axt geviertelt hat? Paul gibt ihm eine Quittung, vierundvierzig Euro Rausgeld und sagt dazu: „Stimmt so."

Das ist Herr Pfisterer.

Hinterher, am Stand erzählt einer vom Schummeln am Funk. Jemand hat sich mal in den Auftragsvergabecomputer gehackt und stand dann immer gerade dort, wo es die dicken Aufträge gab. Paul revanchiert sich, in dem er wiedergibt, was ihm mal ein Fahrgast erzählt hat, der früher mal in einer Kleinstadt als Taxifunker fungierte. Freimütig gab der zu, er hat's immer zweimal knacken lassen, mit der Mikrophontaste, wenn ein Freund von ihm ihn auf der Zentrale hat anrufen sollen. Dann gab's die fette Auswärtsfuhre.

Der Kollege fährt weg. Gegenüber mäht ein Stadtgärtner den Rasen.

„Das ist ja Ruhestörung", sagt er zu ihm, im Scherz.

„Ja, jedem sein Job", kriegt er zur Antwort. Der Gärtner beneidet Paul, denn er ist noch nie Taxi gefahren, Paul beneidet den Gärtner, denn er *fährt* Taxi.

Ein Auftrag kommt, mit etwas widersprüchlichen Angaben, Paul reklamiert: „He, Funker!"

„Wir sind keine Funker, sondern Disponenten. Vom Funken haben wir keine Ahnung." „Na, vom Disponieren aber auch nicht!" Der Auftrag geht aber dann klar, eine alte Frau mit zwei Vogelkäfigen. Die Frau ist furchtbar traurig, sie muss sie in eine Tierhandlung weggeben. Warum ist nicht ganz klar, aber Paul kann sich schon denken, welche Tragik dahinter steckt. Er sieht die bekümmerte alte Frau, die beiden kleinen Piepmätze in den Käfigen und stellt sich vor, wie sie der Frau all die Zeit mit ihrem Gezwitscher Gesellschaft geleistet haben und wird selber auf einmal ganz traurig. Aber es hilft nichts. Dort angekommen trägt er ihr die Vogelkäfige hinein. Anschließend fährt er jemanden nach Stegen, in eine Straße namens „zehn Jaucherten" und hat wieder was zu lachen.

In Kappel gibt's ja auch eine Straße, die heißt „sieben Jaucherten"! Aber mit Jauche hat das nichts zu tun. Sicher ein alemannischer Ausdruck. Vieles, was Paul irgendwie rätselhaft und unerklärbar vorkommt, die „Fasnet" beispielsweise, ist alemannischen Ursprungs.

Wieder in Freiburg gibt's zwei Frauen um die dreissig abzuholen, zwei Freundinnen, eine Schwarze aus London und eine weiße Amerikanerin, die in Freiburg in einer größeren Firma beschäftigt sind. Ein englisch sprechender Fahrer ist geschickt worden, weil die Bestellung eben auf Englisch erfolgt ist. Die beiden sind jedoch nicht gewillt mit Paul eine Unterhaltung zu führen, sondern beschimpfen sich gegenseitig während der ganzen Fahrt herzhaft und mit Lust und Laune. Jeder Satz fängt mit „asshole" an und endet mit „twot". Bei „I stick my fist up your ass!" wirft er mal eben vorsichtig ein, dass ein Englisch sprechender Fahrer im Allgemeinen auch Englisch *versteht* und dies in der Regel sogar besser, als dass er es spricht – nur dass sie sich nicht hinterher kompromittiert fühlen würden.

Aber sie kümmern sich gar nicht darum.

Etwas später läuft zufällig eine lesbische Bekannte von ihm am Stand vorbei. Sie unterhalten sich ein wenig, bis er Einsteiger bekommt, zwei Latinos, die beide nach hinten sitzen, wie ein Paar, und sich die Fahrt über auf Spanisch unterhalten. Wenn er gelegentlich mal im Rückspiegel nach hinten schaut, hat er schon ein wenig den Eindruck, als ob sie ein bisschen eng aufeinander hocken, ja, er meint fast, der eine lehne sich gar an den anderen an. Gewissheit hat er dann, als der eine, vielleicht weil er Pauls Blicke bemerkt, zum anderen urplötzlich auf Deutsch sagt: „Ich darf jetzt den Taxifahrer nicht küssen, sonst wirst du eifersüchtig!" (Freiburg, das San Francisco Deutschlands! Das macht das schwule, äh, schwüle Rheintalklima.) Lustig – warum wohl jetzt gerade dieser Satz auf Deutsch? Er muss grinsen, auch weil er sich daran erinnert, wie er mal im Faulerbad unter der Dusche stand und zwei Araberstepkes, so um die elf, zwölf in der Nähe sich lebhaft in ihrer Sprache unterhielten. Da schaute der eine den anderen unten an, sagte dann auf einmal und ebenfalls urplötzlich auf Deutsch: „Hassan, dein Schwanz ist sehr klein!"

Zwei, drei Kliniktransportscheine später: mal wieder einen Spezialauftrag. Sie, um die vierzig, mit gehörigem Vorbau und dazu passendem Ausschnitt, betritt, nein besitzt, sein Taxi in der Wiehre. Sie legt gleich ohne Umschweife los, sie müssten jetzt nach Ebnet fahren, zu ihrer Wohnung – ihr Mann hätte gedroht sich umzubringen.

Aha, eine „Wo hängt mein Mann von der Decke"-Suchtour gibt das, denkt Paul für sich. Sie hätte schon in seinem Büro in der Wiehre nachgeschaut, da sei er aber nicht. Paul macht sich mit der Vorstellung vertraut, mitzuhelfen den Mann vom Strick zu schneiden und zu reanimieren, kein besonders angenehmer Gedanke. Aber meistens bleibt es ja bei Drohungen. Sie unterbreitet ihm gleich den ganzen Hintergrund dazu. Sie sei viel jünger als er und die Ehe kriselt und sie sei auch nicht mehr bereit, das alles immer mitzumachen. Er hätte aber schon ein paar Mal mit Selbstmord gedroht, für den Fall, dass sie sich trennt. Paul schielt unauffällig in ihren Ausschnitt, ermutigt sie, sich nicht erpressen zu lassen, es gäbe genug Männer. Als sie da sind, lässt sie ihn warten und steigt aus, um nachzuschauen. Sie kommt jedoch bald zurück – er wäre nicht in der Wohnung. Nun wolle sie wieder zurück in die Wiehre, dort überlegen, was sie nun weiter macht.

Und verschwindet, in der Anonymität der Großstadt.

Heut Abend fängt's gemütlich an für Anke, sie kriegt „kV". Das heißt nicht „kannsch Vergesse", sondern „kassenärztliche Vereinigung", und bedeutet einen Onkel Doktor spazieren zu fahren. Na, nicht gerade spazieren, sondern eben zu seinen Einsätzen, bei den Patienten, die den ärztlichen Notdienst in Anspruch nehmen, zwar nicht in der Lage sind, die Notfallpraxis aufzusuchen, aber keinen Krankenwagen oder Notarzt benötigen. Da gibt's aber auch immer'n paar, die zu viel gepichelt haben (nein, nicht die Ärzte!).

Wenn der Onkel Doktor, bei der Adresse angekommen, sein Köfferchen schnappt, kann Anke sich an Ort und Stelle in Ruhe ein Lungenbrötchen schmecken lassen, die nächste Fahrt ist gesichert. Es darf nur nicht zu lange dauern, bis es weitergeht, was aber durchaus schon mal passiert. Wenn plötzlich Sirenengeheul zu hören ist, auch gar noch schnell näher kommt, ist das meistens ein schlechtes Zeichen. Der Patient muss dann mit dem Krankenwagen in die Klinik – und das kann dauern. Ihr Einsatz heut Abend geht fast vier Stunden, mit einigen Fahrten, und sie ist zufrieden. Der Onkel Doktor auch, hatte er doch schließlich noch was Junges, Knackiges zum Beflirten zwischen all den ganzen Kranken.

Dann gibt's jedoch schon den ersten Ärger. Ein Suffkopf, aus einer üblen Kaschemme in Bahnhofsnähe, will nach St. Peter, hat aber kein Geld mehr dabei. Was tun? Den Ausweis als Pfand zu nehmen ist erstens ungesetzlich und bringt zweitens auch nicht viel. Anke erinnert sich ungern, aber zwangsläufig, dass sie mal in so einem ähnlichen Fall ewig hatte aufs Geld warten müssen. Der hatte erst nach schriftlicher Aufforderung berappt: „Zahlen Sie, sonst mache ich Ihnen einen *Riesenzirkus!*" Riesenzirkus in großem Schriftbild. Sie lehnt also ab. Das Risiko, die ganze Fahrt über angegrabscht zu werden und hinterher noch leer auszugehen, ist ihr zu hoch.

Nun grast sie „Humboldt" ab, kann jemanden einpacken, einen jungen Typen, Mitte zwanzig. Er kommt aus dem Agar und will, dass er sie ins Spectrum nach Bad Krozingen fährt. Na klar, locker fünfundzwanzig Euerchen, Anke gibt Gas. Ebenso klar, der Typ fängt an zu baggern. Er erzählt, im Agar hätte ihm die Musik nicht gefallen und die Mädchen auch nicht – und ob Anke mitkommen würde ins Spectrum, er würde sie auch einladen. Sie wirft einen kurzen Blick auf ihn, ganz gut angezogen, modisch kurzrasierte Haare, aber dann so ein unruhig flackernder Blick, als wäre er Christoph Daum auf Turkey. Typ Psycho. Anke entscheidet sich dagegen und hätte er Kohlen wie der Bohlen. Doch er lässt nicht locker, dass lassen Psychos ja nie. Er stellt ihr in Aussicht, wieder mit ihr zurückzufahren, wenn sie kurz mit reinkommt, ansonsten zahlt er ihr auf jeden Fall Wartezeit.

„Also gut, dann komm ich mit, aber das ist rein geschäftlich, ok? Ich lass die Uhr laufen, du zahlst mir bis hin und wenn du nicht zurückfährst, zahlst du mir den Rest. Denn dann wart ich lieber drin wie draußen."

Drin ist proppenvoll, es ist Freitagnacht und er wäre wahrscheinlich alleine gar nicht reingekommen, aber in Begleitung einer Schönheit wie Anke gar kein Problem, auch wenn sie nur taximässig angezogen ist. Sie hat vorsichtshalber ihre Bluse noch zwei Knöpfe aufgeknöpft und der Türsteher blinzelt wohlwollend. Drin macht sie schnell wieder dicht, der Typ neben ihr, Martin, wäre sonst gegen den nächsten Pfeiler gerannt. Sie gehn an die Bar, der Typ bezahlt zwei Getränke und versucht noch mal sie anzugraben. Anke verwandelt sich jedoch in einen ein Meter siebzig großen, kleinen Eisberg und gibt ihm zu verstehen, dass er sich mal ein *bisschen umkucken* könnte, sie würde hier stehnbleiben. Martin schleicht sich. Sie kann ihn jetzt beobachten, wie er einige Meter weg psychomässig, ganz Absolvent des „Roland-Steinhäuser"- Gymnasiums, an einer Wand lehnt und seine Blicke schweifen lässt. Eine halbe Stunde steht er nur so da, trinkt seine Colawhiskey und hält Maulaffen feil. „Das ist mir ja ein schöner Aufreißer", denkt sich Anke, die in der gleichen Zeit drei Aufforderungen zum Tanzen und zwei Einladungen zu einem Getränk ausschlägt, „ich dachte, der geht ran wie der Türke in der Disco." Schließlich kommt er wieder, späht vorsichtig probend in Ankes blaue Augen, bekommt plötzlich ihm unerklärliche Assoziationen an Blue Curaçao *on Ice*, an Grönlands klirrende Kälte und kalbende Gletscher und bedeutet ihr dann resigniert, dass sie heimfahren können. Die ganze Heimfahrt redet er kein Wort mehr und zahlt dann auch keinen Cent mehr als den Rest, der auf der Uhr steht.

Paul bekommt eine Vorladung!

„Betreff seiner Vernehmung als Beschuldigter wegen Beleidigung", soll er sich beim Polizeiposten einfinden. Dort wird ihm vorgeworfen, er habe dem anderen, einem Krankenwagenfahrer, „den ausgestreckten Mittelfinger seiner linken Hand" gezeigt. Ihm sei jetzt überlassen, ob er sich dazu äußern oder einen Rechtsanwalt einschalten wolle.

Natürlich ein Krankenwagenfahrer, die haben es ja immer wichtig. Paul fragt sich manchmal, ob das, was die da tun, den ganzen Zirkus auch wirklich rechtfertigt, den sie da veranstalten – die produzieren doch mehr Herzinfarkte mit diesem penetranten Lärm, als dass sie retten. Jedenfalls, da war Verkehrsgewühl und der Typ latschte auf die Hupe, dass es Paul vom Sitz lupfte. In diesem Fall hat er da immer so einen Reflex: *flexex!* Also, reflexhafte Flexion im Ellbogengelenk, verbunden mit gleichzeitiger Extension im Mittelfingergelenk.

Die Leute spinnen doch mit ihrer Huperei. Egal ob beim Autokorso bei Hochzeiten oder bei Fußballweltmeisterschaften. Ja, apropos Fußball – für fantrötenartiges Gehupe reicht schon ein simpler Stau auf Höhe des SC-Stadions auf der Schwarzwaldstraße, selbst wenn der SC gar nicht spielt. Er begutachtet unter dem Tisch seinen unartigen Finger, den Stein des Anstoßes. Er sieht eigentlich ganz normal aus. Was ist denn überhaupt der kulturgeschichtliche Hintergrund jemanden den Finger zu zeigen, fragt er sich. Riech meine neue Freundin? Ätsch, ich hab eine und du nicht? Der Triumph des Alphamännchens über den Schwächeren, sieh diesen Finger – er war dort, wo du im Leben nicht hinkommst!?

Er erwägt kurz, ihn dem Polizisten entgegenzustrecken, mit einem trotzigen „Mit mir nicht, ihr Büttel der Reaktion!". Sieht vor sich seine Zukunft als Sozialrevolutionär, der Andreas Baader des einundzwanzigsten Jahrhunderts, anführend ein Heer der Entrechteten und Geknechteten, ihre Finger reckend wider dem Unrecht dieser Welt. Ein Spalier, ein Wald riechender Finger, anklagend erhoben von den Tagen der KZs bis zu den Hupkonzerten heute. Der kleine Mann steht auf – Stinkefinger aller Länder, vereinigt euch! Er lässt es dann aber bleiben.

„Was ist denn so schlimm an diesem Finger?", fragt er stattdessen den Polizisten. „Wenn er doch Frauen glücklich macht – wie kann sich dann ein einzelner Mann so darüber aufregen?" Und er erzählt, dass ihm mal eine Frau im Stau ein paar Autos weiter mit ihren Fingern eine Schere bedeutet hatte, als er auch ihr damals wegen grundlosen Hupens den Finger zeigte. Dazu grinste sie noch teuflisch – Schnipp-Schnapp! Doch der Polizist hat keinen Humor. Pauls Aussage wird zu Protokoll genommen, er muss das Geschriebene lesen und unterschreiben. Es geht jetzt zusammen mit der Aussage des lebenslänglich schwer Stinkefingertraumatisierten zur Staatsanwaltschaft und dort wird entschieden, ob es zu einer Verhandlung kommt. Paul darf gehen, sich weiteren Hupkonzerten aussetzen.

Wartende Menschen an Haltestellen.

Irgendwie lustig. Sie stehn da und warten. Einzeln, zu zweit, in Gruppen, große Menschentrauben – stehen und warten. Zigarette oder Kaugummi im Mund, Taschen in der Hand. Manche reden, manche schweigen, aber alle – warten. Bis auf einmal Bewegung in die Menge kommt, der Bus ist da.

Und kaum fährt der Bus, gibt es noch mal Bewegung, ein einzelner Herr kommt herangeflitzt, doch der Bus hält nicht mehr an. Paul macht sich bereit, wie die Spinne im Netz, sein Opfer zappelt bereits. In der Tat lässt sich der Herr nun von Paul zu seinem Ziel kutschieren, sich gleich darüber mokierend, dass der Bus doch noch hätte halten können.

„Tja, die Leute tun einem umso lieber einen Gefallen, je weniger sie es kostet", meint Paul lakonisch.

„Wohl Philosoph, he?"

„Nee, nur Taxifahrer. Aber das ist manchmal dasselbe." Sein Fahrgast schaut interessiert. Er erklärt ihm, dass er selber Philosophie studiert hatte, jetzt aber bei einer Firma als Wochenendler jobben würde. Sie kommen ins Gespräch.

„Ich glaube...", hebt er an zu sprechen, macht dann aber eine Pause, wie ein Mensch, der bedauernswerterweise soeben den Faden verloren hat, aber so dermaßen pompös angefangen hat, dass er die Aufmerksamkeit aller auf sich gezogen hat und nicht mehr zurückkann. „Hmm, was wollt ich grad sagen?" Ganz der zerstreute Philosoph. „Wolltst mir sicher was über den Sinn des Lebens erzählen", bemerkt Paul trocken, das „du" hat sich ganz zwanglos ergeben. Der andere ist aber immer noch nicht ganz orientiert und so streut Paul eine kleine Anekdote ein, über einen Fahrgast von gerade vorhin. Der kam aus einem Tatooshop und stieg ziemlich mühsam ein, mit schmerzverzerrtem Gesicht, sich dabei das Bein hebend. Paul befragte ihn natürlich gleich mitfühlend, ob es denn so schlimm gewesen wäre eben, mit dem Tätowieren.

„Nee", sagte der dann, „das ist nur mein Knie, vom Skifahren – die Kreuzbänder!"

„Haha", lacht da sein Philosoph, „eine richtig sinnige Begebenheit – über die Subjektivität der Wahrnehmung..."

„Und ihrer Korrelation zur Relativität des Seins!", fällt Paul ihm ins Wort, auch er kann hochgestochenen Blödsinn von sich geben. Sie unterhalten sich noch eine Weile über den Sinn des Lebens und sein Fahrgast versteigt sich in so abgehoben-verquasten Theorien, dass Paul schon gezwungenermaßen den etwas bodenständigeren Kontrapunkt setzen muss. So etwa in der Art eines Dieter Bohlen „Haste Kohle, haste Frauen". Der hat zwar bekanntermaßen nicht mehr alle Naddeln an der Tanne, aber gut. (Übrigens, ist ja auch was äußerst Unangenehmes, so eine naddelnder Weihnachtsbaum. Deswegen gehen ja immer mehr Menschen dazu über und stellen sich an Weihnachten einen Feldbusch ins Wohnzimmer, der naddelt nicht.) Aber Frauen sind nicht gerade der Schwerpunkt wissenschaftlicher Forschung seines Fahrgastes und so verlässt dieser das Taxi, ohne sich auf diesem hochinteressanten, noch lange nicht völlig erforschten, Gebiet mit Paul ausgetauscht zu haben.

Die nächste Fahrt führt ihn, leider Gottes, zur Bahn und er kann am Konzerthaus ein wenig den Skatern zusehen, bis es ihn langweilt. In tausend Jahren werden sie die steinerne Sitzbank, gegen die sie ständig anrennen, mal völlig abgetragen haben. Lieber spricht er mit einem Kollegen, der eine Anekdote von früher zum Besten gibt. Sie hätten mal zu Bhagwanzeiten, als es in Freiburg von seinen Anhängern gewimmelt hat, einen „Sanyassin" in der Firma gehabt, der dann immer in der Wartezeit seine meditativen Schreiübungen machte, die die so draufhatten, um Aggressionen abzubauen. Irgendwie muss aber mal die Sendetaste vom Mikro geklemmt haben, ohne dass der es merkte, und er unterhielt auf diese Weise die gesamte Kollegenschaft – etwa eine halbe Stunde lang. Während die ja fieberhaft nach ihm suchten, weil er den ganzen Funkverkehr lahm legte, mit seinem Katzengejaule und seinen Urschreien. Denn aus diesem Grunde war es ja auch nicht möglich ihn anzufunken.

Sie lachen darüber und Paul bedankt sich mit einer Story, die er gehört hat, über einen ähnlichen Fall. Am Fasching muss ein Kollege mal was Günstiges abgeschleppt haben und wohl gemeint haben, gleich, an Ort und Stelle, zur Tat schreiten zu müssen. Seine schwere, hinderliche Lederjacke hatte er dabei vorher lässig übers Lenkrad drapiert, solcherart bedauerlicherweise den Hebel für die Funksendetaste umlegend. Seine Nummer unterhielt also die gesamte Fahrzeugflotte – und besonders pikant war, dass er sich dadurch obendrein noch als schlechter Liebhaber geoutet hatte.

„Sie haben aber schöne blonde Haare, da könnt man doch grad ein bisschen drin rumwuscheln."

„Ich will jetzt hier noch'n Bier zischen gehn – komm' Sie mit?"

„Also, Sie hab'n ja 'n Job! Also, wenn Sie meine Freundin wär'n, da müssten Sie aber nicht nachts Taxi fahrn!"

„Hör mal, holst du mich nachher wieder ab? Wir können ja zu mir fahrn und es uns ein bisschen gemütlich machen!?"

„Fahren Sie noch lang?"

„Geben Sie mir Ihre Handynummer? Ich meine, wenn ich wieder mal'n Taxi brauche!"

Anke ist es gewöhnt von jedem dritten oder vierten männlichen Fahrgast angebaggert zu werden oder sich Sprüche anhören zu müssen. Das gehört zum Alltag, genauso wie aufdringliche Kollegen, besonders ausländische. Besonders schlimm, so hat sie persönlich die Erfahrung gemacht, sind Zahnärzte – und Lehrer, wenn sie mal einen gehoben haben. Vor allem die von der pseudoliberalen Sorte, Marke Ökohaus. Tagsüber der lange Marsch durch die Institutionen, nachts saufen und bei der Fahrerin den Chauvi rauslassen.

Wenn es jedoch darum geht, Etablissements anzufahren, trauen sich dennoch viele Männer nicht so richtig mit dem Fahrziel herauszurücken, nehmen vielleicht sogar ein anderes Taxi am Stand, wenn im ersten eine Frau drinsitzt. Es sei denn, sie sind von der Sorte: „Wenn die nachts Taxi fährt, macht die sicher auch noch andere Sachen, wenn nur das Geld stimmt". Wie der eine vom Land, den sie mal besoffen aus der Arenabar abgeholt hat. Der ist hinten eingestiegen, wollte in den Puff und irgendwann dämmerte es ihm dann (sie hatte zu der Zeit sehr kurze Haare), dass ihn eine Frau fuhr, und er sagte: „Ah, du bisch ja au e' Frau? Dann brauch i ja gar net so weit z'fahre!" So richtig praktisch veranlagt, das schlaue Bäuerlein. Und er bot ihr zweihundert DM, war richtig enttäuscht, dass sie nicht drauf einging. Besoffene Krawattniks in Rudeln können jedoch ganz schön unverhohlen auftreten, wenn es um ihr Triebleben geht, so wie die zwei Geschäftskollegen, die sie mal befördert hatte. Der eine war Franzose und so bestand der andere, ein Deutscher, darauf, wohl um ihm einen Gefallen zu tun, ein Etablissement anzufahren, in dem gerade eine französisch sprechende Dame Dienst tat. Dies zu organisieren überließ er Anke und es war ihm nicht im Mindesten peinlich. Sie fuhr dann die Adressen ab, stieg aus, fragte nach, und wurde zum Glück der beiden Herren gleich schon bei der zweiten fündig. Als sie klingelte, machte die Puffmutter auf, eine schon etwas ältere, resolute Dame, und rief dann auf ihre Frage hin nach hinten: „Celine, bischt du frei?" Und sie war's und alle waren glücklich.

Besonders der Franzose, jetzt hat er jemanden, dem er seine Potenzprobleme anvertrauen kann, dachte Anke belustigt, *oder er fühlt sich von dem deutschen Kollegen genötigt, wollte aber nicht nein sagen und wartet jetzt solange, bis der andere fertig ist. Und – vielleicht macht's der andere ja genauso.* Diese drei sympathischen besoffenen Schlipsträger hier jedoch sind sicher nicht von der schüchternen Sorte. Sie hat sie in einem teuren Restaurant im Glottertal abgeholt und sie sind gleich ohne herumzudrucksen damit rausgerückt, dass heute Abend noch Frauenkaufen auf dem Programm steht.

„Wir haben einen guten Abschluss zu feiern und wir wollen heute noch so richtig was erleben, wenn Sie wissen, was ich meine!", vertraut ihr der, der vorne sitzt an, ein graumelierter, schlanker Managertyp.

Aha, denkt sich Anke, *drei Ritter von Spesen auf Vögeltour!*

„Fahren Sie uns doch irgendwohin, wo jetzt noch so richtig was los ist", er hält kurz inne, während dem er sich Zeit nimmt sie eingehend zu betrachten, „schönes Kind."

„Schönes Kind" ist nicht gerade die Anrede um Ankes Herz zu gewinnen, auch wenn dieser Typ da ihr Vater sein könnte. Sie beginnt sich auf Ablehnung einzustellen.

„Ja, wir sind Männer, wissen Sie!", meckert der hinten links, ein geißbockhafter, kleiner Untersetzter mit Brille und Ziegenbärtchen. „Wir haben gut gegessen und getrunken... und haben gute Laune... und da braucht man doch noch ein bisschen Nachtisch...", er lacht meckernd, die anderen fallen ein, „was Süßes halt, zum Naschen." Alle drei Männer lachen jetzt so laut, dass es Anke in den Ohren klingt.

Ja, so ist die Situation – drei rollige Katerlein wollen was erleben und da sitzt doch bereits was Passendes im Auto – und auch noch was für eine Sahneschnitte! Sie sind jetzt so richtig in Stimmung, genießen bereits die Taxifahrt zum Puff als Vorspiel. Die ganze Woche nichts als Druck, Termine, Stress. Leute, denen sie in den Hintern treten müssen, Leute, die noch mehr zu sagen haben als sie selber, die ihnen selber in den Hintern treten – und jetzt sitzt doch da so ein blondes Zuckermäuschen, eingesperrt auf bestimmte Zeit mit ihnen zusammen, auf nicht mal zwei Quadratmeter.

„Mägdelein mit dem güldenen Haar", meckert Geißbock hinter ihr und ziept mit seinen fettigen Wurstfingern an einer Haarsträhne, die aus Ankes üppiger Mähne nach hinten hängt.

Die drei Herren wissen ihre Macht zu genießen, die letztendlich darauf fußt, dass Anke auf das Fahrgeld angewiesen ist, es sich nicht leisten kann, sie einfach an der nächsten Ecke hinauszukomplimentieren. Sie wissen aber auch, dass es bei diesem Spiel eine Grenze gibt, dann nämlich, wenn ihre Geduld überstrapaziert ist und sie sich tatsächlich an der nächsten Ecke wiederfinden, auf das nächste Taxi warten müssen. Trotzdem sind sie aber offensichtlich nicht gewillt, deutlich unter dieser Grenze zu bleiben. Spielen mit der Abhängigkeit der Fahrerin, ja sogar mit ihrer Angst vor einer bedrohlichen Situation, um sich dann nachher großzügig zu zeigen und sie mit einem guten Trinkgeld zu belohnen – das ist es ja gerade, was nicht wenige Männer, besonders wenn sie in Gruppen unterwegs sind, reizt. Es geht also noch eine ganze Weile so weiter, sie fragen sie tatsächlich auch noch, ob sie denn nicht Angst haben müsse vergewaltigt zu werden, wenn sie da so alleine unterwegs wäre. Und es ist einfach so ein, nicht zu überhörender, Unterton dabei: „Zum Beispiel jetzt!", dass Anke immer genervter wird und schon zu überlegen beginnt, sich funküberwachen zu lassen. Das Maß ist jedoch erst voll, als der hinten rechts, der sich bisher zurückgehalten hat, auf einmal trocken von sich gibt: „Ist das hier nicht eine nette Wiese zum Anhalten?" Sie verarbeitet das erst mal. „Und ob das eine nette Wiese zum Anhalten ist!!", schreit sie dann, so laut sie kann, und das ist ziemlich laut, tritt ins Eisen, dass alle in die Gurte fliegen. Sie funkt die Zentrale an, gibt ihre Position durch und sagt dann völlig cool: „Schick doch bitte einen Wagen hierher, dass er drei Fahrgäste von mir übernehmen kann – aber schicke bitte einen männlichen Fahrer!"

Doch die Herren werden kleinlaut und entschuldigen sich sogar. Die weitere Fahrt verläuft ohne Zwischenfälle, Anke bekommt ein großzügiges Trinkgeld – als Bezahlung für die Erniedrigungen.

Die Herren sind es ja gewohnt für einen guten Service zu bezahlen.

Paul fährt den derzeitigen Freiburger Fussballtrainer und denkt an seine Begegnung mit dem damaligen Kultrainer zurück, als der SC sogar in die dritte Runde des UEFA-Cups kam!

Kennen Sie Volker Finke?

Jedem, der heute einsteigt, stellt Paul diese Frage.

Und das kam so: An der SC-Geschäftstelle am Stadion wurde ein Taxi bestellt und wer kam heraus? Volker Finke mit seinem Tross persönlich, sie wollten zum Bahnhof, morgen ist Auswärtsspiel. Für einen Freiburger Taxifahrer etwa dasselbe, wie wenn in Rom der Papst mit seinem Gefolge einsteigen würde. Doch Paul hält nichts von Heiligenverehrung, außerdem war er gerade müde. Wenn er fit gewesen wäre, hätte er wohl versucht einen Scherz zu bringen: „Herr Finke, darf ich jetzt den Saum Ihres Trainingsanzuges küssen?", der in ironischer Weise, aber deutlich klarstellt, dass er nicht dazu bereit ist, den ganzen Promirummel mitzumachen. Und der Finke hätte ihn für einen coolen Typen gehalten, fast schon so cool wie er selber, ihm eine Selbstgedrehte angeboten und alles wäre in Ordnung gewesen. Oder er hätte ihn fragen können: „Warum, Herr Finke, kandidieren Sie denn nicht bei der Bundestagswahl? Wenn Sie Kanzler wären, würde Deutschland in der ersten Liga spielen, immer am Ball, anstatt von einem Abseits ins nächste zu stolpern."

Aber so kam groß kein Gespräch zustande, Monsieur Finke saß hinten und hatte vorne den Manager, seinen Mann fürs Grobe platziert. Der ja schließlich auch dafür zuständig ist, ihm das lästige Volk vom Hals zu halten. Der schaffte Distanz – und musste hinterher zahlen. Beim SC geht's nicht um Trinkgelder, man will ja schließlich wieder an die Fleischtöpfe der ersten Liga und das bekam auch Paul zu spüren – er bekam nämlich erst gar keins (aber prompt verlieren sie am nächsten Tag!).

Das Leben ist so schrecklich beiläufig! Die wirklich großen Momente gibt's nur im Kino, monumental, bunt und mit gefühlvoller Musik umrahmt. Da hat's die passenden Dialoge, da stimmt die Regie und da geben sich alle richtig Mühe, sich auf genau diesen, einen Augenblick zu konzentrieren, der gerade in den Kasten soll. Im realen Leben rieselt alles so belanglos vor sich hin, wie Sand, der einem zwischen den Fingern zerrinnt. Der Manager gab kein Trinkgeld, Mister Finke und sein Gefolge stiegen grußlos aus – und wieder war der graue Alltag da, das Besondere vorbei. Der Sitz, auf dem Volker Finke Fußballgott gethront... war wieder frei für die Banalen, Bananen und die Namenlosen. Paul aber überlegte, ob er die Innenraumbeleuchtung hinten anlassen soll, um den „heiligen Stuhl" sozusagen in einem würdigen Lichte erscheinen zu lassen. Sein Entschluss, den er fasste, die hintere Sitzbank nie mehr zu säubern, ist ja etwas heuchlerisch. Denn die Sitze in einem Taxi, das nicht vom Chef selber gefahren wird, werden sowieso niemals gesäubert.

Die ersten Menschen nun, die sich jetzt auf den bewussten Sitz, dem Olymp sozusagen, niederlassen, oder besser gesagt niedergelassen werden, sind zwei „Frühchen", eine Zwillingsfrühgeburt, aus der Kinderklinik. Zwei Mädchen zwar, aber sicherlich werden auch die mal in ihrem späteren Leben große Fußballtalente.

Der nächste Fahrgast, eine Frau, gibt ihm den Tipp, doch Zuschlag zu kassieren für jeden, der auf dem Rücksitz Platz nimmt. Doch ach, doch weh! Schon gleich danach freveln zwei große schwarze Plastikmüllsäcke, höchst profanen Inhaltes, gefüllt mit allerlei Krimskrams, die kleine Sakristei, die Paul vorhatte auf dem Rücksitz zu errichten. Und die Frau will auch nicht mehr zahlen, nur weil Paul den Finke gefahren hat. Im Gegenteil, sie fängt gleich an, über alle Großkopfeten im Allgemeinen zu schimpfen, dass es eine Art hat, und lästert im Besonderen über die Fußballstars. Die hätten ihr nämlich mal keine Autogramme für ihre beiden Enkel gegeben und dabei hatten die sich doch so darauf gefreut.

Die nächsten drei Fahrgäste in Folge sind Ausländer und kennen den SC-Trainer gar nicht.

Promi zu sein ist ein zweischneidiges Schwert, überlegt sich Paul, als er anschließend mal wieder absteht. Genauso wie der Mensch nach Popularität giert, so leidet er auch unter dieser. Man kann ja nirgendwo hingehen, ohne wie ein Exponat im Zoo angestarrt zu werden – auf Schritt und Tritt.

„Sein Messer stach auf sie ein, hart und erbarmungslos. Kalt blitzte die Klinge, bevor sie in den Leib des Opfers hineinschnitt. Regelmäßig hinein und hinaus fuhr sie, als gehorche sie einem bestimmten Rhythmus – der sich noch steigerte, als ihm die Kräfte bereits auszugehen drohten. Ihre Schreie der Qual gellten in seinen Ohren und klangen ihm, als wären's Schreie der Lust.

Ja, schrei nur! kreischte er mit verzerrter Stimme, so laut er konnte, dagegen, das hast du nun davon, dass ich dir nicht gut genug war!" Gute Schreibe, denkt sich Rainer, als er das Buch, den „Frauenmörder von der East-side", weglegt, und guter Schluss – der

Autor versteht sein Handwerk. Um so etwas gut zu finden, muss man ziemlich krank sein, aber sicher tröstet Rainer sich ja damit, dass jemand, der so etwas schreibt, noch viel kranker sein muss.

Er steht am Stand und hat nun nichts mehr zu lesen. Jetzt hat er wieder Lust selber etwas zu schreiben. Doch zu Romanen hat er keine Ausdauer, also liest er noch mal seine Kurzgeschichte durch. Die hat zwar nicht das Schänden von Schönheiten zum Thema, gefällt ihm aber auch mit etwas Abstand noch sehr gut. Flugs greift er sich also den Laptop und mit fiebrigem Eifer macht er sich schon wieder an die nächste Kurzgeschichte. Und auch *diese* wird zum Spiegel seiner gequälten Seele.

Experimente!

Prolog: Gott überließ die Erde für einen kurzen Augenblick von zwei Millionen Jahren sich selbst. Als er zurückkam, hatte sich der Mensch über den ganzen Globus ausgebreitet!

Ein Mann fuhr die steilen Serpentinen des Fahrweges zu seinem Labor in den Bergen hoch. Er war Biochemiker und arbeitete an einem geheimen Forschungsauftrag der Regierung. Die zwei Wochen Urlaub mit seiner Frau hatten ihm nicht besonders gut getan, die Ehe kriselte schon seit langem, der Versuch sich in diesen Wochen wieder anzunähern, war gründlich fehlgeschlagen. Auch in der Arbeit hing er in einer Sackgasse. Die Gelder flossen zwar noch, aber der Druck greifbare Ergebnisse zu liefern, wurde immer größer.

In Gedanken mit Erinnerungen beschäftigt, sah er das niedrige Pavillongebäude vor sich auftauchen, in grelles Sonnenlicht getaucht. Es war ungewöhnlich heiß geworden die letzten Stunden, er hatte aber nicht besonders darauf geachtet.

Der Schuppen könnte einen neuen Anstrich gebrauchen, ging ihm durch den Kopf, als er Gepäck und Verpflegung für die nächsten Wochen und Monate einsamen Arbeitens aus dem Wagen lud. Noch in Gedanken, in einem Arm einen schweren Karton, schloss er die Tür auf. Heute waren die sonst doch so dunklen Räume, mit den kleinen Fenstern, seltsam hell erleuchtet. Trotzdem, rein aus Gewohnheit, schaltete er das Licht an.

„Großer Gott!", entfuhr ihm, Entsetzen packte ihn und für einen Moment musste er gegen Übelkeit ankämpfen. Flau im Magen sah er sich um: Der Boden, die Wände, seine Tische, Versuchseinrichtungen – überall Kakerlaken! Wohin er schaute, wimmelten und zuckten die zentimeterlangen Insekten. Nachdem sich der erste Ekel legte, begann Zorn in ihm aufzusteigen.

Jahrelange Testreihen, Proben, Versuche, Experimente, Forschungen ohne Erfolg und jetzt das!

Sein Blick fiel auf einen Glaskolben direkt vor ihm. Eine Schabe mühte sich vergebens, aus dem Gefäß zu entkommen, ein kleines Stück schaffte sie es nach oben, dann fiel sie wieder auf den Boden zurück. Er griff das Glas, spürte einen Moment lang Trauer und Resignation, dann schleuderte er es auf den Boden. Kurz konnte der Gefangene seine Freiheit genießen, da traf ihn auch schon die Stiefelspitze. Einigen Artgenossen in seiner unmittelbaren Nähe sollte es auch nicht anders gehen. Und weiter steigerte er sich in Rage, griff sich etwas Handliches und noch mehr Laborgerät ging zu Bruch. Nun völlig außer Kontrolle stürmte er zum Wagen, holte den Benzinkanister. Für einen Moment hielt er draußen inne. Die Sonne war so gleißend hell, dass er es nicht aushielt, nach oben zu schauen, doch er setzte umgehend sein Zerstörungswerk fort. Eine Stunde brannte das Gebäude, dann war alles vorbei. Erfolglose Experimente, Labortische, Kakerlaken – fielen den Flammen zum Opfer.

Das Labor ist gereinigt, ein neues Experiment kann beginnen!

Im Taumel der Erregung, im Sturm der Gefühle, war ihm nicht bewusst geworden, dass die Hitze nicht nachließ, obwohl er nicht mehr vor dem brennenden Gebäude stand, düster triumphierend in die Flammen schauend. Dass die Sonnenbrille, die er im Auto trug, ihn vor der, wie entfesselt lohenden, Sonne nicht mehr schützte.

Einen Neubeginn werde ich machen, alles wird anders, dachte er, als er den Wagen wieder talwärts lenkte. Eine neue Frau, ein neues Labor, ein neuer Versuchsansatz. Alles neu, das waren seine Gedanken. Doch – es sollten seine letzten sein. Denn es traf ihn ein greller Blitz und er war tot. Ein Licht, nun heller und heißer als tausend Sonnen am Himmel, schmolz die Windschutzscheibe und ließ im gleichen Augenblick seinen Körper verdampfen. Auch dem Rest der Welt ging es nicht besser.

Eine Supernova lässt nicht viel von ihren Planeten übrig.

Das Labor ist gereinigt, ein neues Experiment kann beginnen!

Befriedigt speichert Rainer auch diese Story ab. Natürlich hatte er zwischenrein ein paar Fahrten machen müssen, aber er ist doch alles in allem schnell damit fertig geworden. Nun kann er sich wieder Perry Rhodan widmen – dieses Heft zeichnet gerade ein besonders interessantes Paralleluniversum auf! So nach und nach laufen zweiunddreißig hübsche Mädchen an seinem Taxi vorbei, bis er die nächste Fuhre macht – und er sieht sie gar nicht. Menschen gleich

Kakerlaken, Supernovä, Tod und Vernichtung – welch Abgründe lauern in der Seele eines manchen Taxifahrers!

Es ist schönes Sommerwetter, die Sonne scheint, Schäfchenwolken ziehen am Himmel und ein angenehmes Lüftchen weht. Fast alle Tische, die das UC-Café draußen stehen hat, sind besetzt, auf dem Gehsteig drum herum findet sich reges Treiben.

An einem der Tische sitzt Paul, ihm gegenüber – Anke! Er brauchte sie bei ihrer nächsten Begegnung gar nicht fragen, sie hat ihn ihrerseits angesprochen, ob er mit Kaffee trinken gehen will. Sie sitzen schon eine ganze Weile an der lauen Luft und es hat sich auch gleich eine angeregte Unterhaltung ergeben. Jedoch bisher keine Gespräche übers Taxifahren – da war gleich so eine Art heimliches Einvernehmen. Paul ist gerade dabei, von seiner Weltenbummelei zu erzählen.

„Ja, ich bin Globetrotter, ein Zigeuner, der um den Globus zieht. Heute hier, morgen dort." Er lacht. „Nein, weißt du, nach dem Abi hab ich mich mal hingesetzt und überlegt, was ich eigentlich mal machen will. Und da hab ich mir gesagt, nee, den ganzen Zirkus um Karriere und Kohle, den machste nicht mit. Ich will was von der Welt sehen – leben jetzt! Ich will reisen und Land und Leute kennen lernen. Und daran hab ich mich eigentlich auch immer gehalten. Seit dem Abi, also jetzt schon seit zehn Jahren, arbeite ich meist immer so'n halbes Jahr und verbring die andere Hälfte im Ausland, irgendwo auf der Welt. Ungefähr halt. Ja, und gearbeitet hab ich dann meist in Deutschland, 'n paar Mal auch im Ausland, in Australien zum Beispiel oder Kanada, aber meistens hier und meistens als Taxifahrer. Aber wenn das weiter so bergab geht…" Sie grinsen sich an, nur zur Hälfte fröhlich. „Das mein ich auch", sagt Anke trübe, „wenn das weiter so mies läuft!"

„Geld einsacken und wieder auf Tour, denkste! Und so wie's läuft, regt man sich noch über jeden Mist auf, der hier abgeht, und es gibt eine Menge, über das man sich aufregen kann." Ihm fällt auch gleich etwas ein. „Der ganze Reklamemüll zum Beispiel. Vielleicht haben sie bald noch unter jeder roten Ampel so'n kleinen Bildschirm, auf dem Werbung läuft. Wo irgendso'ne prominente Werbenutte aus dem Fernsehen irgendwelches ungesundes, übeteuertes Zeug verkauft. *Das* ist der Zeitpunkt, sag ich dir, dann lass ich das Auto mit laufendem Motor stehen und renne schreiend in den Wald, ernähre mich von Wurzeln und Beeren." Er lacht kurz, wird aber gleich wieder ernst, fährt fort: „Ich habe auch lange Zeit mal gedacht, dass es ausschließlich an einem selber liegt, wie man mit diesem Job umgeht. Ob es einen nervt oder ob es einem Spaß macht. Ob man viel Stress damit hat oder ob man es sich leicht macht." Er schaut sie an, lächelt. „Doch mal ganz ehrlich, das gilt doch für jeden Job." Sie lächelt zurück. „Nein, der Job ist mies, das ist so. Dass es noch miesere gibt, macht ihn nicht besser. Und wer das anders sieht, macht sich was vor." Sein Lächeln wird nun eine Spur süffisant. „Taxifahren macht ja bekanntlich süchtig. Es gibt ja einige, die gar nicht mehr aufhören können."

„Das stimmt." *Gilt das auch für mich?*

„Nein, ich denk wirklich, dass es das letzte Mal war, dass ich so lange am Stück fahre – ist dermaßen ungesund und nervtötend."

„Wenn ich nicht rauchen würde die ganze Zeit, dann würde ich fressen."

„Ich nehm auch immer fünf Kilo zu, vor lauter Fresserei, und wenn's dann wieder auf Tour geht, bin ich schwach wie'n Baby und kann kaum den Rücksack tragen."

„Na, aber so schwach siehst du ja nicht aus", meint Anke und betrachtet wohlgefällig die Muskelbündel, die sich an seinen Unterarmen abzeichnen.

„Das ist nur Pudding. Nee, ich hätte noch irgend'n Handwerk lernen sollen nach dem Abi – da kann man auch unterwegs immer mal arbeiten."

„Wo warst du denn schon überall?", fragt Anke neugierig, der Mythos von Freiheit und Abenteuer in fernen Ländern beginnt sie in ihren Bann zu ziehen. Sie beauftragt die Bedienung, ihr eine Schachtel Marlboro zu bringen.

„Frag mich lieber, wo ich noch nicht war!", entgegnet Paul. Und er erzählt ihr von den schneebedeckten Andengipfeln, welche die Morgensonne in zartes Rosa taucht. Vom Geheimnis der Wüste, von endlosen Prärien. Vom Grün des Regenwaldes und von Indiens Fakiren. Von blauen Meeren, der salzigen Gischt der Wogen und vom weißen Eis der Gletscher. Erzählt ihr von den Geysiren Islands und den Ufern des tiefsten Sees der Erde, dem Baikalsee. Von den Wäldern Kanadas und vom Himalaja, dem Dach der Welt. Von dem Gefühl, das man hat, wenn nach Tagen endlich der Nebel aufreißt und man ihn dann vor sich sieht. *Ihn*, mit seiner wehenden Fahne aus Schneekristallen, weiß gegen das Tiefblau des Himmels, den Chomolungme, den Everest, wie ihn die Engländer getauft haben, der höchsten Erhebung des Erdballs. Und davon, dass der Vollmond nirgends wo so schön ist, wie in einer Sommernacht am Strand von Rhodos, mit einem Mädchen im Arm. Sie schweigt erst mal geplättet, bereit ihn mit anderen Augen zu sehn. Paul jedoch schaut sie an wie ein Fastender ein Stück Schwarzwälder Kirschtorte. Und sagt: „Was ich diesen Winter eigentlich vorhab, ist, wieder nach Australien zu gehen und 'ne Weile nach Neuseeland. Warst du da schon mal?" Er sieht sie weiter unverwandt an und der einladende Unterton dabei ist unüberhörbar. Aber Anke war tatsächlich schon mal kurz da und zwar mit Sven, dem Arsch, der ihr die Reise zahlte, und sie will lieber nicht an die ganze Geschichte erinnert werden.

Der kellnernde Studi bringt die gewünschten Lungentorpedos. Sie steckt sich einen davon an, lenkt das Gespräch in andere Bahnen, erzählt von sich. Dass sie nach dem Abi nie so recht wusste, was sie wollte. Dass sie dann gejobbt hatte, dass sie angefangen hatte Jura zu studieren, aber keine so richtige Lernmaschine sei. Dass sie dann beim Taxifahren hängen geblieben wäre, was sie aber gerade brutal anöden würde – und dass sie immer an die falschen Männer gerät. Sie bleiben erst mal bei diesem Thema hängen und Anke lernt Paul als einen sensiblen und intelligenten Menschen kennen, was sie ihm bei seinem lockeren und witzigen Gebaren zuerst gar nicht zugetraut hätte. Er hört ihr zu, was ihn schon mal wohltuend von Sven unterscheidet, und legt nur ab und an seine Meinung zu verschiedenen Dingen dar, die sie anspricht, aber alles so wundervoll geistvoll und zurückhaltend, dass es sie richtig berührt. Vor allem findet sie es toll, wie einfühlsam er sich gibt, ohne ihr ständig mit diesem Weicheigelaber, diesem Psychoschmu zu kommen, wie „Betroffenheit, ein Stück weit, ein Stück weit Betroffenheit, loslassen, zu sich selber finden" und so'n Stuss, das sie an Männern so hasst. Da waren ihr Typen, die rangingen, das kleinere Übel – vielleicht ein Grund, dass sie immer an die Falschen geraten war. Einmal hat sie sich mal mit so'nem Softie eingelassen und sich hinterher Vorwürfe gemacht. Sie hätte sich doch denken können, dass so ein Weichei, so ein Schlaffi, auch dann nicht über Härte und Stehvermögen verfügt, wenn eine Frau es eben mal ganz gerne hätte. Sie gewinnt für sich die Überzeugung, dass er eine ganz besondere Sorte Mensch ist, eine, mit der sie bisher noch nicht in Kontakt gekommen ist. Kein angeberischer Wichtigtuer, wie Sven, der mit dem Geld um sich wirft und sich ihre sich ihre Sympathie ganz einfach gekauft hat, wie sie sich im Nachhinein zugeben muss.

Sie plaudern dann noch eine ganze Weile über Unverfängliches, dann tauschen sie ihre Telefonnummern. Jeder bezahlt seine Rechnung und der Alltag hat Anke wieder, Paul fährt das Auto zur Ablösung.

Kapitel Fünf

Der nächste Tag.

Verliebt ist gar kein Ausdruck, denkt sich Paul. In der Tat kann er sich so schnell an keine Frau erinnern, bei dem es ihn so erwischt hat wie dieses Mal. Für sie würde es sich sogar lohnen seine Reisepläne aufzugeben und sesshaft zu werden. Aber wenn sie nun mitginge? Der Himmel auf Erden – in greifbarer Nähe! Doch, was ihren Charakter angeht, ist er sich keineswegs so sicher. Frauen sind immer schön, entweder an Aussehen oder an Charakter. Diese Lebensweisheit hat auch Paul bisher immer bestätigt bekommen, (wenn er auch noch nicht aufgegeben hat, nach einer zu suchen, die beides in sich vereint) deswegen ist für ihn das Aussehen auch nicht so entscheidend.

Es sei denn, die Frau heißt Anke.

Irgendeinen Knacks scheint sie aber zu haben, etwas, was nichts mit den Männern zu tun hat, die sie bisher hatte – sondern das, was sie zu solchen Männern treibt. Und den Mann, der ihr dann verfallen ist, den kann sie um den Finger wickeln. Sie müsste mal an einen geraten, der ihr die Grenzen aufzeigt.

Könnte er dieser Mann sein? Er denkt an seinen Freund Sami, an dessen arabische Einstellung zu Frauen, und schmunzelt. Nein, jedem das Seine. Sami hat ja auch seinen ureigenen Stil Taxi zu fahren.

Paul steht am Stand, philosophiert vor sich hin und beobachtet das Leben. Ein gestörter Fahrradfahrer macht sich einen Spaß daraus, auf dem dichtgepackten Gehsteig um die Fußgänger herumzukurven. Gegenüber beharken sich zwei Inhaber schäbiger, kleiner Läden wegen irgendwelchen schäbigen, kleinen Müllproblemen, und Passanten laufen zum Bus oder zur Strab. Mit der Zeit kennt man sogar die Leute, die in der Nähe der Taxistände wohnen oder jedenfalls dort immer zur Straßenbahn gehn.

Sein Leidensgenosse, der gerade angefahren kommt, um sich mit ihm zusammen die Reifen platt zu stehen, hätte wahrscheinlich gute Karten, gäbe es einen Preis für Freiburgs vergammeltes Taxi. Wenn man da manche so sieht, denkt man irgendwo, fehlt bloß noch, dass sie nachts nicht mal mehr die Überreste von Alkoholexzessen (der Fahrgäste, nicht der Fahrer) wegwischen, sondern nur noch antrocknen lassen. Als er genauer hinschaut, sieht er, dass das ja Rainer, Freiburgs Spitzentaxifahrer, ist. Der hockt sich eine Weile zu ihm rein und Paul hört sich eine Weile seine seltsamen, überspannten Phantasien an.

Dann fährt Rainer jedoch wieder weg, weil er Hunger hat, und er ist wieder allein, versucht an etwas Angenehmes zu denken. A wie angenehm, A wie Anke. Als er nach einer halben Stunde damit fertig ist und sich hier immer noch nichts tut, beschäftigt er sich mit einer Fahrt von gestern. Ein Professor mit seiner bildhübschen, vielleicht fünfundzwanzigjährigen Assistentin, oder was immer sie für ihn war – den *alten Bock*. Die hätte er auch eingestellt. Er stellt sich nun vor, er wäre Professor und hätte Bewerberinnen für einen Posten in der Fakultät zu testen. Das Datcom piepst, gerade als er bei einer besonders hübschen Bewerberin ist.

Später steigen zwei junge Typen ein, einer mit einem modischen Tarnfarbenhemd und einem dazu passenden blauen Auge. Sie fühlen sich wohl in Pauls Taxi, wie zu Hause, und unterhalten sich munter. Gerade sagt der eine zu dem mit dem blauen Auge: „Jetzt muss ich ihm nur noch verklickern, dass seine Freundin zu mir zieht."

„Ja... dass er den Kürzeren zieht."

„Obwohl er ja den Längeren hat."

„Aber den Dünneren!"

„Klar, und weil er halt 'ne gefühlskalte Fickmaschine ist, im Vergleich zu mir!" Paul steuert das Taxi. Was soll er sonst machen? Gibt es da noch irgendetwas hinzuzufügen?

Noch später dann zwei jugendliche Enddreißiger, ein kleines Baby und ein altes Muttchen, aus der Vaubansiedlung. Der eine Typ kommt in hochhackigen Damenschuhen an den bloßen Füßen zu Pauls Taxi geschlappt und bittet ihn um noch etwas Geduld, die anderen würden gleich kommen.

„Nettes Schuhwerk", bemerkt Paul, „sehr kleidsam." Doch der Typ stöckelt zu einem in der Nähe geparkten Auto und zieht sich passendere Treter an. Bis dahin sind alle da, sie fahren los. Der andere Typ hält das Baby hinten auf dem Schoß und schmust mit ihm, nennt es Schnecke, die alte Frau sitzt neben ihm. Sie wollen zum Münster.

„*Zum* Münster oder *nach* Münster?", fragt Paul unschuldig. „Ich meine, ich habe genug Sprit im Tank, so ist es nicht!" Sie lachen, sie wollen aber nur *zum* Münster.

„Ich könnte ja auch unterwegs nachtanken!? Nein?" Nein, nein, sie wollen *zum* Münster.

„*Zum* Münster ist jetzt sehr viel Stau, alle wollen jetzt in die Innenstadt."

„Das macht nichts, damit haben wir schon gerechnet." Sie fahren erst mal, dann Paul nach einer Weile wieder: „Richtung Autobahn ist jetzt kein Stau." „Nach Münster ist uns zu teuer."

„Mir nicht."

Sie fahren eine Weile, der Typ herzt seine Babyschnecke, da fängt Paul wieder damit an, feixt sich innerlich was: „Also, ihr meint jetzt nicht, dass mir das etwa zu viel sein könnte oder so?"

„Nein, nein." Und kurz darauf: „Ich würd jetzt wirklich lieber *nach* Münster fahren, aber meine Meinung zählt ja hier nicht." „Nein, die zählt nicht. Und wenn, dann bist du überstimmt, drei zu eins."

„Sagt doch mal, findet ihr nicht auch solche Filme toll, wo die Leute in ein Taxi steigen, nach da und dahin wollen und es überredet sie dann so ein cooler, ausgeflippter Taxifahrer irgendwo ganz woanders hinzufahren. Sie schippern dann durch halb Europa und alle haben eine Menge Spaß!"

„In solchen Filmen verzichtet der coole, ausgeflippte Taxifahrer aber immer auf das Fahrgeld!"

„Nein, diese Filme meine ich nicht. Ich meine den, wo er erst mal fett abkassiert, dann die junge, hübsche Geisel befreit und mit ihr zusammen die halbe Million Lösegeld ihrer Eltern auf den Kopf haut."

„Ach so. Na den kennen wir nicht."

Paul lässt sie am Bertoldsbrunnen raus. Sollen sie ruhig noch ein paar Schritte laufen. Wenn man etwas nicht kennt, dann kann man es doch kennen lernen, wenn man nur will?

Ein Paar, um die 50, steigt ein. Sie wollen in den Stühlinger, vorher soll Paul aber noch an einer Videothek anhalten. Der Mann geht dort rein, die Frau bleibt hinten sitzen. Klar wie Kloßbrühe – der Mann leiht sich jetzt 'n paar scharfe Filme aus und die Frau traut sich nicht mit rein. Sie warten zwei Minuten. Dann denkt sich die Frau wohl, dass es besser ist, jetzt zu thematisieren, was die Spatzen eh schon von den Dächern pfeifen, als jetzt ausgerechnet ein Gespräch übers Wetter vom Zaun zu brechen.

„Sie sind doch auch ein Mann", fängt sie zögernd an, „was halten Sie dann davon?"

„Das er sich *Pornofilme* ausleiht?" Paul ist gnadenlos.

„Hm, äh ja. Genau das." „Das wird ihm doch sicher auch mal langweilig." Er fügt hinzu, ohne Erbarmen sucht er dabei ihren unsteten Blick: „Schauen Sie doch mit!" „Das will er ja auch, aber ich nicht so richtig. Das ist doch nicht normal – dass man sich Filme anschauen muss. Man muss doch auch so Interesse aneinander haben." „Dann schauen Sie doch Freitag oder Samstagabend mal auf den Parkplatz vor der Videothek. Drin sind die Männer und leihen sich die schmutzigen Filme aus, klar, Männer sind Schweine – und draußen warten ihre Frauen schon ganz ungeduldig in den Autos."

Neunzehn Uhr – Stand „Colombi" eingebucht.

Dieser Abend soll später mal der Nachwelt überliefert werden, als: „Wie Rainer es mal schaffte, fünf Stunden lang keine einzige Fahrt zu machen!"

Sein lastendes Frauenproblem hat ihn dazu gebracht, heute, seit längerem zum ersten Mal wieder, probeweise abends zu fahren. Neidisch hat er immer Erzählungen von Kollegen mit angehört, wie viel Frauen nachts zu fahren wären und dass die leicht abzuschleppen wären – die kämen ja immer alkoholisiert aus einer Kneipe und so.

Der Abend ist lind, die Luft ist lau, nur wenig Verkehr, er ist darauf eingestellt, dass heute eh nicht viel läuft. Es ist sehr angenehm, vor dem Auto auf und ab zu gehn, auf nichts achten zu müssen, kein Vorziehen und so. Die Leute strömen, jede Menge Betrieb im Hoteleingang, viele Frauen flanieren herum.

Rainer ist heute Abend verwegen drauf, er schaut ihnen in die Augen und lächelt sie an. Alles ist sehr angenehm, er fühlt sich toll, was für einen schönen Job er doch hat.

Nach fast zwei Stunden – na ja, jetzt könnte sich doch mal so langsam was tun. Vor dem Colombi ist ja doch nicht so angenehm, so dicht an der Straße, kurz mal schauen, ob „BB" jemand eingebucht ist. Nein, also eben dort rüber gefahren. Hier laufen schon erheblich mehr Leute dran vorbei. Dran vorbei wohlgemerkt. Ein wahnsinnig süßes Mädchen mit leuchtend rot gefärbten Haaren kommt mit einem Begleiter und wartet, bis der sein Fahrrad abgeschlossen hat. Rainer beobachtet sie inniglich, sie ist einfach zu niedlich.

Es vergeht auch hier eine Stunde. Frauen in die Augen schauen, lächeln, doch dann nähert sich aber dann irgendwann so allmählich der Moment, wo dann so ein mulmiges Gefühl aufkommt. Er sieht einige Leute bereits zum zweiten Mal, wie sie, von irgendetwas, zu ihren Fahrrädern zurückkommen, und es wird ihm so langsam peinlich, hier immer noch zu stehn. Ein Gedanke taucht kurz auf, alle Fahrräder in der Nähe platt zu stechen, damit er wenigstens demnächst mal was zu fahren hat. Schnell wird er wieder verdrängt. Er taucht wieder auf und wird wieder verdrängt. Ein Hund hockt sich drei Meter von ihm entfernt hin, spreizt die Beine und entlässt krampfhaft zitternd eine Lache Dünnverdautes. Langsam fängt es an zu dämmern. Die Straßenbahnen kommen und gehen. Rainer muss ans autogene Training denken. Da hat er mal einen Kurs gemacht, um mit seiner Nervosität fertig zu werden, bis er es dann gelassen hat, weil er einfach zu nervös dazu war, sich hinzusetzen und seine Gedanken kommen und gehen zu lassen. Vielleicht würde es ja etwas bringen, sich an- und abfahrende Straßenbahnen dabei vorzustellen. Sie kommen und gehen. Nur darf man natürlich keine Existenzängste wartender Taxifahrer mit dabei assoziieren.

Dreiundzwanzig Uhr – die Polizei fährt Streife auf und ab, jede Menge Fahrradfahrer ohne Licht sind unterwegs. Sie kümmern sich gar nicht drum, vielleicht weil sie jemand Bestimmtes suchen, vielleicht, weil sie sie einfach nicht sehn – so unbeleuchtet. Nur einmal sagen sie kurz mal etwas, als einer ohne Licht, dafür aber mit einem Mädchen auf dem Gepäckträger hinten drauf, den Gehweg entlangrast – typisch Polizeistaat.

Tausende junger amerikanischer Touristen gehen in einer Ferienwohnung ein und aus, doch da kommen auf einmal fünf recht junge besoffene Penner und grölen: „Die Deutschen sind das Letzte!" Nun, zwar sind sie selber offensichtlich Deutsche, aber mit diesem Widerspruch können sie leben. Und zu Rainer, er ist ja ein Taxifahrer, also eine öffentliche Person, die jeder das Recht hat blöd anzumachen: „Der sieht aus wie ein Deutscher und ich hasse ihn!" Viere setzen sich aufs Pflaster, einer geht auf Schnorrertour. Er geht laut rufend auf die Leute zu: „Hallihallo, ihr schönen, neuen Menschen!" Was für ein Schwachsinnsspruch, aber Rainer hört ihn mit seiner klangvollen, weittragenden Stimme mindestens zehnmal diesen Bockmist rufen. „Habt ihr nicht etwas Kleingeld für mich übrig!" Wer nichts gibt, wird übel beschimpft, egal ob Deutscher oder Ausländer. Rainer betätigt die Zentralverriegelung von innen.

Da, ein Termin! In höchstens einer halben Stunde ist er weg, das motiviert, das gibt neue Kräfte! Von irgendwo kommt doch immer ein Lichtlein daher. Aber es ist keine Zehntausend-Watt-Lightshow, kein Flakscheinwerfer, keine Reichsparteitagsbeleuchtung, sondern eher ein Glühwürmchen, ein Grablicht. Zwanzig Minuten vorbei, der Termin ist weg, gibt's eben auch.

Dies sind dann schon mal so Momente, wo es gilt, in der Niederlage Größe zu zeigen. Eigentlich ja Rainers Spezialdisziplin, er hat schon in so viel Niederlagen Größe gezeigt, dass er schon ein wahrer Riese sein müsste. Dennoch sogar ihn, der fast nur Niederlagen kennt, beschleichen jetzt Gedanken wie: „Moment mal, in was für einem Film bin ich denn hier eigentlich? Das darf doch eigentlich alles gar nicht wahr sein." Oder: „Dass ich hier jetzt schon bald fünf Stunden stehe, darf bloß nie jemand erfahren – als hätte ich nichts Besseres zu tun."

Das Mädchen mit den roten Haaren kommt mit ihrem Begleiter zurück. Ob es schön war im Kino? In welchem Film waren die beiden wohl? Läuft da was zwischen ihnen? Sie wartet, bis er mit seinem Edelfahrrad mitsamt Montur einsatzbereit ist, Rainer schmachtet sie solange mit heraushängender Zunge durchs Fenster an. Sie laufen beide weiter.

Warum bin ich nicht dieser Typ? Was mache ich hier eigentlich, kann mir das einer verraten? Es verrät ihm keiner, also lässt er die Karre an, gibt Gas – und macht Feierabend.

Wenn nichts los ist, kann „Colombi/Bertold" zu stehn ein Risiko sein, das ist ihm wohl bekannt, aber früher ist er irgendwann dann schließlich doch mal weggekommen.

Paul und Sami sitzen am „Humboldt" zusammen im Auto, wie sie das fast jeden Tag tun, und unterhalten sich. Grad ist Anke, speziell, abgehandelt und ihr Lieblingsthema, im Allgemeinen, dran: Frauen!

Das Taxi ist der ideale Platz zum Flirten. Und das nutzen die beiden auch, besonders Sami! Zwar fährt man am Tag nur selten das, was man will, aber einmal am Tag gibt's auch mal Grund für ordentlich Herzklopfen. Nun hat Mann durchschnittlich zehn Minuten Zeit an die Telefonnummer zu kommen, das Fahrtziel zu einem netten Café hin zu ändern, ein Date auszumachen. Oder wenigstens zu fragen: „Wann kann ich Sie wieder abholen?" Je nach Manns Aussehen, Geschick und nach Verkehrsaufkommen, fahren muss Mann ja auch noch, gibt's auch mal Erfolge. Mann darf nur nicht zu schnell den Mut verlieren. Denn klar, irgendwann ist man auch 'e bisserl müd vom ganzen Stress oder die Frauen haben's eilig, sind gerade in einer belastenden Situation oder einfach nicht in Stimmung. Dazu passt, was Paul gerade erzählt: „Grad vorhin steh ich „Eschholz" und gegenüber ist doch die Bushaltestelle, da seh ich 'ne bildhübsche Schnecke rumlaufen und nach dem Fahrplan schauen. Die hält sich 'nen Rieseneisbeutel an das süße Bäckchen. Dann seh ich, dass sie herläuft und krieg schon Herzklopfen, da steigt die ein bei mir! Natürlich auf dem Rücksitz. Und sagt nicht einmal guten Tag, sondern nur: *In die Merzhauserstraße, bitte*, hält sich den Eisbeutel an die Backe und setzt ihren Walkman auf." „Tja, klarer Fall", meint Sami, der Kenner, „das arme Mädche hat sich 'n

Zahn ziehen lassen und will mit 99,9-prozentiger Wahrscheinlichkeit in Ruhe gelasse werde, so eine Gag-he-du! Musch halt Zahnarzt werde-du."

„Musch sälbä Zahnarzt wärdä-du!" Sagt gerade der! Gerade läuft eine hübsche, junge Frau am Auto vorbei, da bringt Sami seine Lieblingsnummer, er beugt sich aus dem Fenster und ruft: „Hallo schöne Frau, darf ich Sie wohin fahre?" Oft genug hat er auch Erfolg damit, wie Paul ohne Neid anerkennen muss, aber diese läuft weiter, ohne zu reagieren. Nun fangen sie an, ihr ständiges Spielchen zu spielen. Jede Frau, die vorbeikommt, wird eingeteilt in eine Skala von null bis zehn – gemäß dem, wie viel Pferde benötigt würden, einen von ihr wegzuziehen. Die Erste, die vorbeikommt, kriegt eine Drei. Eine insgesamt blasse, farblose Erscheinung, jedoch mit passabler Oberweite.

„Zur Not, oder?"

„Genau, zur Not. Wenn nichts anderes da ist."

„Wenn's zu sehr drückt." Beide lachen, sie haben immer eine Menge Spaß mit dem Spiel.

Ein paar Frauen laufen vorbei, keine bekommt mehr als eine Drei, dann trifft sie beide fast der Schlag. Eine Erscheinung in Stöckelschuhen, Shorts und hautengem, nabelfreiem weißen Top mit tiefem, randvoll gefülltem Ausschnitt, Anfang zwanzig, weilt vorübergehend unter den Sterblichen – und nähert sich dabei auch noch gerade ihnen. Lange schwarze Haare, blaue Augen und im Bauchnabel glitzert ein Steinchen. Sie springen vom Sitz und auch ohne ein Wort ist beiden einvernehmlich klar, dass es sich hier nur mindestens um eine glatte Acht handeln kann. Acht Pferde, um sie beide von ihr wegzuzerren und auch die müsste man noch ordentlich peitschen! Sami reißt die Tür auf.

„Schöne Frau, darf ich Sie wohin fahre!" Sie lächelt unsicher, zögert.

„Nein, achten Sie nicht auf *den* da – darf *ich* Sie wohin fahren?" Paul ist auch ausgestiegen. Sie lacht perlend, lässt ihre elfengleiche Stimme vernehmen: „Na, ihr müsst euch schon einig werden!" – und läuft weiter.

„Idiot!" Sami ist ehrlich sauer.

„Selber Idiot, warum musstest du's versauen, mit mir wär sie gefahren!"

„Du! Du hättest ja gar nichts mit ihr anzufange gewusst! Du hättst sie heimgefahre und dann hättst dich noch nicht mal getraut, nach ihrer Telefonnummer zu frage. Und dann hättst du ihr vielleicht noch was von deiner, wie heißt sie noch, Anke vorgeheult." Es geht noch eine Weile so weiter, aber sie vertragen sich wieder. Sie haben gerade noch ein paar Vieren und Fünfen abgehakt, da kommt ein völlig abgespactes Alien daher. Bleich geschminktes Gesicht, blaue Lippen, blaue, kurze Stoppelhaare, das Gesicht flächendeckend gepierct.

Sie sieht aus, wie eine Figur aus „Hellraiser".

„Nein, diese Frau passt nicht in die Wertung, sie ist eindeutig nichtmenschlich", bemerkt Paul.

„Sieht aus wie vom Mars."

„Hmm, weiter weg, viel weiter." Er überzeugt sich noch mal mit einem Blick von ihrer absoluten Fremdartigkeit. „Ich glaube noch nicht einmal, dass sie aus unserer *Galaxis* stammt. Das ist auch kein Walkman, den sie da hat, sondern ein Kommunikator. Damit hält sie Verbindung mit ihrem Raumschiff." Beide könnten beschwören, dass ihre Füße nicht den Boden berühren, als sie sich an ihnen vorbeibewegt. Antigravitation!

Wieder ein paar, die nicht über die Drei hinausgehen, dann sogar eine glatte Null. Eine Mutti, um die Dreißig, die einen Kinderwagen vor sich herschiebt. Der Kleine hat den Mund verschmiert und hält noch ein Stück Wurst in den fettigen Fingerchen. Die Frau trägt enge Jeans, wohl um ihre wabbelnden Massen in Form zu halten. Oben jedoch ein sackförmiges Schlabbersweatshirt und lange zottelige Haare, die sie sicher mehr als drei Tage schon nicht mehr gewaschen hat, weil sie einfach keine Zeit dazu hat. Eine typische Mutti eben, der Mann kann nicht fortlaufen und andere Männer interessieren sie nicht. Alles, was sie interessiert, ist der kleine König vor ihr, mit dem verschmierten Mäulchen. Pauls entsetzter Blick fällt auf ihren fleischigen Venushügel, der sich in der engen Hose deutlich abzeichnet. Erst kürzlich hat er etwas über Frauen gelesen, die sich sogar am Venushügel Fett absaugen lassen, und hat noch darüber gelacht. Und jetzt muss er sich eingestehen, dass das gar nicht so abwegig ist.

Ein paar Zweien, und Dreien, dann kommt eine Schwarze, die es bei Paul auf eine einwandfreie Sieben bringt, Sami geht nicht über sechs. Sie ist vielleicht zwanzig, dunkel, aber nicht zu schwarz. Ihre Züge fast schon europäisch, mit einer sehr reizvollen exotischen Note jedoch, schlank und mit schönen Formen. Für Sami reicht es, sich aus dem Fenster zu beugen und sein Sprüchlein aufzusagen. Er hat aber kein Glück, denn sie lächelt nur schüchtern, und läuft weiter.

Paul hat sich diesmal zurückgehalten, denn er hat da weiter hinten schon etwas erspäht – etwas, was ihm den Atem schneller gehn lässt.

Langes naturblondes Haar, blaugrüne Augen. Üppige Formen, an denen die Natur dennoch kein einziges Gramm verschwendet hat. Shorts, die schöne schlanke, aber kräftige Schenkel betonen. Eine Zehn, eine glatte Zehn! Ach was, kindisches Spiel kleiner Buben… diese Frau *lässt* sich in kein Schema pressen, lässt sich nicht mit anderen vergleichen. Sie höchstselbst ist Standard, Norm und Form, ist das Maß aller Dinge – vom Anbeginn aller Zeit, bis zu dessen Ende!

Es ist zweiundzwanzig Uhr, Anke steht am „Oli" und denkt an vorhin. Paul ist aus dem Auto eines Kollegen herausgesprungen, mit einem ganz roten Kopf, ist auf sie zu gestürmt und wollte wieder mit ihr einen Kaffee trinken gehen. Da hat sie ihm erst mal einen Dämpfer versetzt, was ihn sichtlich gekränkt hat. Sie wollte ihn nicht verletzen, aber war in dem Moment überhaupt nicht in Stimmung. Sie fand das Gespräch von vor einer Woche ganz nett und Paul inzwischen einen sehr interessanten Menschen. Aber mehr war da nicht und würde auch nicht sein. Die nächste Zeit will sie erst mal versuchen wieder ein wenig mit sich klarzukommen und die Zeit mit Sven dahin packen, wo sie hin gehört. Nämlich auf den Müll der Geschichte. Bis dahin will sie sich nur noch mit Arbeit betäuben – wenn es denn welche gäbe.

Mittlerweile ist es dunkel geworden und die Stunde am „Oli" schon voll, als sie endlich einen Auftrag kriegt. Eine etwas abgelegene Adresse und die Hausnummer ist nicht zu finden.

Hausnummern!

Vergilbt, blässlich, briefmarkengross-unbeleuchtet. Efeuüberwuchert, fein ziseliert, in Schmiedearbeit ausgeführt – aber immer nur mit Mühe entzifferbar. In Deutschland gibt es doch für alles eine Vorschrift, nur nicht dafür, Hausnummern zu normieren. Eben schön normiert, mit einheitlichem Schriftbild und reflektierender Farbe, sollten sie, wie Parkuhren, direkt am Straßenrand vor dem Eingang aufgestellt sein. Schließlich suchen nicht nur die Deppen vom Taxigewerbe, sondern auch Notärzte und Krankenwagen, sich nachts dumm und dämlich.

Alles ist doch normiert, oder?

Dass Taxis eitergelb zu sein hatten mussten, dass Fahrgäste nachts abgefüllt sind... warum normiert man nicht beispielsweise Tür- und Kofferraumgriffe, man glaubt nicht, wie schwer sich viele Leute damit tun. Bremspedal, Gas und Kupplung ist doch auch für jeden Fahrzeugtyp gleich angeordnet. Man sollte überhaupt mehr solche praktischen Dinge normieren, anstatt Menschen, sie durch ein normiertes System von Konsumtempeln und Abfressen zu schleusen, durch Mode zu uniformieren und vor der Glotze verblöden zu lassen.

Heute Abend sucht sie die Zwölf-A in einer Straße, die durch Bauarbeiten nur in einer Richtung befahrbar ist. Nach längerem Stieren durch die Dunkelheit findet sie die Sechzehn, stellt das Auto ab und macht sich zu Fuß auf die Suche. Die Zwölf ist hundert Meter weiter hinten, von der Zwölf-A erst mal keine Spur, sie solle jedoch in der Toreinfahrt von der Zwölf sein. Sie schaut durchs Tor, es führt auf ein größeres, heruntergekommenes Werksgelände, auf dem kein Mensch zu sehen ist. Unwillkürlich stellt sie sich riesige, durch Kälte und Einsamkeit bösartig gewordene, Kettenhunde vor. Die urplötzlich lautlos aus der Dunkelheit gesprungen kommen, um sie dann knurrend und grollend zu zerfleischen. Deshalb läuft sie zum Auto zurück, um damit auf dem Gelände suchen zu gehn. Die hundert Meter Einbahnstraße kann sie nicht zurücksetzen, es geht um die Kurve, überall ist die Straße aufgerissen. Sie muss also erst mal um den ganzen Block herumfahren. Jetzt fährt sie mit dem Auto in den Hof ein und leuchtet alles erst mal mit den Scheinwerfern ab. Nichts, keine 12a, kein Licht, keine Menschenseele.

Oben am Firnament – da leuchten die Sterne.

Sie erinnert sich, wie sie mal im Februar nachts am Meer stand und in die Weite hinausschaute. Es war Neumond, kalt, bitterkalt. Und um sie herum, bis vor zum Horizont und nach oben hin, bis weit, weit hinter den Sternen – nichts als Schwärze, sich bis in die Unendlichkeit ausdehnende Schwärze. Eine Finsternis, eine Kälte, die in die Seele kriecht, die einen fröstelnd und zitternd nach Wärme und Geborgenheit sehnen lässt.

Nur waren die Gefühle der Einsamkeit und Kälte, der Gottverlassenheit und des völligen Ausgeliefertseins damals am Meer – nicht ganz so schlimm wie jetzt.

Sie fragt am Funk nach und da heißt es, die Zwölf-A soll ganz am Ende des Hofes links sein. Sie schaut nach, findet nichts. Der Funker hat den Auftrag von einem Kollegen über Funk bekommen und befragt diesen noch mal. Nach fünfminütigem Hinundhergefunke kommt heraus, dass sich die Zwölf-A nicht hinten im Hof, sondern gleich vorne, nach der Einfahrt links, befindet. Sie fährt hin, kein Licht, keine Hausnummer, keine Menschenseele.

Sie hadert mit ihrem Schicksal.

Damit fertig, steigt sie wieder aus und schaut sich nochmals die Toreinfahrt an. Direkt unter dem Schild Nummer Zwölf steht der gesuchte Name. Sie hat jetzt keine Zeit mehr den Funker zur Sau zu machen, sondern klingelt, während gerade eben ein riesiger Schäferhund, mit einer Frau an der Leine, in der Dunkelheit an ihr vorbeiläuft. Der Türsummer geht, reflexartig drückt sie das kleine Tor links auf, obwohl man ja nur drum herum gehen müsste, durch die offene LKW-Einfahrt rechts daneben, durch die sie ja schon mit dem Auto gefahren ist. Es lässt sich ja auch gar nicht ganz öffnen, weil sich ein armdickes Kabel mittendurch schlängelt. Aber immer noch kein Licht, immer noch kein Mensch. Sie reklamiert gerade inzwischen ziemlich genervt, abermals, über Funk, da geht auf einmal das Licht an und tatsächlich! Menschliche Gestalten sind zu sehn. Die Frau, die dann einsteigt, hat einen Stock und sieht krank aus. Gerade als sie sitzt, fällt ihr ein, was sie vergessen hat, sie humpelt noch mal davon. Anke schaltet die Uhr ein. Als sie schon vier Euro anzeigt, kommt die Frau wieder und drückt ihr einen KTS in die Hand. Anke schaltet die Uhr wieder aus und fährt los.

Die Frau erzählt. Es seien schon Notarzt und Krankenwagen da gewesen und jetzt müsse sie in die Klinik. Der Notarzt hatte sich erst gar nicht zu ihr reingetraut, weil er dachte, dass im Haus *geschossen* würde. Dabei waren das nur irgendwelche Arbeiter vom Werksgelände, die da wohl auch irgendwo zurzeit hausen und Rabatz machten. Dann hätten ihr diese Pferdemetzger von Krankenwagenfahrern, diese Feldschere Wallensteins und Napoleons, auf dem Bauch rumgedrückt, dass sie vor Schmerzen geschrieen hätte, und der Notarzt dann auch noch mal. Anke lädt sie an der Chirurgie ab.

Die weitere Nacht verläuft ruhig.

Bevor sie Feierabend macht, läuft sie noch einmal ums Auto herum. Es ist so gut wie neu und sie ist sehr stolz drauf. Sie legt Wert auf ein gepflegtes Fahrzeug und schnell sollte es auch sein, das ist nachts schon wichtig. Die Straßen sind frei und es gibt schon mal Stoßzeiten, wo die Leute auf einmal aus allen Löchern quellen. Da muss man halt am Ball sein. Weil sie schon lange am Stück fährt, hat sie ja die entsprechenden Kontakte und würde es als unter ihrer Würde ansehen, mit einem alten Auto herumzufahren. Davon abgesehen, gibt es genug Konzessionäre, die auf dem eigenen Auto Tagschicht fahren und es nachts in der Garage stehn haben. Ihre Edelkarossen würden sie nie einem Fahrer überlassen, auf dass der sie nachts dann zusammengeigt. Es sei denn der Fahrer ist selber eine Edelkarosse – wie Anke.

Sie hat ihr Chefchen schon im Griff.

Paul geht um seine Rostlaube herum, mustert sie missmutig. Die Nachtschicht hat ihm das Auto knochentrocken hingestellt und so musste er als Allererstes tanken, bevor er losfuhr. Und das, obwohl heute Morgen einiges geboten war. Da er die Hälfte vom Jahr auf Achse ist und es tags schwer ist an gute Autos heranzukommen, muss er sich immer mit den alten Stößern zufrieden geben. Weil man sich ja immer erst hochdienen muss, wenn man ein neues Auto fahren will. An Mängeln kein Mangel, was war erst vor kurzem? Die Kofferraumklappenfeder (Was für ein Wort – es lebe die Sprache Goethes und Schillers!) war kaputt, was bedeutete, den Kofferraum mit links aufhalten und mit rechts Koffer und Rollstühle reinwuchten.

Er fährt jemanden zur Bahn und bleibt dort stehn, nur mal wieder so zum Abgewöhnen. Eine Stunde würzige Wolken aus Abgasen, aromatische Kohlenwasserstoffe, bestes Benzol, edler Schwefel und asbesthaltiger Abrieb. Dann kommt ein Mann aus Köln, dessen Auto auf der Autobahn zusammenbrach. Der will zur Renaultwerkstatt, sie unterhalten sich über Autos, Paul findet es irgendwie *bien rigolo*, das Franzosen deutsche Autos kaufen und Deutsche französische. Sie kommen überein, dass es wohl auch eine Mentalitätsfrage ist, für welches Auto man sich entscheidet, ob jemand einen Franzosen kauft oder einen Japaner. Der Kölner ist schon irgendwie ein frankophiler Typ, ah, Claudette et baguette! Die Japaner arbeiten, bis dass sie kaum noch japsen können, so sieht er das, deshalb würde er nie ein japanisches Auto kaufen.

Anschließend holt er einen Diakon vom Friedhof ab. Der plaudert professionell freundlich und locker mit ihm, erzählt von „dem Menschen, den ich gerade beerdigt habe", und erklärt ihm den Unterschied zwischen Diakon, Pfarrer und Priester, der Paul nicht so geläufig ist. Am Hauptfriedhof finden gerade zwei Beerdigungen hintereinander statt, es herrscht großer Bahnhof, Rushhour. Die Kollegen vom Sargtaxi fahren nur so ein und aus. Wär nicht sein Job, denkt Paul, da so'n kalten Bruder zu fahren. Gibt zwar nie Ärger, dafür aber auch nie mal 'ne nette Unterhaltung. (Das heißt, nette Unterhaltung vielleicht schon, warum nicht? Nur sehr einseitig eben.)

Es verschlägt ihn wieder mal an die Klinik und gleich hagelt es 4.90-Transportscheine wie Granaten auf Fort Douaumont, Sommer '16. Einmal gibt's Material, eine zierliche Schwester drückt ihm einen Schein in die Hand. Und weist diskret auf einen am Boden liegenden Wäschesack: „Der soll rüber!" Er hebt ihn an, er ist voll mit Perfusoren und steinschwer. Ein zweites Schwesterchen sitzt grad beim Frühstück. „Soll ich mit rüber?", fragt sie mit vollem Mund und ganz leise dazu. Schon gut! Paul schultert den Sack, wie ein Mann, und schleppt ihn ab. Als er ihn rübergeschafft hat, ist gerade Mittag. Sami ruft ihn an und lädt ihn zum Essen ein, er hat gerade auch wieder mal jemand abgeschleppt wie ein Mann, allerdings keinen Sack.

„Und, erzähl!", fordert er ihn auf, als sie die Bestellung aufgegeben haben.

„Ooh, gibt nicht viel zu erzähle. Hab ich gemeint, da ich jetzt so wenig verdient hab, dass sie mir noch Kuss gebe soll. So im Spaß halt. Aber hat die glatt gemacht. Na ja, sind wir halt noch zu mir..." Paul grinst. Sami will gar nicht mehr erzählen, das ist für ihn nicht viel mehr als der Ablauf eines normalen Arbeitstages. Er fährt ein bisschen und gegen Abend schleppt er dann halt eine ab. Sie reden auch bald von was anderem – dann gibt's Kundschaft.

Kurz vor Feierabend. Paul spielt mit seinem Handy herum und tippt ein kleines Gedichtchen hinein:

„Ich hab da so'n Traum,
ich fahr recht gerne schöne Frau'n.
Doch egal wo ich sie nun find,
diese meistens über Siebzig sind."

Er blättert unschlüssig im „Telefonbuch", sieht dabei, dass er Anke aus Versehen gleich dreimal abgespeichert hat. Er nimmt einen der drei Einträge – und schickt es ihr.

Anke ist amüsiert, als sie zwei Stunden später ihr Handy einschaltet und die Nachricht bekommt. Sie überlegt kurz und schickt dann gleich etwas zurück, betitelt mit „Taxifahrers Nachtlied":

„In allen Räumen ist Ruh,
an allen Ständen findest du
kaum einen Kunden.
Warte nur balde, vergehen hier die Stunden."

Sie fährt eine Dame vom Gewerbe. Sie unterhalten sich fast wie Kolleginnen – zwei nachtarbeitende Frauen unter sich.

„Ich bin Domina", vertraut die ihr an und erzählt ein wenig davon. Sie hat einen Freund, der sehr tolerant ist und mit dem es dabei keine

Probleme gibt. Und – sie findet's gut, dass Männer sich trauen, solche Wünsche rauszulassen. Das seien allesamt starke, mutige Typen, die nicht so an ihren Komplexen zu knabbern hätten wie die anderen. Anke kann sich das zwar nicht vorstellen und findet die Vorstellung von irgendwelchen angejahrten Abteilungsleitern, die sich auspeitschen lassen, um auf diese Weise wieder ins seelische Lot zu kommen, da es doch sonst sie selber sind, die in den Hintern treten, ziemlich pervers, behält es aber für sich.

Sie lädt sie ab und am Crash steigt Anke einer ein, will zum Martinstor. Unterwegs fragt er unvermittelt, ob sie gerne etwas *Koks* kaufen würde, da antwortet sie prompt: „Nee, brauch kein Koks, hab Zentralheizung!" Das muss den so fertiggemacht haben, dass er sie auf einmal anhalten lässt, aussteigt und ohne zu zahlen in der Nacht verschwindet.

Aus dem Caveau kommt ein Pärchen, beide ein wenig angetrunken. Sie trägt ein dünnes, schwarzes ärmelloses Abendkleidchen, Stöckelschuhe dazu, er Jeans und einen avocadofarbenen Blazer. Sie nehmen auf der Rückbank Platz, wollen nach Kappel. Ziemlich bald merkt Anke, dass da hinten dicke Luft herrscht, sie kann die Spannung zwischen den beiden spüren, als wäre sie ein elektrisches Feld. So wundert sie sich auch nicht, dass aus der halblaut geführten, gespannten Unterhaltung plötzlich ein handfester Streit wird. Noch auf der Schwarzwaldstraße fangen die beiden auch schon zu schreien an. Halb ungläubig, halb um sich etwas Ruhe auszubitten, dreht sie sich um, da kriegt sie grad mit, wie er der Frau voll Schwung eine semmelt. Doch bevor Anke auch nur Pieps machen kann, fängt die Frau nun ihrerseits an, laut zeternd und kreischend hysterisch auf ihn einzuprügeln. Anke fährt an die Seite, kommt aber immer noch nicht zum Eingreifen, denn im Nu, sobald das Taxi hält, springt die Frau heraus und stöckelt wie wild drauflos, dabei einen Schuh verlierend. Als sie sich bückt und ihn aufhebt, ist schon der Mann bei ihr, heftig gestikulierend und fluchend. Ansatzlos schwingt sie nun den Schuh, eben hatte sie ihn erst aufgelesen, und drischt damit auf ihn ein, laut „Mistkerl, du elender Mistkerl!" rufend. Anke steigt aus, etwas ratlos, ob sie die Polizei rufen soll, weiterfahren oder irgendwann zwischenrein mal etwas von „Äh, übrigens, ich krieg noch Geld" murmeln soll. Nun scheint sich die Spannung aber doch irgendwie etwas entladen zu haben, denn die zwei hören auf sich zu prügeln und sind tatsächlich sogar wieder gewillt ins Taxi zu steigen, um weiterzufahren. Der Typ kriegt sogar ein „Äh, tut uns leid, fahren Sie uns jetzt bitte nach Hause!?" heraus. Sie fährt also weiter, die Hansjakobstraße entlang, und konzentriert sich wieder auf den Verkehr, hinten ist auch erst mal wieder still. Auch als sie rechts nach Kappel einbiegt, ist hinten ruhig, höchstens ein wenig Flüstern und so etwas wie Seufzen ist zu hören. Als sie kurz in den Rückspiegel kuckt, sieht sie auf einmal im Licht einer Straßenlaterne, dass die beiden heftig miteinander knutschen. Ja, er hat sogar seine Hand unter ihr Kleidchen geschoben und wühlt ihr damit zwischen den Beinen herum. Auch als sie kurz fragt, fragen muss: „Wie war die Straße in Kappel?", lassen sich die beiden nicht stören, er quetscht nur kurz den Namen der Straße heraus. Dort angekommen, zahlen sie und verschwinden Händchen haltend im Dunkeln.

„Ich fass es nicht!" ist alles, was Anke dazu einfällt.

Die nächsten Fahrten sind weniger spektakulär, dann ein Burschenschaftler, aus dem Verbindungshaus in der Wiehre, im vollen Wichs.

Was für ein Wichser, denkt sich Anke, diese Burschen kann sie nicht ausstehen. Ihr hat mal einer von einem Verbindungsabend erzählt und ihr wurde schon schlecht, als der ihr die Sauferei nur geschildert hatte. Die haben da sogar Handgriffe auf dem Klo, an denen man sich beim Kotzen festhalten kann, wie praktisch.

Der Bursche lässt gleich die Chauvisprüche ab, kaum dass er im Auto sitzt. Natürlich hinten, da wird er nach dem Studium ja auch sitzen, wenn er sich dann chauffieren lässt. Erst will er zur Tanke, was holen, dann ins Kino. Nein, sie will nicht mit und in den Film schon gar nicht. Er macht sie blöd an, sie gibt raus. Er pampt: „Ey, biste Studentin? Mein Vater bezahlt dein Bafög, ok?" Das dieser sich dann wohl sicherlich auch wohlwollend den pekuniären Aspekten *seines* Studiums annehmen wird, hindert ihn nicht daran, den Mund voll zu nehmen. Er erinnert sie irgendwie in trauriger Weise an Sven, obwohl der ja gar nicht studiert hat. Sie sagt nichts mehr. Da gibt er ihr das Kommando anzuhalten, weil er jemanden laufen sieht. Ohne zu fragen lässt er den anderen einsteigen, bedeutet ihr weiterzufahren. Sie hätte den vorher noch ganz gerne etwas unter die Lupe genommen, denn er schien ihr schon etwas durch den Wind, nicht mehr ganz hasenrein. Und richtig, kaum drin, muss er auch schon wieder raus. Sie hält an, in der Nähe sind ein paar Blumenkübel, der Typ steigt benommen aus – und reihert in die Petunien. Zwei, drei Usambaraveilchen kriegen auch noch was ab.

„Also, ich fahr dann weiter, ja!?", sagt sie zu dem im Wichs.

„Nee, nee, wart mal, wart mal – sag, kannste nicht die Uhr solange abschalten?"

„Nix da, gekotzt wird auf Uhr!"

Sie müssen fünf Minuten warten, bis dann der Typ glaubhaft versichert, dass nichts mehr nachkommt. Anke gibt Gas. Nachher bekommt sie das, was auf der Uhr steht, keinen Cent mehr.

Es ist diese Mischung nachts, die sie immer wieder erstaunt. Einmal ein Professor für Musik und dann das Gesocks aus gewissen Gegenden.

Geschenke von Fahrgästen – oder Pöbeleien.

Ein Typ lässt sich heute Morgen hackedicht vom illegalen Glücksspiel heimfahren. Fünfzehntausend hat er gewonnen, prahlt er mit schwerer Zunge, zieht ein dickes Eurobündel aus der Tasche. Die Hunderter fliegen nur so auf den Boden beim Zahlen. Leider liest er sie alle wieder auf und lässt nur einen ärmlichen, mausgrauen Fünfer liegen.

Paul erinnert sich dabei unweigerlich an das eine Mal, als einer beim Zahlen ein dickes Bündel Geldscheine rausgezogen hatte, ihm damit wie mit einem Fächer vor der Nase herumgewedelt hatte. Um dann gelangweilt-blasiert zu erklären, dass er gerade geerbt hat und echt gar nicht weiß, was er damit machen soll – das Geld kotze ihn an. Ihm wollte er aber nichts davon abgeben, noch nicht einmal ein anständiges Trinkgeld – sicher war das nur irgendwie so ein dämliches Machtspielchen von ihm.

Nun ist die Sonne schön am Scheinen. Jeder genießt es zu flanieren und zur Schau zu stellen, was er hat – was sie hat. Jemand aus der Oberau ist abzuholen und will zur Bahn. Als sein Fahrgast sich wundert, warum Paul die Schnellstraße fährt, anstatt den kürzeren, aber langsameren, Weg, zwischen Uni und Mensa, klärt er ihn darüber auf. Er hätte für heute schon genug halbnackte Frauen gesehen – und fordere die „Burka" für alle Frauen unter vierzig! Der Mensch kommentiert, also, er saß gerade erst in einem Café in der Innenstadt und hätte sich schon ein bisschen daran *delektiert*, wie er zugeben müsste.

„Ist gut und schön", sagt Paul, „aber nicht den ganzen Tag. Sitzen Sie mal im Taxi am Stand. Da fangen die Augen ein Wippen am linken Bildrand auf, geleiten dies beflissen nach rechts, übernehmen ein Wippen rechts nahtlos und eskortieren dieses umgehend wieder zurück! Da kriegen Sie irgendwann mal Hirnerweichung." Sie fahren ein Stück, Paul setzt nach: „Scheußliche Sache, so eine Hirnerweichung! Das fängt an mit Drehschwindel, Ohnmachten, geht weiter mit zerebralen Lähmungen", er sieht ihn ernst an, „und führt schließlich und endlich so langsam, aber unausweichlich – zum Tode."

„Äh, ja."

„Hirnverflüssigung sollte man ja besser dazu sagen. Sie schnäuzen sich und was haben Sie im Tempo? *Hirn!* Oder Sie sitzen friedlich am Frühstückstisch, löffeln Ihr Ei vor sich hin und auf einmal kleckert's auf den Morgenmantel. Und Sie wissen im ersten Augenblick nicht, ist es Ei oder Hirn! Scheußliche Sache, das."

„Äh, ja."

„Es gibt aber auch noch ein Zwischenstadium, das nicht sofort zum Tode führt." Er macht eine kurze Pause, dabei geschickt einem Radfahrer ausweichend. „Hm, vielleicht das Schlimmere. Das sind dann immer diese dicklichen, schwitzigen Männer, mit den roten Gesichtern und dem nervösen Blick, die an Baggerseen hinten im Gebüsch hocken oder diese Kabinen in den Sexshops belagern."

„Äh, ja."

„Das ist ja ein enormer Leidensdruck, kann ich Ihnen sagen, die Leute können überhaupt nur noch auf die Straße, *weil* es diese Kabinen gibt. Die laufen da lang und denken, Mensch, fünfhundert Meter ist die nächste Kabine, wenn's mich überkommt. Gott sei Dank, das schaff ich gerade noch im Dauerlauf."

„Äh, ja." Der Mann ist kuriert, der wird sich nicht mehr ins Café hocken und ehrbare Frauen anspannen. Die hart arbeiten, für schlechten Lohn und sich deshalb nur dünne Kleidchen mit wenig Stoff leisten können. Einer „Lusthansa" Stewardess erzählt er etwas von fetten Fahrgästen. Er hätte mal eine Frau gefahren, die passte kaum in den Türrahmen vom 190er, den er damals hatte. Als sie endlich Platz nahm, lag das Auto schief. Und übel gerochen hätte sie außerdem. Die Stewardess meint dazu, dass es im Flieger Leute gibt, die zwei Sitze bräuchten, mit speziellen Anschnallgurten – und diese müssten dann auch gnadenlos doppelten Flugpreis zahlen.

Nun trifft Paul einen Kollegen, der gerade Medizin studiert und gelegentlich mal Taxi fährt. Er kennt ihn gut, hat ihn aber schon eine Weile nicht mehr gesehen und lädt ihn zu einem Kaffee ein. Und dieser erzählt ihm die Story von: Dr. Kobold oder die Bremer Stadtmusikanten!

Früher als er noch auf den Studienplatz gewartet hat, ist er mal lange am Stück gefahren und zu der Zeit hatten sie in der Firma einen Stammkunden, der hieß Dr. Kobold. Er lernte diesen Doktor kennen, als einen, ein klein wenig exzentrischen, aber sympathischen, charmanten und weltläufigen Arzt. Dass er mal in der Klapse landen würde, wusste damals niemand.

Er hatte eine Praxis für Allgemeinmedizin in der Stadt, eine Frau, zwei Kinder und ein schönes Häuschen im Grünen. Er pflegte sich regelmäßig morgens daheim abholen und abends wieder von der Praxis nach Hause fahren zu lassen. Dann setzte er sich immer hinten rein, weil er gerne die Zeit im Auto nutzen wolle, um zu lesen oder zu arbeiten. Meistens unterhielten sie sich aber doch und Dr. Kobold war ganz interessiert, als der Kollege erzählte auf einen Medizinstudienplatz zu warten. So hatten sie dann auch immer reichlich Gesprächsstoff.

Eine Fahrerin hatte ihn zum Hausarzt. Es war so die Zeit, da sie unzufrieden mit seinen Behandlungsmethoden zu werden schien, als er ihm auf einmal bei einer Fahrt ein Angebot machte. Er bräuchte erstens sowieso jemanden zum Fahren und außerdem, er schaute ihn prüfend an, überlege er gerade, ob er Interesse hätte, als sein persönlicher Assistent, oder wie auch immer er sich da ausdrückte, zu arbeiten. Er bräuchte da auch in der Praxis Unterstützung, jemanden für Botengänge und und und. Er könnte ja dadurch einiges profitieren für später. Die ganze Sache schien ihm zwar einigermaßen suspekt, aber durchaus noch im Rahmen des Erwägbaren. Sie verblieben erst mal dabei, dass er es sich ja überlegen könnte.

Sie fuhren dann wieder ein paar Mal. Er erzählte ihm auch von seiner Liebe zu Tieren, dass er ein eigenes Gestüt mit edlen Pferden besitze, und auch noch, dass er besonders an Hunden und Katzen interessiert wäre. Ja, gerade sei er am Liebäugeln, sich eine extrem wertvolle und ras002sereine Siamkatze zuzulegen. Und wenige Tage später tat er es dann auch und schwärmte begeistert von ihr!

Eines Morgens um neun Uhr, er fuhr gerade Nachtschicht, klingelte er ihn aus dem Schlaf. Er sei jetzt so weit, hätte mit dem Züchter schon verhandelt und er wolle heute Mittag zum Düsseldorfer Flughafen – ob er ihn fahren könne. Völlig verschlafen fragte er: „Was wollen Sie denn in Düsseldorf?"

„Ja, dort will ich einen kaukasischen Hirtenhund kaufen!"

„Einen *was*?"

„Einen kaukasischen Hirtenhund! Einen extrem teuren und seltenen Rassehund, der mit dem Afghanen verwandt ist." Er habe sich auch schon einen Mietwagen, einen schnieken, kleinen schwarzen BMW besorgt und jetzt müsse er ihn nur noch fahren. Also, gut, er sagte seinem Chef Bescheid, dass sich Dr. Kobold wünscht – war ja immerhin Stammkunde – von ihm mit einem Mietwagen nach Düsseldorf Flughafen gefahren zu werden und dass er also nicht zur Arbeit kommen würde. Geht in Ordnung, er wünschte ihm gute Fahrt. Sie bretterten also von Freiburg nach Düsseldorf mit zweihundert Sachen, denn er hatte es eilig. Am Flughafen angekommen, nahm er endlich seinen Hirtenhund in Empfang, ein beiges, riesengroßes, haariges Vieh und sie bretterten zurück. Dr. Kobold war selig.

Jetzt wird er sich sicher noch irgendwann mal einen Kampfhahn, Spezialzüchtung, kaufen – dann ist das Bremer Musikantenquartett komplett, dachte sich der Kollege.

Die nächsten Wochen waren alle Fahrer am Fluchen, denn er hatte das Vieh immer dabei, egal wo er hinwollte, und es haarte alle Sitze voll.

Eines Abends dann tickte er endgültig aus. Sie fuhren zu seinem Gestüt irgendwo im Wald, er wollte da was kucken. Unterwegs fing er unvermittelt an, wie von allen guten Geistern verlassen, englisch zu reden: „Go slow, goo slooooow!" Der Kollege fragte sich, was das Theater soll, machte aber mit, fuhr also langsamer. Dann: „Go fast, gooooo fast!" Er fuhr also wieder schneller. Und wieder: „Go slow!" So ging das eine ganze Weile, zwischendrin standen sie auch mal geraume Zeit einfach so im Wald herum, ohne ein Wort zu reden. Er erklärte mit keiner Silbe, was der ganze Zirkus eigentlich soll. Und das Schärfste war, als er dann unvermittelt die Türe öffnete, ausstieg und einmal um den Wagen herumlief. Schweigend, gemessenen, feierlichen Schrittes, als schritte er einer Prozession voran. Dann stieg er wieder, schweigend, ein. Und auch hinterher war Schweigen, am Ende ließ er sich heimfahren und zahlte, allerdings gut wie immer.

Er fuhr den guten Doktor dann eine ganze Weile nicht mehr, hörte dann auf einmal in der Firma, dass er sich jetzt immer ins *PLK* fahren ließ. Und dahin fuhr er ihn dann auch mal selber – es war ihre letzte gemeinsame Fahrt. Er wirkte sehr geknickt, aber ansonsten wieder ziemlich normal, fast als wäre eine Last von seinen Schultern gefallen. Ja, das sei jetzt ziemlich traurig, aber so sei das nun eben. Er wisse auch nicht genau, wie's mit ihm weitergehen würde, aber es sei ihm alles irgendwie zu viel geworden in der letzten Zeit.

Und das war das letzte Mal, dass er ihn sah.

Paul und der Kollege unterhalten sich noch eine Weile über dieses und jenes, dann kehrt jeder wieder an seinen Arbeitsplatz zurück.

Inzwischen ist es aber schon gegen Fünf. Paul spielt etwas unschlüssig mit seinem Handy herum, überlegt, ob es sich noch rentiert sich irgendwo anzustellen. Er blättert im Telefonbuch, bis er an die Stelle kommt, wo Anke gleich dreimal abgespeichert ist. Gedankenverloren blättert er vom ersten Eintrag bis zum dritten.

Ohne dass es ihm groß bewusst wird, fügt er noch einen vierten hinzu. Blättert noch mal hin und her. Dann drückt er auf Anrufen. Drückt auf Auflegen. Drückt auf Wahlwiederholung.

„Ja?"

„Hallo Anke, ich bin's, Paul."

„Hallo Paul...!?" „Tja... ich dacht, ich ruf dich mal an... ich wollt dir was sagen."

„Was willst du mir sagen?"

„Dass du… eine schöne Frau bist." Sie lächelt, am Telefon allerdings unhörbar, ein wenig geschmeichelt, aber vor allem – belustigt.

„Das haben mir schon viele gesagt."

„Na ja, ich hab das auch schon zu zwei, drei Frauen gesagt."

„Und... hat es etwas genützt?"

„Doch, schon…"

Das Gespräch macht eine kurze Pause, bis Anke dann vorschlägt, sich nachher am Stand zu treffen, sie würde jetzt demnächst anfangen. Da könnten sie im Auto zusammen kurz einen Kaffee trinken.

Eine Stunde später sitzen sie dann auch zusammen. Sie machen Konversation, keiner hat bisher an das Gespräch von vorhin angeknüpft. Hauptsächlich hat sich Paul über den noch anhaltenden Weingestank in ihrem Auto belustigt.

Jetzt dreht er etwas unschlüssig seinen leer getrunkenen Kaffeebecher in der Hand.

„Da sitzt man jetzt, und trinkt Kaffee, anstatt..."

„Anstatt?"

„Na ja..."

Er macht eine Pause, lächelt kurz, wirft ihr einen Blick zu. Schaut in ihre blaugrünen Augen. Sein Herz klopft und das liegt nicht nur am Kaffee. Er könnte jetzt ewig so sitzen bleiben, den Moment für immer festhalten. Da sie aber nun drauf wartet, dass er etwas sagt, entschließt er sich für: „Hm, ziemlich unromantisch hier..."

Sie lächelt etwas spöttisch, was sie sehr gut kann.

„Tja, das hier ist ein *Taxi*... und ich bin eine *Taxifahrerin* und das jetzt ist meine *Schicht*, hm? In der ich jetzt auch vielleicht langsam noch was tun sollte." „Ach, das hat doch noch ein bisschen Zeit." Er nimmt eine blonde Haarsträhne in die Hand und zwirbelt sie ein bisschen.

„Paul...!"

„Hmm?"

„Was machst du da?"

128

„Was mach ich schon", sagt er leise, „ich zwirbel eine Haarsträhne."

Er sitzt ein wenig vorgebeugt, ihre Köpfe sind ganz dicht beieinander – er *muss* ihr jetzt einfach einen Kuss auf den Mund geben. Dass heißt er will, sie dreht aber den Kopf weg und der Kuss landet auf der Backe.

„Tja, ich denk, ich zieh dann mal los." Mehr sagt sie nicht dazu.

„Rufst du mich an?"

„Mal sehn."

„Hmm?"

„Also gut, ich ruf dich an."

„Wann?"

„Wann ich Zeit habe."

Kapitel Sechs

Paul liegt mit ihr auf dem Boden und streichelt sie zärtlich.

„Ja, du verstehst mich", flüstert er sanft und krault sie im Nacken, „du bist nicht so kompliziert wie die anderen Frauen." Sie antwortet nicht, aber das ist er ja gewöhnt. Ja, er schätzt sogar dieses Sich-einander-verstehen, ganz ohne Worte, ungemein. Er schmiegt seinen Kopf an sie und sie stupst ihn sanft mit ihrer Nase. Ihre Schnurrbarthaare kitzeln ihn und ihre Zunge, heiß wie im Fieber, verwöhnt ihn am Ohr.

Zwergkaninchen haben eine höhere Körpertemperatur als Menschen.

Sein Blick fällt auf das Telefon, welches nicht weit entfernt steht. Es rührt sich nicht.

„Warum können Frauen nur so grausam sein?", fragt er das Kaninchen, welches in seiner WG frei herumhoppeln darf und Paul besonders mag. Es antwortet ihm aber nicht – vielleicht, weil es ein Weibchen ist. Er sucht nach etwas, was er ihm geben kann, findet aber in der Küche nur etwas vertrockneten Weißkohl. Das Kaninchen schnuffelt lustlos daran.

„Das willst du nicht, hm? Kann ich verstehen. Alten Kohl – das wollten die Deutschen ja dann auch nicht mehr."

Anke hat den Hörer in der Hand, legt ihn dann aber wieder zurück. Sie behält das Telefon kurz gedankenvoll im Blick, wendet sich dann aber ihrem Kater zu und beginnt ihn liebevoll ausgiebig zu streicheln.

„Ja, du verstehst mich, du bist nicht so kompliziert wie die Menschen." Der Kater schnurrt. Er versteht nicht, was Anke sagt, aber wenn sie Probleme mit Männern hat, kriegt er immer besonders viel Liebe ab. Sein Fell müsste eigentlich schon ganz abgewetzt sein.

„Wie soll ich ihm das erklären? Da ist Svenni, der Arsch – und da sind eine ganze Reihe anderer, mit denen es auch nicht viel besser gelaufen ist. Ob Paul das versteht, wenn ich es ihm sage? Einiges weiß er zwar schon, aber noch lang nicht alles." Sie krault den Kater hinter dem Ohr. Er grimassiert verzückt.

„Oder wird er mich für bescheuert halten? Wahrscheinlich beides, er *wird* mich für bescheuert halten, es aber auch gleichzeitig verstehen." Sie schaut noch mal auf das Telefon. „Ich weiß gar nicht, was ich ihm sagen soll, wenn ich ihn anrufe. Ich weiß eigentlich überhaupt nicht, was ich eigentlich will – außer Sven Sekt ins Gesicht schütten, natürlich, das könnte ich den ganzen Tag." Sie lächelt grimmig und massiert ihren Kater im Nacken. Vielleicht hat sie gerade etwas zu fest zugepackt, denn er zuckt einmal kurz.

Zwei Tage später klingelt das Telefon immer noch nicht. Paul ist schon einige Male drauf und dran gewesen selber anzurufen, weil er es schier nicht mehr aushält, ist aber noch zu stolz dazu. Ja, und zu erfahren mit Frauen. Sie hatte ja schon einige Andeutungen gemacht, dass es für sie im Moment vielleicht ein schlechter Zeitpunkt ist, jemanden kennen zu lernen. Trotzdem trifft ihn das Warten ziemlich hart. Dazusitzen und auf einen Anruf zu warten, ist sowieso nicht so sein Ding, da ist er viel lieber aktiv und geht die Sachen an. Der Frust nagt schwer an ihm.

Heute ist wieder ein sehr schöner Sommertag und die Frauen laufen leicht geschürzt am Stand vorbei. Er schaut eine Weile, natürlich ist auch wieder nichts los am Funk, und ist nur noch mehr gefrustet. Gerade läuft ein besonders knackiges Exemplar auf ihn zu, in beiden Händen schwere Tüten – und im Nu hat er sie überredet, sich von ihm fahren zu lassen, kostenlos natürlich. Und gleich, das Gesetz des Handelns wieder in den eigenen Händen, fühlt er sich besser. Soll doch Anke anrufen oder es sein lassen. Er schaut kurz zu ihr rüber – wirklich nicht übel. Kurz entschlossen fragt er: „Und, wann bist du das letzte Mal mit einem Taxifahrer Kaffee trinken gegangen?"

„Von Kaffee krieg ich Sodbrennen."

„Ja, trinkste halt 'ne Schokolade."

„Nee, nee, dacht ich's mir doch, wenn was umsonst ist, stimmt was nicht. Nee, ein ander Mal vielleicht." Sie sagt es sehr nett, aber bestimmt, und Paul ist zu sehr Gentleman, um zu bohren. Nachdem er sie bei ihr zu Hause abgesetzt hat, fühlt er sich dennoch erst recht in die Stimmung versetzt, es mal so richtig krachen zu lassen. Er war ja diesen Sommer gar nicht drauf aus, hatte vor durchzufahren und möglichst bald wieder auf Tour zu gehen, aber wenn dies eine Möglichkeit ist, sich von Anke abzulenken, nun gut!

Mit Feuereifer fährt er die Straße lang, dabei nach Frauen mit Einkaufstaschen Ausschau haltend, jetzt um die Mittagszeit ganz gute Karten dabei habend. Er findet eine, die ihm gefällt, fragt sie, ob er sie kostenlos nach Hause fahren kann, sie steigt hinten ein. Er fragt: „Warum sitzen Sie hinten – ich beiße nicht."

Nein, es wird nichts draus, die Nächste. Sie fragt er nach ihrem Sternzeichen, immer ein guter Anfang, um persönlich zu werden. Sie fährt aber voll drauf ab, hört gar nicht mehr auf, ihn mit astrologischem Schwachsinn vollzulabern. Die Nächste. „Zu welchem Café fahren wir denn jetzt?" Sie hat jetzt keine Zeit, tut ihr Leid. Nein, heut Abend auch nicht. Die Nächste.

„Haben Sie einen Freund? Oder finden Sie die Frage zu plump?" Sie findet sie zu plump, die Nächste, ein ziemlich junges Mädel, aber bildhübsch. Paul ist jetzt alles egal.

„Und gehst du noch zur Schule? Was nehmt ihr denn gerade in Sexualkunde durch? He, nicht böse sein." Zu spät, sie will aussteigen. Die Nächste, sie ist nicht viel älter.

„Bist noch ziemlich jung, haste schon 'n Freund?" Sagt die ihm, dass sie nicht nur schon einen, sondern bereits zwei hat. Und 'n dritter wär' ihr zu stressig. Aber sie würde ihm trotzdem gerne ihre Telefonnummer geben, er solle es halt öfters probieren. Die Nächste.

„Wie heißen Sie? Sonja? Das ist aber ein schöner Name!"

„Das sagt mein Freund auch." Die Nächste.

„Nee, ich will erst mal meinen Aids-Test abwarten, bevor ich jemand Neues kennen lerne, hab da so'n komisches Gefühl." Die Nächste. Und die labert Paul die ganze Zeit voll, so dass er gar nicht groß zum Baggern kommt. Sie schwingt sich dann raus und fragt ihn, ob er ihr bei den Treppen helfen könnte, mit der einen Tasche, die sei so schwer. Klar hilft er ihr, wird ja spannend. Droben steht ihr Freund, ganz verpennt im Morgenmantel. Die Nächste.

Doch dann auf einmal hat er erst mal genug.

Wie er so lustlos daher fährt, winkt ihm plötzlich eine, schwer beladen vom Einkaufen kommend, sie ist um die dreissig.

„Bin ich aber froh, dass ich Sie hab fahren sehen, die Tüten sind mir doch zu schwer geworden." Sie fahren, sie fragt ihn, warum er denn so müde aussieht und er antwortet ihr, dass er einen langen, mühseligen Tag gehabt hat. Verschweigt natürlich warum. Voll Mitleid schaut sie ihn an und meint, wenn er ihr hilft, die Tüten hochzutragen, würde sie noch gerne einen Kaffee machen. Da wäre ihnen beiden gedient. Er ist zwar gar nicht mehr scharf drauf, willigt aber ein. Sie trinken Kaffee und reden. Irgendwann fragt sie, ob sie ihn nicht aufhalten würde und er meint, heute schon genug gefahren zu sein. Sie reden weiter. Er stellt dann mal zwischenrein klar, dass er heute keine Nachtschicht auf dem Auto hat, es also da unten auf dem Parkplatz ganz gut stehen würde. Sie wechseln auf das Sofa. Sie setzt sich ganz dicht zu ihm hin, wie von selbst fangen sie an zu knutschen. Dann zieht sie ihn rüber in ihr Bett.

Küssen, streicheln, Gummi – schlaff!

Er denkt an Anke und es klappt. Ächz, seufz – endlich Erlösung.

Hinterher möchte sie, dass er bei ihr übernachtet. Er ist müde und momentan unfähig zu einer Regung, also bleibt er. Morgens um Zwei wacht er auf. Der Kopf schmerzt, die Zunge klebt am Gaumen.

Wie heißt sie noch mal? Brigitte.

Brigitte, du unschuldiges Menschenkind, das hast du nicht verdient. Er zieht sich leise an und geht. Er wird ihr schreiben, eine Postkarte vielleicht, ohne Absender.

Am nächsten Tag – die Sonne scheint, aber das Geschäft ist mies und die Stimmung ist mies. Paul beschließt sich ein wenig in den Colombipark zu setzen und ausnahmsweise einmal nicht an Anke zu denken. Eine einladend erscheinende Bank lockt ihn an, er legt sich ein wenig ab und schließt die Augen, kurz darauf ist er schon eingenickt. Die Augenlider reiben wie Sand, als er sie mühsam wieder öffnet und sein Blick auf zwei Penner fällt. Die zielgerichtet seine Bank anvisieren – obwohl die Bänke links und rechts von ihm beide frei sind. Sie haben eine Plastiktüte voll mit Bierdosen dabei und stolpern auf ihn zu.

„Hallo, w-w-wie geht's, d-dürfen wir uns ein wenig dazusetzen?" Paul liegt längs auf der Bank, will eigentlich schon verärgert reagieren, beherrscht sich dann aber. Er wollte sich ohnehin gerade wieder aufsetzen und hätte sowieso wieder an nichts anderes als an Anke denken können – ist eigentlich auch schon fast wieder froh über diese Ablenkung. Sogar um die von zwei Tippelbrüdern. Sie setzen sich also links neben ihn und packen gleich die Bierdosen aus.

Der eine stellt sich vor, Gottfried heißt er, hebt ihm gleich eine Dose vors Gesicht. Paul ist heute alles so egal und greift zu.

„Danke. Ich bin der Paul."

„P-prost, P-Paul!"

Der neben ihm, Gottfried, fängt ihn gleich stante pede an vollzulabern und nachdem Paul zwei, drei Schlucke genommen hat, machen ihm die Bierschwaden auch nichts mehr aus. Der links neben Gottfried sagt dafür gar nichts, nur ab und zu mal „Ja und Amen", wenn Gottfried mal wieder 'n Schluck nimmt. Zu mehr kommt er nicht, denn dann schneidet ihm der andere sofort wieder das Wort ab. Irgendwann fragt ihn Gottfried dann auch mal, was er so treibt, und Paul erzählt von seinem Liebeskummer. Warum nicht, er ist grad froh darum darüber sprechen zu können und er würd's auch jedem Fahrgast reindrücken, ob der's nun hören will oder nicht. Aber Gottfried steigt gleich voll drauf ein. Mit Liebeskummer kennt er sich aus und erzählt gleich von seinen gescheiterten Amouren und verpfuschten Ehen, seinen sechs Kindern, die er gezeugt.

„Wie h-heißt sie d-denn", fragt er dann unvermittelt, nachdem er die Lebensläufe jedes einzelnen seiner sechs Kinder fertig umrissen hat – alle beruflich erfolgreich oder gut verheiratet!

„Anke."

„Ahh, A-A-Anke! Und w-wo w-wohnt sie?"

„In Freiburg."

„H-hör mal, d-du musst mir n-nur sagen, wie sie heißt und wo sie wohnt u-und ich r-regel das für d-dich. Ich g-geh hin und r-red mit ihr, ich kenn m-mich aus mit Frauen!"

Paul weiß gar nicht, wo Anke wohnt, davon abgesehen, aber er ist nicht so begeistert von der Idee, gibt ihm das diskret zu verstehen – aber Gottfried hat ein großes Herz. Er klopft Paul kräftig auf die Schulter und sagt dann würdevoll, ohne zu stottern: „Du gehörst jetzt zu uns!"

Paul nimmt einen tiefen Schluck, rülpst verhalten, wobei ihn der aufsteigende Bierdunst in der Nase kitzelt.

Ja – er gehört jetzt zu ihnen. Er ist ein Penner wie sie.

Warum nicht? Eine zwingende Konsequenz des gesellschaftlichen Absturzes – der damit anfängt, dass man den Taxischein macht.

Die Sonne scheint über Freiburgs Dächern, gegenüber sitzen die feinen Pinkel im Colombirestaurant und bekleckern sich mit Kaviar. Drüben ist das Gebäude der Deutschen Bank zu sehen, wo gestresste Krawattniks und Anzugfuzzis der Kohle hinterherhecheln, um sich die Kaviarflecken leisten zu können – und er! Er sitzt hier mit seinen Kumpels Gottfried und dem anderen schweigsamen, wunderbaren

Kameraden, dessen Namen er immer noch nicht weiß, ist aber auch wurscht, trinkt Bier und fühlt sich großartig. Er lässt sich noch mal eine Dose geben, schlürft gemächlich daraus.

Ist es einem nicht vorherbestimmt, irgendwann mal als Penner auf der Parkbank zu landen – ab dem Moment, den man sich hinters Taxisteuer klemmt? Warum sich wehren gegen sein Schicksal? Es ist doch so einfach den Dingen ihren Lauf zu lassen. Heute Trinkgeldempfänger, morgen Penner. Warum stundenlang an der Straße stehen – wenn man weniger verdient als ein Bettler? Warum erst den Schritt machen, einen Hut auf die Motorhaube zu stellen und ein Schild dazu: „Verdiene weniger als ein Bettler!", wenn man es doch gleich viel einfacher haben kann. Hier zu sitzen, die Sonne ins Gesicht scheinen lassen und ein Bierchen mit den Kameraden trinken.

Das Handy klingelt, *Anke!*

Paul ist schlagartig wieder nüchtern.

„Hallo Anke!" Er geht ein paar Schritte weg von der Bank und fängt dann an im Bogen durch den Park zu laufen. Sie will sich nur mal melden bei ihm und ist überhaupt recht einsilbig. Aber jedes kurze Wort von ihr, ja, jede einzelne Silbe umschmeichelt sein Ohr, als wäre es himmlische Musik. Jeder dürre Satz erscheint ihm, als stände er in der Wüste – und es würde Manna regnen.

Sie haben gar nichts groß besprochen, gar nichts ausgemacht und doch steht er wieder vor der Bank, als das Gespräch beendet ist – verzückt und beglückt.

Aber die Kameradschaft der Verlierer ist jäh beendet und die Enttäuschung der beiden darüber ist ihnen im Gesicht abzulesen. Wie gern hätten sie ihn weiter abgefüllt und getröstet – und damit auch sich selber. Aber die Freude, die Paul erfüllt, und die Energie, die er dabei ausstrahlt, sind ihnen fremd geworden und erschreckt sie. Er gehört nicht mehr zu ihnen. Sie wünschen ihm aber trotzdem viel Glück.

Die Sonne scheint auf das Martinstor und rückt das geschmackvoll eingerichtete MacDonalds-Restaurant an seinem Fuße ins rechte Licht. Paul schreitet durch das um 1210 erbaute Tor, legt den Kopf in den Nacken und schaut nach oben, zur Uhr, es ist es jetzt vier Uhr nachmittags.

Genau wie das Schwabentor erfuhr auch dieser Turm, Teil der ehemaligen Stadtmauer, im Jahr 1901 eine Erhöhung. Im Gegensatz zum anderen jedoch sind dessen Wände unverziert, die alten

Malereien entfernt. Heute schlief er lang aus und legte sich dann noch mal aufs Ohr. Als er dann mittags aufwachte, beschloss er seinen freien Tag zu einem Stadtspaziergang zu nutzen und den Abend dann vielleicht in einem Biergarten ausklingen zu lassen. Mal sehen, wer dort alles abhängt. Nachdem er gegessen und abermals ein Stündchen ausgeruht hatte, war er einsatzbereit. Verließ das Haus – und jäh schoss Lärm auf ihn ein. Rechts neben ihm lärmte ein Rasenmäher, links oben verdröhnte ein Sportflieger seinen subventionierten Sprit und über seinem Kopf ratterte ein Hubschrauber der Uniklinik entgegen.

„Es wird Zeit, wieder auf Tour zu gehn, die sind doch alle bekloppt hier", dachte er sich dabei.

Jetzt schlendert er so langsam weiter Richtung Bertoldsbrunnen, dem Stadtzentrum. Frischen, akkurat gesetzten, noch darmwarmen Hundehaufen ausweichend, die das Pflaster verminen.

Was haben wir denn eigentlich in Freiburg, um was uns alle beneiden? sinnt er dabei vor sich hin, *Dieter Salomon? Volker Finke? Der Höllentäler?* Der Gedanke an den grünen OB belustigt ihn kurz, zwangsläufig muss er an dessen chronifiziertes charmanter-Schwiegersohn-Dauergrinsen denken. *Egal was für ein Problem – Dieter Salomon grinst es weg. Das einzige Mal, das ihm die Mundwinkel runtergegangen sind, war bei Amtsantritt. Als er ins leere Stadtsäckel geschaut und nur einen Zettel drin gefunden hat: „Böhme was here!"*

Was macht es eigentlich, dass die Stadt seit Jahrzehnten mit die höchsten Wachstumsraten in ganz Deutschland aufweisen kann – welches so ganz nebenbei zu hohen Mieten und verstopften Straßen führt? Die Lebenshaltungskosten sind spitze, das Klima im Sommer unerträglich stickig und den halben Winter stauen sich die Abgase unter der Inversionskäseglocke.

Es gibt „badische und unsymbadische", denkt sich Paul grimmig, *aber auch unsymbadische badische. „Z' Friburg in d'r Stadt – sufer isch's und glatt",* heißt es doch so schön *auf Badisch, hier in der Wohlfühlstadt. Also, glatt ist's vor allem im Winter, bevor gestreut wird, wenn überhaupt und „sufer"?* Paul kickt eine Blechdose, die vor ihm liegt. Sie scheppert ein paar Meter weiter und freundet sich mit einem Stück Unrat an, solcherart ein Duett der Geschmacklosigkeit bildend.

Und was haben wir, um das wir die anderen beneiden müssen, dass sie es nicht haben? Die Uniklinik? Paul unterdrückt ein krampfhaftes Schaudern, als er an seinen täglichen Überlebenskampf im Dschungel der Klinik denkt. Ein kleiner Stadtteil für sich. Bauten,

Flure, Gänge, unendliche Weiten, wohin sich Menschen wagen, wo bis dahin noch nie ein Mensch gewesen. Bissige Schwestern, zu Tode gestresste Ärzte und gängevoll Patienten, die halbe Tage vor sich hin dämmern und auf ihre Untersuchungen warten – wenn sie nicht schon zwischenrein das Zeitliche segnen. Die meisten Todesfälle in der Uniklinik passieren aus Langeweile!

Dennoch, Freiburg muss mit der Uniklinik leben, wie mit Lärm und Abgasen. Andere Städte haben auch Unikliniken, an denen Ärzte Karriere machen wollen und die werden keinen Deut besser sein.

„Haste mal'n Euro?" Paul wimmelt einen Schnorrer ab, der ihn jäh aus seinen Gedanken reißt. Früher hieß es: „Haste mal ne Mark?" Auch das ist teurer geworden. Er läuft die Kajo, die Fußgängerzone entlang, genauso wenig wie jeder andere daran denkend, dass bis '73 hier noch die Autos durchgezoomt sind. Ebenso wenig ist ihm die Tatsache präsent, dass Freiburgs Flaniermeile einst mal „große Gaß" genannt wurde! Hier hatte sich bis 1785 überwiegend mal das Marktgeschehen abgespielt, bis es sich dann auf den Münsterplatz verlagerte. Erst nach dem Besuch des damaligen Kaiser Josef dem zweiten, 1777, wurde die Straße in Kaiserstraße, nach dem üblichen Intermezzo mit dem ollen Adolf, '45 dann in Kaiser-Josef-Straße umbenannt. In solchen Dingen ist er wenig bewandert, sind ihm irgendwelche weit entfernten Winkel der Weltgeschichte vertrauter, als die Historie der Stadt Freiburg. Der Bertoldsbrunnen, an dem er jetzt steht, benannt nach dem Gründergeschlecht der Stadt, das Zentrum der Stadt, bildet den Schnittpunkt eines unsymmetrischen Achsenkreuzes. Relikt alter Wegenetze und früherer Siedlungen, die schon vor der Gründung der Stadt, im Jahre 1120, bestanden. Heute kreuzen sich hier die Straßenbahnlinien. Er beschließt, sich die Bertoldstraße nach links zu wenden. Überall warten Menschentrauben an den Straßenbahnhaltestellen. Alles rennt, rettet – flüchtet sich vor dem Gewühl. Paul fühlt sich an das Gedränge der Städte Südamerikas erinnert, an das farbenfrohe Gepränge in Quito, Lima und La Paz. Nur dass den Menschen dort nicht so die Hektik und Unrast ins Gesicht geschrieben war.

Ecke Bertoldstraße, gegenüber der Alten Burse, steht eine peruanische Combo und pfeift und trombt, was die Lungen hergeben. Paul bleibt eine Weile davor stehen und denkt an Rosa, die er am Titicacasee kennen gelernt hatte, und an Antonia aus Cochabamba in Bolivien.

Und an Anke aus Freiburg.

Anke aus Freiburg ist ein typisches Bobbele. Das heißt, sie ist auch in Freiburg geboren und aufgewachsen und war auch nie länger weg, von Urlauben abgesehen. Heut Abend hat sie frei, beschließt ein wenig auszugehen und sich treiben zu lassen. Ein Stadtbummel, das schöne Wetter genießen, vielleicht Leute treffen – alles ohne Zwang. Sie wirft sich in einen sexy Dress, sonnt sich in der Nachmittagssonne und an den Blicken der Männer. Sie wohnt in der Wiehre, betritt die Stadt also von Osten, passiert deshalb das, mit dem heiligen St. Georg, dem Schutzpatron der Stadt, verzierte Schwabentor. Wie seit 1230, dem Jahr seiner Erbauung, schon so manch schöne Frau vor ihr. *Lustig*, denkt sie dabei, *wenn im Martinstor ein McDonald's sitzt, müsste sich doch auch hier so ein Bulettenbrater einnisten. Das wär's doch – und in hundert Jahren spricht kein Mensch mehr von was anderem, als vom McDonaldstor und vom Burgerkingtor.* Sie läuft ein Stück Oberlinden entlang. Links ist der rote Bär, Deutschlands ältestes verbrieftes Gasthaus, vorne der Oberlindenbrunnen mit der Linde, die im Laufe der Jahrhunderte immer wieder neu gepflanzt wurde. Sie taucht kurz die Hände in den angenehm kühlen Brunnen, geht dann wieder ein Stück zurück und macht einen Schlenker durch die Konviktstraße. Geputzte kleine Lädchen, Boutiquen – dieses Sträßchen könnte irgendwo in einer Spielzeugstadt stehn, so niedlich ist es.

Sie denkt an Sven – und auch an Paul, wie sie sich zugeben muss.

Er ist anders als alle Männer, die sie bisher kennen gelernt hat, so viel ist sicher. Er hat eine ganze Menge positiver Eigenschaften, die sie bewundert. Güte, Humor, Intelligenz, ein Schuss Weisheit. Und es ist ganz erstaunlich, wie er unvermittelt zwischen seinen verschiedenen Seiten hin- und herblenden kann, ohne dabei sprunghaft zu wirken. Eben noch berichtet er von den Benachteiligungen der Indionachfahren in Ecuador und seine tiefe Ernsthaftigkeit dabei ergreift sie. Erzählt er dann von einer lustigen Begebenheit, blitzt schon wieder der Schalk aus seinen blauen Augen. Und – bei allem was er macht, wirkt er absolut echt auf sie, besitzt dabei eine Intensität, die sie bisher nur bei wenigen Menschen kennen gelernt hat.

Eigentlich ein Traummann – aber was soll sie mit ihm? Soll sie mit einem brotlosen Abenteurer um die Welt ziehen? Anke ist sich überhaupt so schrecklich unsicher, was ihre Zukunft betrifft. Soll sie weiter Taxi fahren? Sich einen reichen Mann angeln und Kinder kriegen? Sich einen anderen Job suchen, noch mal ein Studium aufnehmen, wirklich Dame vom Gewerbe werden – oder Reisen mit

Paul? Wäre das so schlecht? Eigentlich wollte sie lieber mit Paul vier Wochen im Zelt verbringen als mit dem Langweiler Sven ein ganzes Leben in einem Eigenheim. Aber sie zögert, es ist, als ob sie dafür einen Anstoß bräuchte, etwas, das ihr von außen angetragen wird und ihr die Entscheidung darüber abnimmt.

Das Licht der Nachmittagssonne zaubert farbige Reflexe aufs Kopfsteinpflaster des Rathausplatzes, dem ältesten Teil Freiburgs, und taucht den Platz in ein fantasievolles Spiel aus Licht und Schatten.

Paul sitzt vor dem Berthold-Schwarz-Denkmal auf einem Bänkchen, lässt seine Blicke schweifen. Er nimmt die Atmosphäre des Platzes in sich auf, diese Stimmung des Spätnachmittages mit all dem Leben um sich herum. Den heiteren, unbeschwert lachenden Menschen, Gruppen junger Mädchen – und genießt den Tag, soweit ihm das möglich ist. Welcher Teil seines Bewusstseins nicht mit dem fröhlichen Gewühl um ihn herum beschäftigt ist, denkt jedoch sehnsuchtsvoll an Anke. Keinesfalls nimmt er groß wahr, wie schön sich ihm gegenüber die historischen Fassaden des neuen und des alten Rathauses ausmachen. Er denkt auch nicht darüber nach, dass sich die Stadtverwaltung heute im alten Rathaus aus dem 16. Jahrhundert befindet, und nicht im neuen, aus dem 19ten, er wäre sicher sonst belustigt darüber. Und mit Sicherheit wäre er eben dasselbe, nähme er bewusst wahr, dass sich die beiden schönen Bauten vom Stil her eher beißen – auch damals gab es schon Bausünden.

Er ignoriert die St. Martinskirche hinten rechts, deren Ursprünge in die Zeit vor der Stadtgründung reicht, und versäumt des Weiteren zu würdigen, dass noch weiter hinten, ums Eck in der Franziskanergasse, das „Haus zum Walfisch" steht, mit dem wunderschönen Portalerker, in dem einmal der berühmte Gelehrte Erasmus von Rotterdam wohnte. Ein Franziskanermönch, wie auch Bertold Schwarz, der Erfinder des gleichnamigen Pulvers. Wäre es ihm bewusst, so würde er sich gewiss ereifern, über die Tatsache, dass hier jemandem ein Denkmal gesetzt wurde, der eigentlich noch ein schlechteres Gewissen als Alfred Nobel selber haben müsste, dem Erfinder des Dynamits – verdiente er auch kein Vermögen mit seiner Erfindung, wie der Stifter des gleichnamigen Preises.

Wenigstens kann er seine Gedanken wieder von Anke lösen, als er weitergeht, und nimmt sein Resümee über die Bächlestadt wieder auf.

Der Südbadener, denkt er gerade, *hat's gerne hintenrum.* Er spielt jetzt nicht auf sexuelle Vorlieben an, bestes Beispiel ist dennoch das liegende Gewerbe. Ein Freudenhaus in der Erzdiöze Freiburg, womöglich noch im Schatten des Münsters? *Ha nai!* Also gibt's Telefonnummern, „Studenten-WG's", „Salons" und wie auch immer die Etablissements des käuflichen Glücks genannt werden, die dem Südbadener heimlich aufzusuchen überlassen sind.

Er läuft an einem fetten, blinden Bettler vorbei, der neben einem Pappschild und einem Hut auf dem Boden hockt. In Lima gab es auch viele Bettler, die waren aber nicht so wohlgenährt wie dieser hier. Ihm fällt das eine Markstück ein, das er aus sentimentalen Gründen noch immer in einer Ecke des Geldbeutels aufbewahrt, neben all den goldenen Eurodollars.

„Nichts ist von Dauer", murmelt er und wirft's dem Blinden in den Hut. Der aber kramt es sogleich hervor, es seinerseits in eine Ecke pfeffernd, eine Verwünschung dabei zischend. Klarer Fall von Wunderheilung.

Paul läuft weiter die Franziskanergasse am „Haus zum Walfisch" vorbei, das er jedoch nur flüchtig wahrnimmt, überquert die Kajo und nähert sich dem Münsterplatz von Westen her. Da steht er nun – vor dem „schönsten Turm der Christenheit"!

Ja, Freiburg hat schon etwas, trotz borninerter Bobbele, Kommerz und psychotischer Verkehrsteilnehmer. Und trotz Hemdglunker.

Von der Schusterstraße geht im rechten Winkel das Kaufhausgässchen ab. Es ist so schmal, dass man mit beiden ausgestreckten Armen die Häuserwände links und rechts berühren könnte, und es führt direkt auf das Langhaus des Münsters zu. Die rechte Hand berührte dabei die in intensivem Rot gehaltene Seitenmauer des historischen Kaufhauses. Anke steht einen Moment lang völlig still und würdigt dessen wunderschöne, reich verzierte Fassade mit dem Balkon, den mit bunten Schindeln gedeckten Türmchen und den liebevoll herausgearbeiteten, historischen Figuren.

Eine Drehung um die eigene Achse und sie schaut auf die sakrale, in rotem, verwittertem Sandstein gehaltene, älteste Dauerbaustelle Freiburgs. Anke kennt sich gut mit der Geschichte des Münsters aus, hat sie doch auch mit dem Gedanken gespielt, mal als Fremdenführerin tätig zu sein. Um 1200 angefangen, wurde das Bauwerk, vom reichen Bürgertum finanziert, in einem, für damalige Verhältnisse, Rekordtempo hochgezogen. Und war bereits hundertfünfzig Jahre danach zum größten Teil fertig gestellt – anders als etwa der Kölner Dom, dessen Bau erst im 19. Jahrhundert abgeschlossen war. Sie weiß auch, dass das Bauwerk bereits einen Vorgänger hatte – an der Stelle des heutigen Münsters stand schon mal eine Kirche.

Das Wetter lockt und spontan wie es Ankes Art ist, beschließt sie hinaufzusteigen – die grandiose Aussicht dort oben zu genießen. Oben angekommen kann sie sich nicht satt sehen. Sie läuft einmal um die Galerie herum und bewundert ihre Heimatstadt in alle Himmelsrichtungen. Wenn jetzt Paul hier wäre und sie fragen würde – sie würde ihn begleiten, wo immer er hin will.

Paul bleibt ein wenig vor dem Münsterportal stehen, bevor er beschließt, kurz die Kirche zu betreten. Eine heilige Stimmung kann dennoch nicht in ihm hochkommen, er denkt an Anke und dann an äußerst profane Dinge.

Da er schon mal hier ist, beschließt er auf den Turm zu steigen, da war er schon lange nicht mehr. Gegenüber dem mittelalterlichen Foltermuseum (wie passend, wer hat denn im Mittelalter mehr foltern lassen als die katholische Kirche!) ist der Eingang. Er keucht die Treppen hoch, stellt sich vor, wie Anke dort oben stehn würde, Sonnenglanz in ihren windzersausten Haaren, und sie würde sagen: „Ich wusste, du würdest kommen, mein großer starker Held!" Und sie würde sich ihm in die Arme werfen.

Im Glockenturm verweilt er kurz, die 1258 gegossene Hosiannaglocke bewundernd, steigt dann die letzten Stufen der engen Wendeltreppe zum Turm und betritt endlich den schmalen Gang der zwölfeckigen Galerie.

Dort oben – *steht Anke!*

Sie lehnt, einer Skulptur gleich, der schönsten des gesamten Bauwerks, an der Brüstung aus behauenem Sandstein, Sonnenglanz in ihren windzersausten Haaren!

Er steht da, wie vom Donner gerührt.

Sie schaut auch erst mal gewaltig verdutzt aus der Wäsche, fasst sich aber schnell, lächelt spöttisch, sagt: „Na Paulchen, du bist ja ganz schön aus der Puste!"

War da was?

Er beruhigt sich auch bald und gibt genauso spöttisch zurück: „Ich hab's dir ja erzählt, man kommt völlig aus dem Training bei dem Job." Sie stehen dort oben etwas verlegen herum und wissen nicht, was sie sagen sollen, und reden aus diesem Grund viel zu viel.

Dann will der Türmer Feierabend machen und scheucht sie hinunter. Sie beschließen gemeinsam in den Feierlingbiergarten zu gehen.

Sie sitzen sich gegenüber, jeder hat ein Bier vor sich stehen. Anke hat die Arme auf dem Tisch aufgestützt, Paul wirft ihr ständig Blicke zu.

Sie weiß diese Blicke durchaus zu deuten und die besondere Atmosphäre des Abends zaubert eine empfängliche Stimmung in ihr Gemüt. Sie hat jedoch Zeit, fängt ein harmloses Geplauder an: „Und – erzähl doch noch mal was von dir, wie bist du so drauf im Allgemeinen?"

„Ganz gut. Ich bin eigentlich'n ganz normaler Mensch. Ich versuch mein Ding zu machen und wenn mir einer dumm kommt, kriegt er eins verplättet. Aber meistens nehme ich's mit Humor." Anke ist sich ziemlich sicher, keinen besonders normalen Menschen vor sich zu haben. Aber sie sagt: „Und das klappt immer so?"

„Na ja, meistens. Ich bin ja nicht besonders stur. Wenn ich heute nicht Bundeskanzler werde, dann morgen." Sie lacht.

„Eigentlich eher Außenminister, nicht wahr? Der Fischer ist ja auch mal Taxi gefahren."

„Richtig, der Joschka! Erst Häuserkämpfer, Taxifahrer, dann Turnschuhminister – und jetzt Außenminister im Nadelgestreiften."

„Und – was meinst du? Hat er nun eigentlich Steine geschmissen oder nicht?"

„Was weiß ich. Der Joschka ist schon ok. Das ist halt'n Macher, keiner aus'm Elfenbeinturm oder so'n Grübler und Zweifler. Wenn der von was überzeugt ist, dann zieht er das durch. Aber er hat sich ja auch weiterentwickelt."

Sie trinken ihr Bier aus und bestellen sich ein zweites. Die Stimmung schwankt zwischen heiter und schwer verliebt – auf beiden Seiten könnte man fast meinen. Paul greift mal zwischenrein nach ihrer Hand, sie entzieht sie ihm aber wieder unauffällig. Wie um es zu vertuschen fragt sie ihn: „Und – willst du weiter Taxi fahren?" „Will ich weiter an meinem Sarg zimmern? Hör mal, Günter Wallraff stand im Dreck für seine Reportagen, war ein paar Monate „Hans Esser" bei BILD – aber was über unseren Job zu schreiben, hat er nicht gepackt!" Er lacht. „Nee, ist'n Witz. Pass mal auf, ich erzähl dir mal, was mir neulich passiert ist."

„Sind Sie Student?", hat ihn eine Omi gefragt.

„Nein", hat er geantwortet, teils weil es ihn nervt, ständig diese Frage gestellt zu bekommen, teils weil ihm langweilig war, „ich bin in einem Resozialisierungsprogramm. Ich hatte die Wahl zwischen

Taxifahren – und Gefängnis." „Oh", hat da die Omi gesagt und unsicher gelacht, „da haben Sie sich natürlich fürs Taxifahren entschieden!"

„Nein – ich wollte Gefängnis. Aber man hat mich gelinkt. Gefängnis stand gar nicht wirklich zur Wahl – angeblich nichts mehr frei. Also muss ich Taxi fahren." Die Omi war dann erst mal ruhig, den Rest der Fahrt über.

Sie lachen und er erzählt noch eine ganze Weile Stories, doch sie hört ihm gar nicht mehr zu, sie schaut ihn nur an. Und unvermittelt wird er total charmant.

„He, was red ich hier die ganze Zeit über Politik und übers Taxifahren? Ist das eine Art, einen Abend mit einer schönen Frau zu verbringen?" Er hält kurz inne und nimmt ihre Hand.

Diesmal zieht sie sie nicht zurück.

Er schaut ihr in die Augen – sie weicht seinem Blick nicht aus. Sanft sagt er: „Und für mich bist du die schönste Frau der Welt!" Anke findet ihn klug, gebildet, unterhaltsam und witzig. Aber der Grund, warum sie ihm jetzt einen Kuss gibt, hat nur wenig mit alldem zu tun. Sondern: Er ist einfach umwerfend sexy!

Kapitel Sieben

Heute Abend hat Anke Paul zu sich eingeladen. Sie sitzen beide auf dem Sofa und sind dabei, sich zusammen eine Flasche Vino Rosso zu Gemüte zu führen. Das Gespräch dreht sich, na, worum wohl – ums Taxifahren. Anke hat schon einiges erzählt und Paul läuft so langsam zu großer Form auf. Eben waren sie dabei angekommen, wie witzig es Paul findet, dass ein Kollege mit schwarzer Hautfarbe ständig im Schatten steht, wo es eben nur geht. Er, als Afrikaner, beklagt sich über die Hitze! Und sofort kommen einige Erinnerungen in ihm hoch, an seine Erlebnisse als Taxifahrer in Heilbronn, der Stadt in der er aufgewachsen und auch schon mal zwei Jahre gefahren ist. Erinnerungen an eine Zeit, in der er manchmal mehr das Gefühl hatte, in der Bronx oder Kansas City herumzukurven, als in einer Stadt im Schwäbischen.

Working for the Yankee dollar!

Taxi fahren in einer amerikanischen Garnisonsstadt im Südwesten Deutschlands – eines der letzten Abenteuer, die es heutzutage noch gibt. „Ich weiß noch, wie ich, von Heilbronn kommend, in Freiburg das erste Mal einen Neger hinter dem Steuer eines Taxis gesehen habe und mich nicht mehr eingekriegt habe. Ich kannte die bisher nur in grünen Uniformen am Straßenrand stehend und nach Taxis winkend!"

„Eecht? Aber Neger darfst du nicht sagen, sonst sind die beleidigt."

„Gott… das haben wir damals halt so gesagt, da hat sich keiner was dabei gedacht. Was soll man dann sagen, Schwarzer, Farbiger? Ist auch blöd. Und ich bin ja nun beileibe kein Rassist – die Neger, überhaupt die Amis, waren ja meine liebsten Fahrgäste – alle jung und witzig!" Er lacht und fängt an in Erinnerungen zu schwelgen. „Das waren Zeiten, Anke, da kann ich dir Stories erzählen!" Und er fängt gleich an damit: „Ich hatte mal'n Auto mit einer großen und auffälligen Werbung an der Seite: Living Disco! Auf blutrotem Grund. Die Amis laufen dran vorbei: ‚Hey, let's take the living disco cab!' Dann müssen sie sich wohl beim Fahren über ihren neuen Vorgesetzten unterhalten haben, denn der eine meinte gerade: ‚At first he thought we're just a bunch of fuckups!' – er wird sie wohl für'n Haufen Nieten gehalten haben. Ich fahre sie also zum Uncle Sam's, ihrer Stammkneipe, und mache zum Zahlen die Innenbeleuchtung an, eine riesige Neonröhre, die irgendjemand mal nachträglich an die Decke geschustert hat. Ich dreh sie also an und das Ding macht: *Ziiiieng!* Irre laut. Der Ami neben mir dann: *Määään!"*

Sie lächelt, fast schon verliebt, könnte man meinen.

„Oder 'n ander Mal fahr ich grad mit einem an der Kaserne lang und na ja, mir fiel grad nix zum Quatschen ein. Da frag ich Depp ihn halt 'n paar Sachen, über das, woran wir grad vorbeifahren. Da schaut der mich groß an und meint: ‚Hey, are you a spy?' So ein Idiot, geht mir doch vorbei, das ganze Gerümpel, was da rumsteht. Oder'n anderer lässt sein Pershingmanual, also ein Handbuch für Atomraketen, auf dem Sitz liegen! Ich warte tunlichst so lange, bis er wieder durchs gate kommt und sein Buch holt, ich will ja keine diplomatischen Verwicklungen", Paul grinst und nimmt ein Schlückchen, „und schon gar keinen Nuklearkrieg auslösen!"

Anke schaut ganz neugierig.

„Eeecht – und wie lief das alles so mit den Amis?", fragt sie.

„Ooh, ganz anders als hier! Wir haben ja alle auf Kilometer abgerechnet und mit den Amis konnte man halt „gute Kilometer" machen."

„Eecht!"

„Ja, das ging ja immer von Kaserne zu Kaserne oder zum Bahnhof oder zum Puff. Da hatten wir dann immer Festpreise, das war dann völlig selbstverständlich. Wenn man mal die Uhr angeschaltet hat, sind die ja gleich schon misstrauisch geworden. Ja, und dann hat man halt geschaut, dass man immer so fünfzehn Touren auf hundert Kilometer abgegeben hat, der Rest war Schweigen. Waren zu wenig Touren auf der Uhr, hat man dann noch mal ein paar draufgedreht. Oder hatte man genug, aber zu wenig besetzte Kilometer, dann hat man die Uhr immer noch etwas nachlaufen lassen. Wenn man Glück hatte, ist man zehnmal zwischen den Kasernen hin und her gejettet, da war nicht ein leerer Kilometer dabei – und von den hundertsechzig Mark haben einem dann hundertvierzig gehört."

„Und der Chef ging leer aus."

„Fast, na klar." Paul schenkt sich etwas Wein nach, dann grinst er und sagt unvermittelt: „How much do you give on the Dollar?"

„Hmm?" „How much do you give on the Dollar? Also, wie ist der Kurs DM/Dollar? Das war die Standardfrage bei allen Amis, weil die ihren Sold in Dollars ausbezahlt bekamen. Bei der Riesenanzahl amerikanischer Soldaten, die stationiert waren und deren Familien, vielleicht zehntausend Menschen, gab es nämlich eine eigene kleine „community". So dass die normalerweise auch gar keine DM gebraucht haben, selbst wenn sie mal fortgegangen sind, denn jeder hat ja auch gewechselt. Die Taxifahrer haben auch Dollars genommen, aber nirgendwo sonst war der Kurs so schlecht!" Er hebt das Glas, da fällt ihm wieder etwas ein und er setzt es wieder ab.

„Da kam einmal ein Neger und wollte tauschen. Der Kurs stand bei zwei achtzig, wir gaben zwei DM. Schreit der: 'What!? Two Marks a Dollar, what kind of rip off is this?'"

„Was für eine Abzocke ist das?" „Genau. War lustig. Die Amis waren meine liebsten Fahrgäste! Alle jung und lustig und gut drauf und es gab im Allgemeinen viel weniger Ärger mit ihnen als mit den Deutschen. Musste man natürlich Englisch können, sonst kam man nicht weit. Da hab ich dann üben können, vor allem die ganzen Slangausdrücke! Man hat dann einiges mitbekommen, besonders die Neger waren unterhaltsam. Es gab nämlich immer zwei Sorten. Die einen, die haben immer auf den coolen Mac gemacht, immer so die Worte von ganz tief unten rausgehustet, das hat sich dann immer wie Gebell angehört. Der andere Typ..."

„Du machst ja jetzt auch auf den coolen Mac." Sie lächelt ein wenig spöttisch, rückt aber auch näher zu ihm.

„Der andere Typ tritt immer in Gruppen auf und redet viel, macht sich über alles lustig, einschließlich sich selber, und hat sich so eine Fistelstimme angewöhnt..."

„So wie Eddy Murphy!"

„Genau, der Synchronsprecher tut sein Bestes, dieses abgefahrene jive auf Deutsch rüberzubringen! Und dann wird alles noch übertrieben betont und gedehnt. Shit zum Beispiel wird Ssshhheeeeiiht! Oder...", er überlegt kurz, „suck on my dick..."

„Suck on...? Was?"

„Suck on my dick! Der Lieblingsfluch der Neger! Übersetz ich dir nicht, bist noch zu jung dafür!" Er grinst. „Daraus wird suckamydeeeeeik!"

Er redet sich in Fahrt, macht die Neger nach, sie lacht. „Du übrigens, der elektrische Fensterheber ist extra fürs Taxi erfunden worden, weißt du das! Kaum waren vier Amis im Auto – die sind ja immer in Vierergruppen unterwegs, eine Taximannschaft, reißen sie die Fenster hinten und vorne auf. Fährt man dann anschließend 'ne alte Oma, ist das Erste, aussteigen und alle drei Fenster wieder hochkurbeln!"

„Ja, das kenn ich!"

„Jetzt muss ich dir noch von meinem Freund Gary aus Mas..sach..ussetts...", er strauchelt natürlich bei dem Wort, trinkt drauf noch ein Schlückchen, „...erzählen. Der war nämlich in der Zeit mal zu Besuch bei mir und ich hab ihn dann mal ein paar Stunden mitgenommen, damit er auch mal was erlebt – war nämlich 'n Bücherwurm, etwas grün hinter den Ohren. Wir fahren dann auch mal 'n paar Amis und da fragt er einen, genau den, der mit dem Satz: ‚Moscow and step on it' einstieg. ‚So, how do you like Germany? – It sucks!' sagt der nur..."

„Kotzt mich an, heißt das, ne?" „Genau. Ganz trocken. Gary, ein intelligenter und absolut positiv denkender Mensch, der jeden Zynismus verabscheut, sagte mir dann später: ‚The lowest scum an earth!' Also, praktisch der letzte Abschaum auf Erden seien seine Landsleute. Na ja, vielleicht hatte er auch nur ein paar hohe Ansprüche, war doch ganz gut drauf, der Ami."

„Was war das...? Moscow and step...?"

„And step on it. Das heißt so viel wie: nach Moskau bitte und darauf herumgetrampelt. Haben einige gesagt."

Sie lacht und sinnt dann ein wenig vor sich hin.

„Was hast du dann eigentlich mit den ganzen Dollars gemacht, die du eingenommen hast?" „Na, ich hab sie gesammelt und vielleicht einmal im Monat zur Bank gebracht. Grad, als Gary da war, hat ich mal'n Packen grüne Lappen zusammen, du! Das waren vielleicht 400 Dollars in meist kleinen Scheinen! Als der das gesehen hat, sagt er bloß: ‚I've never seen so much money in all my life!'"

„Eeecht? Gib mir doch mal'n Kuss darauf!" Er gibt ihr einen Kuss darauf, erzählt dann aber weiter von den Amis. Wie er einmal „sieben auf einen Streich erledigt" hatte. Er war mit vieren unterwegs nach Siegelsbach, einer fünfundzwanzig Kilometer entfernt liegenden Kaserne. Gerade losgefahren, trafen sie unterwegs noch mal drei weitere, die dort hinwollten. Die anderen hatten ihn dann anhalten lassen und quatschten mit denen, sie erzählten: ‚We've gotten kicked out of the cab!' – Wir sind aus dem Taxi rausgeschmissen worden! Alle sieben zusammen waren jedoch so ein lustiger Haufen, dass er sich erweichen ließ und die drei noch dazu lud. Vorne wärmte also einer dem anderen den Schoß, hinten quetschten sich viere aneinander und der Fünfte legt sich dann noch längelang darüber. Die Fahrt dauerte eine halbe Stunde, aber sie war nie langweilig! Aber nicht, dass Paul nicht auch schon Amis aus dem Auto geworfen hatte!

Sie findet das alles sehr interessant, was er da so erzählt und fragt ihn: „Was war denn so das Krasseste, was du so mit Amis erlebt hast?"

„Oh, du, war eigentlich alles krass, warte mal... ja, gut war mal, als ich mal mit ein paar Negern an der Ampel stand und ein Auto der Wach- und Schließgesellschaft vorbeifährt. An der Tür steht groß „Funkwagen". Die Neger sind ausgeflippt! ‚Funkwaggon, yeah, yeah!' Denn Funk heißt ja im englischen wörtlich übersetzt „Angst", ja, „Mordangst", wird aber im Sinne von „funky music", als etwas, was sexy und groovy ist, verwendet. Funkwaggon, yeah, yeah! Da hat's die Neger kaum auf ihren Sitzen gehalten, sie wippen hin und her, schnippen mit den Fingern und spielen Luftgitarre."

Paul und Anke stehen vom Sofa auf, tanzen herum, und spielen „Funkwaggon, yeah, yeah!" Paul, der den Wein schon etwas merkt, packt Anke kurz, schreit begeistert: „Pass auf, ich zeig dir mal was!" Er nimmt zwei Stühle und stellt sie so zum Sofa hin, dass es zwei Sitzreihen ergibt. Dann tut er so, als ob er eine Tür aufreißt, fläzt sich aufs Sofa und macht einen Neger nach: „Get us to Wharton Barracks, man!" Das „Wharton Barracks" spricht er in etwa so aus, wie wenn ein Seelöwe rülpst. Dann rutscht er vor auf den Stuhl und kreischt in veränderter Stimmlage: „Go faster, man!" Nun bewegt er sich wieder nach hinten aufs Sofa, es wird deutlich, dass er jetzt einen dritten Neger auf der Rückbank imitiert: „Turn up the heat, man!" Dann rutscht er auf die andere Seite des Sofas und produziert tatsächlich noch eine vierte Stimme: „Got some music, man?" Zwischenrein wirbelt er nach vorne auf den Stuhl links und macht imaginäre Lenkbewegungen, solcherart also den Fahrer darstellend.

Dann jedoch nimmt er ein leeres Weinglas in die Hand, das ein Mikro darstellen soll, und ist jetzt also ein Sprecher, der die Lage kommentiert. Paul spricht mit ruhiger und seriöser Stimme ins Weinglas: „Ich erklär jetzt grad mal die Lage: Also, vier Neger sind gerade in das Taxi eines dynamischen, aufstrebenden Heilbronner Taxifahrers eingestiegen. Sie wollen zur Wharton Kaserne und haben es eilig, da es kurz vor Zapfenstreich ist und sie befürchten müssen, zur Strafe in den *Kahn* gesteckt zu werden." Er stellt das Weinglas ab, grätscht wieder rüber auf den „Beifahrersitz" und schreit mit schwellender Ader: „Hey, you want to get our asses busted, man?" Paul springt auf, tut jetzt so, als hätte er einen Krückstock in der Hand und hinkt als „alter Mann vor dem Taxi langsam über die Straße". Er krabbelt wieder auf den Fahrersitz und nimmt das „Lenkrad" in die Hand.

„Hey, you want me to bust his skull!?" Er spricht in einem vorwurfsvollen Ton, legt einen künstlichen deutschen Akzent in diesen Satz. Dann greift er wieder nach dem Weinglas, der Kommentator ist wieder dran. Akzentuiert: „Der dynamisch-aufstrebende Taxifahrer ist ganz stolz auf dieses Wortspiel, denn ‚to bust' hat in der Umgangssprache zwei Bedeutungen. Einmal ‚verhaften', einmal ‚kaputtmachen'." Nun schwingt er sich wieder auf den Beifahrersitz, macht eine kleine Pause. Anke wartet auf den Schlussgag. Paul zieht seinen Geldbeutel heraus und schaut nach links: „Take Dollars?" Sie applaudiert, legt ihre Arme um ihn und küsst ihn. Er zieht sie zum Sofa, holt sie zu sich heran. „Halt, einer noch zum Schluss! Also, 'n Ami und ich fahren da so rum, unterhalten uns, er meint, dass ich aber gut Englisch sprechen würde und so weiter... an einer Ampel dann legt der auf einmal seine Hand auf mein Knie und fragt: ‚You want a blowjob?' – also, ob ich einen geblasen haben wollte. Nee, wollt ich nicht. Lustiges Wort übrigens, he? ‚Blasjob'? He?"

Er hält sie im Arm.

Wie sie riecht! Ihren Geruch sollte man auf Flaschen ziehen und als Parfüm verkaufen.

Sie lächelt verschmitzt.

„Was war das vorhin, mit dem zu jung?"

Sie nimmt ihre Hand, lässt sie auf seinem Knie liegen. Verführerisch schaut sie ihm jetzt in die Augen, fragt ihn, ganz langsam, mit leiser, erotisch vibrierender Stimme: „You want a blowjob?"

Und diesmal kann Paul nichts Anstößiges daran finden.

Epilog

Es ist schon Mitte Oktober, der Sommer endgültig vorbei. Willi „Ochott" sitzt schon lange wieder auf seinem Redakteurssessel und schreibt sich die Finger wund. Denkt er mal an sein Taxiexperiment zurück, so reicht es gerade noch zu einem: „O Chott, nee!"

Sami telefoniert noch ab und zu mit Paul, aber nicht allzu lange, denn Ferngespräche sind teuer. Er ist jetzt in Bochum, bei seinem Schwager – und studiert wieder Zahnmedizin. Denn da stehen die Frauen drauf, hat er gemeint.

Rainer ist so glücklich wie fast noch nie zuvor in seinem Leben. Er hatte die Hoffnung, jemals wieder eine Freundin zu kriegen, schon aufgegeben, als sich eines schönen Tages unverhofft die hübsche fünfundzwanzigjährige bei ihm meldete, die ihn mit dem Rockkonzert hatte sitzen lassen. Es würde ihr Leid tun und sie würde es gerne wieder gutmachen wollen. Als sie zusammenkamen (sie kamen zusammen, tatsächlich) entspann sich folgender Dialog: „Du musst mir aber versprechen, mit dem Taxifahren aufzuhören, Liebling, da steh ich nicht so drauf!"

„Alles was du willst, mein Schatz – was machst du eigentlich beruflich?" „Ich habe bisher als Bürokauffrau gearbeitet, will aber jetzt mehr was im sozialen Bereich machen." „Jaa? Und was hast du vor, Hasilein?" „Ich mach eine Umschulung."

„Eine Umschulung – zu was denn, meine Wachtel?"

„Zur Kinderkrankenschwester…! Was *hast* du denn auf einmal?"

Anke und Paul haben eine sehr schöne Zeit zusammen verbracht und Paul hat viel weniger Geld zusammen, als er geplant hatte. Aber zu zweit reist es sich ja viel billiger als alleine – auch in Australien! Er ist überglücklich gewesen, als sie schließlich einwilligte mitzukommen. Aber sie hat eingesehen, dass sie seinen Zugvogeldrang nicht würde bremsen können. Zwar beteuert er immer wieder, sie wäre seine absolute Traumfrau, für die er alles tun würde. Aber sie vermutet, dass er das schon zu vielen Frauen gesagt hat. Und ein Sommer in Australien zusammen mit Paul ist ihr allemal lieber als ein Winter alleine in Deutschland. Nun haben beide geplant, Zimmer und Wohnung aufgelöst und schließlich gepackt. Jetzt nehmen sie ein Taxi zum Flieger. Anke gibt dem Fahrer gutes Trinkgeld. Paul zögert nicht lange: „Hier, das ist noch von mir!"Sie hinterlassen einen glücklichen Taxifahrer. Strahlend schaut der ihnenhinterher, wie sie sich mit ihrem Gepäck aufmachen, zum Einchecken. Zwei überglückliche Extaxifahrer!